源氏物語をいま読み解く 2

薫りの源氏物語

三田村雅子 河添房江 編

翰林書房

源氏物語をいま読み解く❷
薫りの源氏物語❁もくじ

序にかえて

『源氏物語をいま読み解く』は、源氏研究の先鋭的なテーマを設定し掘り下げるシリーズで、二〇〇六年秋に第一巻として『描かれた源氏物語』を刊行し、お蔭様で好評を博しました。この度、シリーズの第二弾として、『薫りの源氏物語』と題して、匂いと香りにまつわる特集を企画いたしました。

匂いの文化史については、早くはアラン・コルバンの『においの歴史―嗅覚と社会的想像力』が、匂いなるものがどのように認知され、歴史的に変遷していったかを、感性の歴史学の立場から追及しています。平安の匂いについても、古代都市論から、悪臭から浄土にアクセスする香まで、日常・非日常の匂い（匂・薫・香・臭）が注目されています。それらをどのように読み直すべきか、平安京の匂いの意味、サウンドスケープならぬスメルスケープに注目する必要もあるでしょう。

またインドから中国を経て、日本へ伝播したエキゾチックな香料文化は、平安時代になると貴族社会の中で、薫物という芸術的ともいうべき高度で繊細な練り香へと発展したことは、ご存知の通りです。薫物にしても、仏前でくゆらし浄土幻想をもたらす「名香」、装いとしての「衣香」、室内でくゆらす「空薫物」、そして贈られる物として、さまざまな用途がありました。

『源氏物語』においては、薫物の香ばかりか、草木をはじめ自然の香も多彩であり、それぞれが交じり合う瞬間がくり返し描かれています。薫と匂宮という、匂いにかかわる二人の貴公子が活躍する宇治十帖にかぎらず、いわば自然の香と人工の香が融合し、時にせめぎあい、嗅覚を刺激するその様相こそ、物語の香りの美学の極致だったのかもしれません。

そもそも匂いを現象として捉えるのではなく、それを嗅ぎとる感覚として捉える時、最も言語化にくいといわれる嗅覚は、文学テクストのなかでも、より主観的、内面的な感覚として表象されがちです。

香りの発生源として自然の香、人香、薫物の香、あるいはモノとしての薫物が、メディアとして人と人をどのように繋ぎ、また逆に離反させるのか。匂いにおいてジェンダーや階層の格差はどうあらわれるのか、共感覚の一つとして嗅覚はどうあるのか、匂いは記憶の領域でどう再現されるのか、性と聖にまつわる匂いの官能性など、興味はつきません。さらに『薫集類抄』の存在や、組香としての源氏香の成立など、後代の享受にはいかなる意味があるのか、さまざまな問題系が考えられます。

以上のような特集の趣旨にそって、高島靖弘氏を迎えた座談会では、香料を実際にかぎながら、匂いと香料をめぐる王朝の文化史・文学史に思いを馳せました。論文では、森朝男氏が、万葉集をはじめ匂いの日本文芸史が神仙思想への関心の高まりから始まったことを明らかにしています。歴史学の京楽真帆子氏は、平安京に満ちていた悪臭と、貴族の邸宅内の芳香というコントラストに注目し、安田政彦氏は、平安時代の闇の身近さから嗅覚が鋭敏になったという視点から、闇や薄明かりと匂いの関係を考察しています。金秀姫氏は、嗅覚表現は恣意的で物語の解釈を困難にする一方で、リアリティをもたらすことを分析しています。

田中圭子氏は、薫集類抄の客観的検証がおざなりにされてきた研究状況を批判しつつ、梅枝巻の紫上の梅花香を検討し、尾崎左永子氏の梅枝巻をめぐるエッセイとも響きあいます。宇治十帖については、薫の体臭に注目した吉村晶子氏が、匂いの価値や意味は普遍的なのではなく、歴史的存在である身体によって規定されていることを指摘し、同じく薫に注目した助川幸逸郎氏は、薫と周囲との関係性が、見えるかをりと匂うかをりによって象徴的に描かれている位相を分析しています。また吉村研一氏は、薫と匂宮との物語で、女性たちとの恋が匂いを介していかに語られているのかを検討しています。

以上それぞれに問題提起にみちた論考に、吉村晶子氏の文献案内も加わり、本書の価値もいっそう高まったと自負いたします。第一集が源氏研究と美術史研究のコラボレーションであったのに対して、今回は源氏研究と歴史学研究の気鋭によるコラボレーションの試みといえます。本書が今後、匂いをめぐる両領域の対話をさらに深める契機となれば、編者としても、これにまさる幸いはありません。

最後に、第一集に続き、今回も図版の掲載など、我がままな願いを常に聞きとどけて下さった翰林書房に深く感謝いたします。

二〇〇八年三月吉日

三田村雅子
河添　房江

薫りの誘惑／薫りの文化

【座談会】

高島靖弘＋三田村雅子＋河添房江

「彩の国」での薫物再現

河添　今日は、「国際香りと文化の会」の事務局長の高島靖弘さんをお迎えして、『源氏物語』に限らず、薫りの文化史全般にわたって、いろいろとお話をうかがえればと思います。高島さんといいますと、「彩の国」での「源氏語り」の「梅枝」の会の時に、日本香堂の鳥毛逸平さんと平安の薫物を再現されて、それを会場のあちこちでたかれたことを思い出します。

高島　三田村さんが、さいたま芸術劇場で連続五四回の幸田先生との『源氏五十四帖語り』を始められていていました。「梅枝」巻の時には手伝ってくれないかというお話があったのが、四年ぐらい前です。日程が決まったのが二年前の春先でした。私は、香料会社の出身ですから、薫物の世界は専門外になります。日本香堂の鳥毛さんに相談致しましたところ、快く協力していただけることになりました。

三田村　そうですね。鳥毛さん、高島さんには大変お世話になりました。

河添　二〇〇五年の七月でしたね。とにかく、すごく盛大な催しで、ロビーに香料を色々と並べられて、みな手に取ったり、蓋を開けて、匂いをかいだりとか。

三田村　もう、大人気でしたね。

河添　すごい人気でした。調合された薫物を、梅花とか侍従とかいわれて、たかれても、これまであまり具体的なイメージはわかなかったけれど、その時は材料を全部ロビーに並べられて、本当に薫物が作られる過程を見せていただいて、そして匂いもかがせていただくという、リアルで素晴らしい体験だったんですね。しかも、それがただの薫物じゃなくて、公忠の処方とか、『薫集類抄』にもとづいた由緒正しい復元だったわけですから。薫物を復元されるご苦労がいろいろおありだったと思うんですが。

高島　七月の本番まで、三回ほど劇場へ通いました。

三田村　そうですね。最初にまず来ていただいて、次に公演を聞いていただいて、予行演習、三度目でようやく実現しました。

高島　薫物を試作する前に、会場の空間や環境の確認が必要でした。夏場で冷房の中で、どのような空気の流れなのかとか、ホールの方々にもいろいろ教えていただいて。また、五月の「真木柱」巻の終演後、会場で実際に薫物を焚いて確認していきました。そうして七月の当日を迎えたんですね。

三田村　そうですね。大変でしたね。何度か、来てくださって、公演を聞いてくださって、その後、何時間もかけて試験的にたいてみてね。で、匂いがやってきたというと、客席のあちこちに座ったスタッフが手を挙げて、匂いの伝播を確かめましたね。「ここは弱い」、「ここはもう少したきましょう」とかうちあわせ、どこら辺に、何秒後ぐらいに匂いがとどくのか実証的に調べてみました。

高島　薫物の調合法もありましたし、いろいろと問題点をクリアして、当日は、どの辺に何時に香炉を置いたらということで、人海作戦になりましたね。日本香堂の研究室の皆さんは、大変でした。

三田村　平安時代の源氏物語が書かれた時代に合わせて、正確に復元しつくり上げた薫物をわざわざ梅の木の根本に埋めたりまでして復元した完璧なものでした。

高島　後日、参加者の皆様から好意的な感想など伺いましたが、至文堂や学燈社の雑誌に、このイベントが取り上げられたかどうか、しばらく、注意していたのですが……。

三田村　それは私の手落ちですね。無理してもどこか適切な所に、ご紹介文を書かせていただくべきでしたが、そういう媒体がなく、申し訳ありませんでした。せめて『源氏研究』に取り上げるべきでしたね。今回のこの本は、時間は遅れましたけれども、その罪滅ぼしです。あれだけの大企画をふり返る良い機会かと思っております。

河添　本当に源氏物語千年紀だったら、もっと話題になったと思うんですけれども。ちょうど来年なさったら、いいんじゃないでしょうか、彩の国でも。

三田村　そうできればいいですね。それにしてもあの時は鳥毛さんに前もって作っていただいた試験用の侍従、黒方、梅花を、それぞれの人の処方を何種類も作ってくださって。

高島　三田村さんにお持ち帰りいただいて、選んでいただいて。

三田村　一カ月半ぐらい、ずっと、それを薫《た》かせていただいて。

河添　ご自宅でかがれたんですね。

三田村　そう。だから、毎日毎日、何て幸せなんだろうと思ってました。このぜいたくは、もう二度と味わえないと思いました。薫いていることを忘れて何かに熱中していて、ふと気づいたりするというのが優雅でした。

河添　ちょっと記憶が定かではないんですが、ロビーでたかれたのが小一条院の侍従で、中でたかれたのが。

三田村　公忠の梅花。

河添　その違いがあるというのを、かぎわけようとして。

高島　また、ロビーに伏籠も用意されました。着物は三田村さんのお母様のものでしたね。

河添　あれは本当に、空前絶後の催しだったと思います。私の記憶の中でも本当に素晴らしい催しでした。

高島　主催者も、終演後にマスコミにもう少し宣伝していたらよかったとおっしゃっていました。

三田村　そうですね。彩の国さいたま芸術劇場の館長さんは、「あれは最高の企画だった」と言って、すごく感激されてました。まさかあんな類稀な試みになるとは理解していらっしゃらなかったようです。スタッフの人たちも、初めての体験だったみたいで、「私たちは、こういうのは本当にやりがいを感じます」と言ってくれました。「新しい体験にチャレンジして、新しい企画をやっていくということは、自分たちとしても世界を広げることだし、非常に意味のあることだった」と、参加してくれた人がみんな言ってくれたのは、とてもうれしかったですね。

河添　ちょっと上辺だけ、王朝の雰囲気みたいなものを再現する催しはたくさんあるんですけれども、あそこまで本格的に極めたというものはなかったので、本当に印象に残りました。

三田村　だって梅花の香を作られた後に、わざわざ梅の木を探してね。工場内に梅が一本あって、その根っこのところに故実通りに埋めようと言って、まず埋める前に、その土質が汚染されていないかどうか、変な匂いが染みちゃいけないので、土を掘って、匂いをかいでみてから、この匂いなら大丈夫だというのでそこに埋めて、ちょうど何週間か、その梅枝の巻の中にあるような埋め方をして、それで掘り出してきて、薫《た》いてくださったんですね、その日。だから、そこの経過も本当は公演でお話したかったのに、時間がなくて十分にお話できなくて、申し訳ないことでした。

河添　そうですよね。

三田村　そのままにしてきてしまったのが、心残りです。

沈香と麝香

高島　薫物再現ということで、一番メインになるのは沈香ですね。改めて、ご覧いただきたいと思います。

①伽羅

三田村　これは伽羅ではなく沈香ですか。

高島　伽羅です（写真①）。小さいのは、その他の産地別の沈香です。

河添　硬さは、どうですか。

高島　これ、ものすごく硬いですね。

三田村　全然違いますね、産地によって印象が。

高島　ええ。これを切って粉末にするというのは、大変な作業ですね。

三田村　飛び散らないように粉にするのは大変そうです。すごく硬そうですね。樹脂になっているわけですものね。

高島　ええ。ここに白檀がございますね。

三田村　仏像などで白檀製のものも多いですが、彫刻はむずかしそうですね。物語によく沈で彫刻してと、いっぱい出てくるけれども、彫刻なんて、簡単にできませんね、こんなに硬そうだったら。

河添　『宇津保物語』には、多いですね。沈の男の細工物を作ってとか。

三田村　沈の彫刻が多くて、どうして、そんなことが可能なのかと思います。

高島　河添さんの研究室から出された「交易史から見た平安文学」に関する報告書を拝見しましたが、『宇津保』の章は、ほとんど沈、沈、沈、でしたね。

河添　科研費でまとめた唐物の報告書ですね。そうなんです。沈は薫物の材料というより、何か貴木という感じで使われるんですよね。これも全部、沈なんですか。

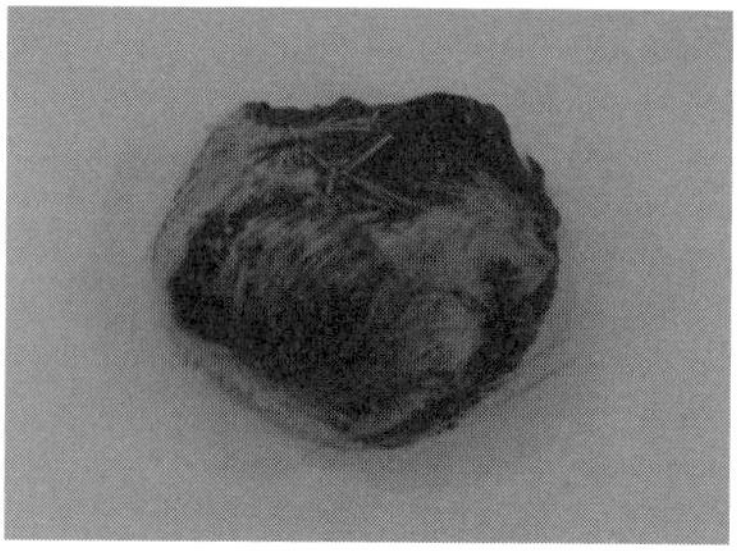

②麝香

高島　はい。大きい方は伽羅です。小さいのが沈香です。

三田村　同じ沈でも色が違って、質感も何か、ちょっと違いますね。

高島　彩の国では伽羅を使われました。

三田村　あの時は大変高価な伽羅を使っていただきました。日本香堂さんのご協力でキロ一千万円以上するぐらいの伽羅の塊を全部使っていただいてだったそうですね。

高島　今日は、麝香もお借りしてきました。（写真②）

河添　麝香ですね。

高島　麝香の本物に接する機会はあまりないと思います。香嚢のみでしたらロビーでも展示していますが。

河添　麝香鹿の、本当の……。

高島　ええ、中身の麝香本体が入ったのは。

河添　鳥毛さんも、麝香という匂いがこんなに強いものが、王朝の薫物にたくさん入って大丈夫なのかということを、『ＶＥＮＵＳ』（十二号・国際香りと文化の会発行）にも書かれていましたよね。初期の薫物は麝香が多くて、だんだん減っていくんでしょうか。

高島　はい、和様化が進むに従って、減ってきたようですね。

河添　『宇津保』の世界では、麝香が好きで。

三田村　好きですね。麝香はたくさん出てきます、「なつかし」い香りがすると書いてあるけど、なつかしい感じなのかな。

河添　『落窪物語』でも、少将が転んで糞まみれになった匂いも、落窪の姫君には麝香の芳香と思うでしょうと、帯刀がいっていますよね。それぐらい、麝香がいい香りと思われていて。

三田村　本当にいい香りと言うより、不思議なワイルドな香りなんだけど。薄く薄くすると、やっぱり、いい香りと感じられるかもしれません。

高島　薫物には、中にある麝香をかき出して使われます。外側の汚れや毛なんかが混入しないよう注意して準備されるとのことでした。

三田村　これだけだと、すごく強い異臭です。

高島　昔は、麝香鹿を殺して採ったのですが、今は殺さないで採ることができるそうです。また、人工飼育も試みられています。

三田村　麝香鹿は輸入禁止ですね。

高島　ええ、ワシントン条約があって、なかなか手に入らない。日本香堂さんは、貴重な麝香を特別仕様の倉庫に大切に保管されているとのことです。

③麝香鹿（雄）
平成11年11月24日　四川省養麝研究所にて撮影

河添　麝香というのは最近、調べてみたら、ヨーロッパの香水でも、「タブー」という香水がありますね。あれもやっぱり麝香が大事なんです。植物系のブルガリアンローズや、オレンジやオークモスなんていう、植物性の香料に麝香が加わって、まさにタブーの香りがするというか。三月に角川選書から『光源氏が愛した王朝ブランド品』という本を出す予定で、そこにも書いたことですが。

高島　「タブー」はものすごく甘く、アニマリックなオリエンタルな香りですね。広告も有名でしたね。

河添　そうですよね。何か性的興奮というか、そそるような香りにするためには麝香を入れるという。

三田村　これが微かににおったら、やっぱり、ちょっと、不思議な、甘い気持ちがするかもしれない。

高島　香料業界では、昔は麝香をアルコールに漬けて、チンキといいますが、そういう使い方をしていました。これが雄の麝香鹿、キバがあります。（写真③）

三田村　かわいい顔。

高島　ここに、持参しましたが、これが麝香の香りの本体のムスコンです。

河添　何か、これはクラクラするような匂い。

高島　これを発見したスイスの香料化学者は、ノーベル化学賞を受賞しています。一九三〇年代のことです。主成分のムスコンと天然の麝香と比べられるとやはり違うとお感じになられるでしょう。微量成分や未知成分が寄与していると思われます。

三田村　違いますね。平安時代の使い方は、ほとんど麝香鹿のそのままを使っていますね、麝香の「臍」と書いてあるけど、それが性腺一個分をいう単位ですね。「臍何個」を贈答に使ったと出てきます。

河添　麝香が、『宇津保』なんかでも、一つの壺に一つずつ。

三田村　一個ずつ入っている。それがちょっと信じられない量ですよね。

河添　すごい贅沢ですよね。

三田村　瓶に入れてあるだけで、すごくにおう。

河添　さっきの『落窪』の話ですけれど、たしかに、麝香の香と思われるでしょうという意味も、こういう香りで男性が女性の許を訪れると、女性を口説けるみたいな、そういうイメージがあるのかもしれないですね。

丁子・甘松・甲香

高島　よく出てくるのは丁子ですね。これはもうご存じだと思いますけれども。（写真④）

河添　丁子染の丁子ですね。

三田村　そうですね。カレーライスにも入っていますね。

河添　これはまったく日本で取れなかったんでしょうか。

高島　ええ。もうインドネシアなど東南アジアです。

河添　でも、それはよく出てきます。日本でやっぱり、永遠に栽培できないですか。

高島　ええ。今はマダガスカルが主要産地です。アフリカの東ですね。

河添　源氏が丁子染の扇を使ってというのは、あれも全部、舶来品ということですね。

高島　それから、甘松ですね。嗅いで見て下さい。マグダラのマリアがキリストの足をふいたというナルドの香油の香りです。

三田村　ああ、いい香りですね。

④丁子

河添　これは、甲香ですね。（写真⑤）
高島　貝です、生臭いんです。
三田村　これ、本当に生臭いですね。これをもう一度洗って使うのですね。このままではちょっと生臭い。
河添　うーん、でも甘い香りですね。
三田村　増量剤ですね。甲香だから。鳥毛さんはみりんを刷毛で塗ってお魚みたいに網で焼いたとおっしゃってました。
高島　『薫集類抄』に粉砕方法が記されています。よく洗い、酒に一夜浸けて、さらに洗って干し、表面に甘葛や蜜を塗って焦げないように炙るとあり、実際にこの方法を試みると硬い貝が粉砕しやすくなるそうです。保留剤として使用されているんですね。
三田村　鉄臼とかね。
高島　ええ。薬研で細かくするんです。薫物を作るのは、簡単ではない、下準備に大変な作業があるということですね。
三田村　「鉄臼の音があちこちから響いてきた」って、『宇津保』には書いてありますよね（笑）。『源氏』にも梅枝巻に書いてあるから、やっぱり相当力が要る。
河添　女の人でもひけるものですか、鉄臼で。
高島　なかなか、大変だろうと思います。

⑤甲香

三田村　下の人がやって奉仕したのでしょう。

高島　専門の職人がいて、下準備をしていると思われます。

三田村　最終的に丸めるぐらいは、女の人がやるかもしれない。

高島　いわゆる「方」に従って合わせることは、あの姫君たちがやられることはあるだろうけれども、準備までは無理だろうということですね。この甲香のことは、実は『旧約聖書』の「出エジプト記」に、薫物に貝を使うと出ているんですね。

河添　それぐらい香料の歴史は古い。

三田村　紀元前から伝承されていたんですね。

高島　古くから、西の情報はシルクロードを経由してきていたんですね。

河添　シルクロードのある時代はいいんですけど、海のラインから入るということは、あんまりないんですか。

三田村　「エリュトラーテ海案内記」がありますね。

高島　有名な案内記で、紀元一世紀頃の紅海、インド洋を中心とした交易の実態を記した本ですが。乳香や白檀などが盛んに交流されていた様子が伺えますね。

沈香は、ヨーロッパの需要は少なかったようです。

河添　ローマ帝国とかに入っているわけですからね。

香料の輸入の歴史

河添　日本史の方で、皆川雅樹さんという方が書いています。沈香は南方から、中国を経由して、新羅商人や唐商人が運んでくるわけですね。沈香は、カンボジア（真臘）、ヴェトナム（占城）、西アジア（大食）、マラッカ（三仏斉）の順に良質といわれていて、中国や朝鮮からの中継貿易で、日本にもたらされたわけですね。

高島　河添さんのご専門の分野ですけれども。

河添　いえ、とんでもないです（笑）。あえて言うと、専門にしたいと思っている（笑）。

高島　朝鮮の新羅時代の香のことを記した文献を見ますと、西域や唐から朝鮮に入って、それが日本に来る。また逆に輸出しており、今、おっしゃったような、それは非常に盛んだったようですね。

河添　そうですね。それから、渤海という国からも、麝香を清和天皇や皇太子に献上したなんていう記事があるので。中継貿易で唐から麝香を入れて、そこから日本への献上品として持ってくるということで。もしかしたら、日本で好まれているということで、情報を把握して持ってきたのかもしれないですが。

高島　正倉院の所蔵品の中には、新羅経由の香料名が文献にみられるとのことです。

河添　香料の輸入史の話になりますが、いくつか新羅からも入ってきて。正倉院の宝物については、何かお考えがありますか。香料がたくさん出てきますよね。蘭奢待があって、それから裛衣香《えい》といって、匂い袋のような原形のようなものもありますよね。

高島　最近、正倉院の宝物に、科学的な調査がなされています。香木類や香料などの化学的な分析も実施されています。その結果産地やルートもわかってきています。

裛衣香《えい》は、袋が破れて中の内容物が確認できる袋のみが調査されています。沈香、白檀、丁子、甘松香、零陵香、藿香が確認されており、麝香は認められなかったと報告されています。また、法隆寺の白檀には、ペルシャの文字が刻印されていることが報告されていますね。ペルシャの地を経由していることが判明していますね。

三田村　最初はただの虫食いだと思っていたのが、実はペルシャ文字だったというので、新聞記事になりましたね。

河添　虫食いだと思っていたんですか（笑）。

三田村　何か穴が開いていて、穴だと思っていたら、よく見たら、それはペルシャ文字だったと。ペルシャから輸入されていた。

高島　鑑真和上の渡来準備品の中に薫物の原料が含まれていますね。このことから薫物を日本に初めて紹介したのは、和上とも言われていますが、はっきりしていません。

河添　文書がありますね。仏教行事に、香は欠かせないので、あの目録の物がそのまま日本に来たかどうかは分かりませんけど、何かしらは入ってきたでしょうね。日本で初めて合わせ薫物をしたのは鑑真だという説は、ちょっと眉唾かもしれないですけど。

そもそも中国に薫物があって、中国での薫物は、むしろ平安の文学に出てくる薫衣香なんかが、中国の原形に近いのではないか、ということを尾崎左永子さんは言っています。『源氏物語』にも「唐の薫衣香」とか出てきますし、『薫集類抄』ですか、あの中には、中国での薫物の調合法らしきものが出てきますので。薫衣香みたいなものが、割と中国直輸入の薫物の原形に近くて、それを明石の君は梅枝巻で調合するわけですけれども。中国での薫物を日本化というか、和様化していったものが、平安の薫物で、梅花とか季節にマッチした薫物を作っていくのでは。黒方なんかは、どうなんでしょうね。あれは仏教儀式で使われますが、麝香が結構、入っていますよね。

高島　唐の玄宗皇帝時代の『開元天宝遺事』によれば、建物には沈香と白檀を使用した沈香亭があり、壁には麝香や乳香が塗りこまれていたとありますね。また、皇帝と謁見する時には麝香、沈香、丁子などを口に含んだといいます。香の用い方も、どちらかと言うとシンプルな扱いと思われます。今日、『薫集類抄』に見られるような複雑な「方」は、もっと後の時代のものですよね。

『宇津保物語』と香

河添　『宇津保』を見ると、黒方と、侍従は出ていました。

三田村　侍従は出ていますね。

河添　梅花がないですよね。

三田村　侍従はいちばん最後の方の巻に出てくる。それ以前は、もう黒方ばっかりですね。

河添　黒方しか出ていませんね。黒方は、天徳の内裏歌合でもたかれています。左方が黒方で、右方が侍従という対比で、村上天皇のころから、もうあるわけですし。そういう対比はあるけれども、四季と対応させてという意識は、もうちょっと後の時代にならないと出てこないですね。

三田村　ないですね。天徳の歌合だって、そうではないですからね。

高島　今回再現された黒方は、沈香、甲香（貝香）、白檀、丁子、麝香など結構、ポピュラーなのが入っていますね。

河添　だから、四季に通じて万能な香りになりますね。

高島　乳香は西洋の香ですね。聖書に出てくる乳香はこの香りです。

河添　ちょっと香りをかぎたいですね（笑）。

三田村　樹脂ですよね。

高島　薫物の方には薫陸が登場しますが、一般的には薫陸は乳香と解釈されています。
　烏毛さんは、より沈香との調和のよい薫陸を中国で探されてこれを用いられています（写真⑤）。
三田村　不思議な匂いですね。本当に樹脂ですね、これ。
河添　でも、ちょっとシナモンっぽいような、さわやかな匂い。
三田村　悪い匂いじゃないですね。
河添　『宇津保物語』の話が出てきたので、さらに何かお話しになりたいことがあれば。

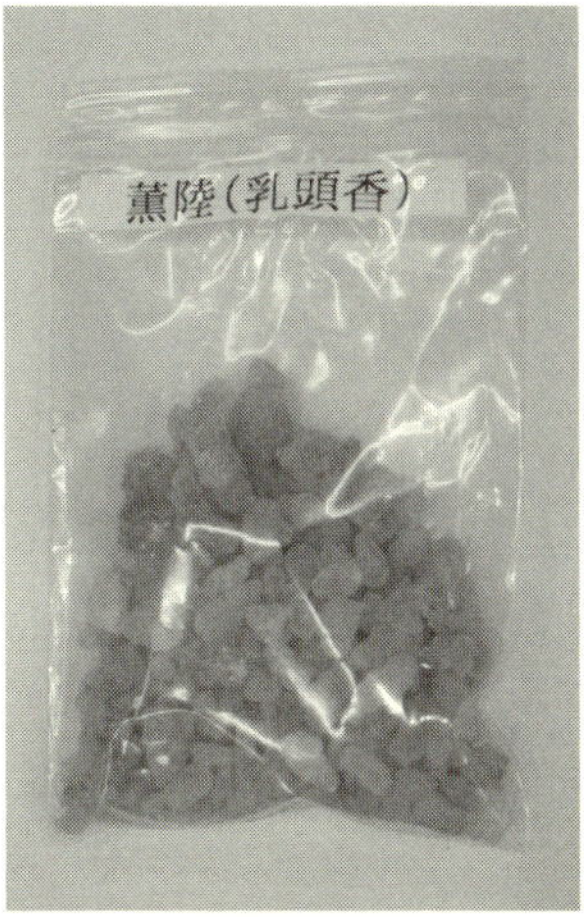

⑤薫陸香

三田村　前に『ＶＥＮＵＳ』の対談で話をした時に、香の文化と薬の文化というのは、よく、交差しているという、そういうお話もありましたが、確かに『宇津保』の用例をずっと見ていくと、香をプレゼントする時に必ず一緒に薬をプレゼントしていますね。香と同じように豪華な体裁で、金の器とか、瑠璃の器とか、そういう物を作って、片方には「香」、片方には「薬」を入れるとか、対で贈られるケースが非常にたくさんあります（写真⑥）。そこから考えると薬としての香の意味というのも非常に大きいんじゃないかということを、感じます。
　特に、蔵開の巻だと、これは犬宮が生まれた時のたくさんのプレゼントが出てくるところですけれども。そういうところでは、「黄金の蒜」と書いてあるんですけれども、「蒜」ですから、多分、ニンニクぐらいだと思うんですが。蜜の入った黄金の蒜が五つばかり飾ってあって、その黄金の蒜はみんなで風邪薬にと言って持っていくんですね。だから、やっぱり薬です。
高島　今日と同じような感覚ですね。
三田村　そんなにきれいに飾っているのに、すごく実用的で、別に珍しいものじゃないですよね。でも、大

⑥香壺（風俗博物館蔵）

切に扱われて、香を見事に飾るのと同じように飾られている所が面白い。その同列に並べる発想がくりかえし見える。『宇津保』全体で三つか四つ、あったでしょうか。プレゼントする時に、香と薬を並べるのが慣習になってますね。嵯峨院の大后の六十の賀の時も、薬と香を贈っていますし。源涼という人が最初に自分のお父さんの嵯峨院に会う時に、やはり薬と香を献上しているんですね。だから、年長者に会う時は、特にそういうならわしなのかと思われます。源氏物語では排除される実用性の部分が『宇津保』にあって興味深いですね。子供が生まれた時も香と薬がプレゼントされます。そういう薬効的効用が、香それ自体にも多分あるのではないかと思われますね。

高島　鑑真和上の渡来時にも、香薬として扱っていますね。

三田村　なるほど、香薬ね。

高島　それから、彩の国で配布された解説書にも、薬としての効能が全部出ておりますね。

三田村　そう書いてありますね。香の癒し効果というものが今よりはるかに重要視されていた時代があったのですね。分類概念が、「薬」というものと「香」というものは、全然隔絶したものとして考えられているのだけれど、平安時代には相互にかなり乗り入れているという感じがありますね。

河添　香が薬であると同時に、また蒜だったら、その匂いを隠すものでもあるわけですよね。消すものと言うか。蔵開の上巻で、女一の宮が犬宮を出産した時、母女御が、六日目の産養をする際、すごくたくさんの香を、慶香、裛衣《えい》、丁子とかいろんな香を使って、鉄臼でひいて、薬玉のようにして御簾にかけたりとか、四隅で薫物をたいたり。出産の時に、女一の宮に蒜を食べさせているから、その臭いを隠すということもちゃんと書かれていますね。

三田村　そうですね。やはり『ＶＥＮＵＳ』の対談でちょっと話したことですが、匂い袋の作り方まで全部書いてあって、裛衣《えい》と丁子を鉄臼に入れて、つかせて、練衣ですね。絹の真綿ですけれども、それを袋に入れて、一袋ずつに、裛衣《えい》と丁子の粉を入れて、居間ごとに御簾に添えてかけさせた。それから、白金の狛犬に

⑦**火取**（風俗博物館蔵）

火取（写真⑦）を一つずつ入れて帳台の四隅に置く、というのが出てきて。そして、それ以外に、庇の間に大きな香炉をたくさん置いて、多くくべてと、たくさん置いているので、これは何かすごい匂いでしかないという（笑）感じです。その上に、さらに、「よき移しども」に入れたというんですから、「移し」は匂いを移させた帷子、カーテンですね。カーテンや壁代が使われているというわけで、匂い袋と、四隅の香炉と、庇の間の香炉と、帷子のカーテンという四段階の匂いが書かれていて。さらに蒜の香もあるんだけれども、これは、いい匂いに圧倒されて感じないというふうに出ていて、匂いのごたまぜがダイレクトに表現されている。こんなに過剰に匂いが出てきたというのは、蔵開巻以前にはありませんね。

河添　すごい場面ですよね。ここは印象的ですね。蔵開の中巻で、仲忠が帝の前で先祖の詩集を講じる時も、衣服一枚ごとに、麝香の衣と、薫物の衣と薫衣香の衣、それぞれ三種類の香をたきしめた衣を三枚重ねて着て出たというふうに出ていますから。やはり、すごく過剰な匂いの描写ですね。

三田村　それぞれ「物ごとにしかへたり」、と書いてあ

るので、多分衣ごとに違う香が交響となっているのでしょう。

高島　そうしますと、TPOでいろいろな組み合わせができますね。

河添　一枚ごとに変えて、合わせ薫物ならぬ、合わせ衣みたいで。

三田村　袴のズボンが麝香で、上が薫物でとか、別の物は薫衣香でというので、それを一緒にしているんですよね。不思議な感じだと。

河添　まさに薫物の衣服バージョンみたいな感じですよね。

高島　調香のやり方をお話になりましたけれども、粉末にした香を「方」に従って合わせていく。その順序や方法、臼に入れて搗く強さや回数に至るまで「方」には定めてあるといいます。「方」を理解するには、知識と経験が必要と感じます。

三田村　そうですね。今、河添さんが言われた蔵開の中巻なんですけれども、そのあたりから仲忠に、急にいい匂いがし始めるんですよね。それ以前には人物が匂うという例がないんです。『宇津保』を読んでいて、香料はたくさん出てくるんです。モノとしての香はたくさん出てきて、それが沈の石とか、沈の人間とか、男とか、そういう作り物として、見立てとして物があったということは沢山書かれているので、大量に出てくるんですけど、感覚の表現として、いい匂いであるという描写が一度も出てこないことが印象的です。全体の半ばを過ぎて蔵開の中巻になって、仲忠が中国の書物を漢文で、というか中国音で読むんですね。その場面になって、急に彼の体がにおい始めるんですね。

その蔵開の中巻では最初に絵詞ですけれども、「いと清らに香ばしくてたてまつれば」、着物ですね。それから、「にほひ深くて」とあり、「香書」という本を読んだとか、「あな香ばしや」という感想とか、三回か四回、続けて出てくる。これ以前にこういう描写はないんですね。人間の着ている着物がいい匂いであるなんていうことが、実感に根ざす感覚の描写として物語の中に出てきたのは、実はこれが最初で、それ以前にはない。そのあたりの感覚の変化がすごく面白いなと思ってます。

同じ蔵開の中巻に、女一の宮という、仲忠の奥さんがでてきますが、その女一の宮が髪の毛を洗った時に、洗った髪の毛を乾かす時に、下で薫物をくべて、髪の毛に匂いを移す場面もあって、両方の描き方はやっぱり連動していると思うんですね。仲忠もいい匂いにだんだんなってきて、女一の宮もいい匂いになってくるというのが。モノとしての香があるという話じゃなくて、本人自身が薫ってくるという形で、人間に寄り添うような形で香りが取り上げられてくるのは、やっぱりこの辺りからです。それは「見る」という感覚が直接このあたりから言及され始めるのと連動していますね。

河添 本当に過剰な香とかが出てきて、洲浜に飾られたり。でも、どういう意味があるんでしょう。つまり、仲忠や女一の宮をヒーロー・ヒロインとして格上げするために、そういうふうに描写されるのか。それとも、俊陰一族というか、俊陰が波斯国から持ってきて蔵に納められていた香が物語に浮上してくる、それを強調するために、そういうふうに書かれるんでしょうか。

三田村 前者だと思うんです。仲忠一族が、あて宮より落ちる存在として女一の宮がずっと描かれていたのが、あて宮を超える存在として格上げされる。そこに付加価値としての匂いが加えられることによって、さらにこの一族の超越性みたいなものがプラスアルファとして付与されていくという、そういう過程の中での香りの意味が明らかに感じられる。

河添 なるほど。先ほどおっしゃった内侍の督巻との違いというのが、あるわけですね。内侍の督はその前の巻で。

三田村 そうですね。ちょっと、『宇津保』の話になってしまって申し訳ないんですけれども、「内侍の督」という巻がありますが。その巻では、帝が主人公で、ほとんど帝が主体になって宮廷文化を掌握している。音楽についての知識を披露したり、中国についての知識を披露したりしているんですが。特に俊蔭女の気を引こうとして、さまざまなプレゼントをする。天皇がプレゼントするものは全部、蔵人所に、隠しておいた唐物の中でも最高の唐物という設定ですね。着物を贈っているんだけど、その着物も、蔵人所に隠しておいた着物だし、香もそうですね。普通の遣唐使なんかじゃ選べない、そういう特別な物をプレゼントしたのだということを強調してますね。

『宇津保物語』全体で言いますと、天皇家というのはそれほど大きくなくて、むしろ俊陰の一族というものがいかに。

河添　超越しているかという。

三田村　現地調達してくる香が問題だと思うんです。俊陰がうろうろしている辺りというのは、実は東南アジアから、波斯国で、香のある辺りですね。梅檀の森に行って、琴を弾いていますから。まさに香の元の原材料のある辺りを彷徨ってきているわけで。そういう意味で、俊陰が招来した宝というのがあって、それは天皇家があえて選んだ、選びに選び抜いた匂いよりも優越性があると語られるけれど、天皇家の側でも一生懸命頑張っているというのが、この内侍の督の巻の描き方ですね。

高島　素材の入手のルートというのは、唐物についてお書きになった論文にありますが。

河添　ええ。やっぱり大宰府で。最初は唐物使というのがありまして、最初は、その唐物使が朝廷で必要な物を、大宰府に行って買い付けるわけですよね。先買権があって、まず一番に朝廷の役人が行ってという。だから蔵人所の納殿といわれる倉庫に、唐物が蓄えられるんですけれども。それがだんだん費用節減で、正式な唐物使というのを立てると、途中途中の国々で接待しなくちゃいけないので、費用がかかるんですね。

それで、リストだけを早馬のような形で持たせて、大宰府の役人に代わりに買わせるわけなんです。そうすると、大宰府の役人はちゃんと買う人もいるけれども、自分のポケットにしまってしまうとか。朝廷から使が来ていないのに、船が到着すると、あたかも朝廷の買い付け役のようにふるまって、安い値段で一番いい物を先に買ってしまうとか。

三田村　横流しになるんですね。

河添　だから、大宰府の役人とコネがある人は、いい唐物をもらえるわけ。摂関家の人たちは、みな自分の息のかかった家司クラスを大宰府の役人にして、いい唐物を優先的に自分に納めさせたわけです。天皇や朝廷に回るよりも、ある時期から、本当にいい唐物は、もしかしたら摂関家のほうに回ったかもしれないですね。

三田村　そうですね。

河添　もちろん、大宰府の役人たちは天皇にも個人的な献上をするけれど、やっぱり自分の将来、次のポストがかかっている摂関家の覚えをめでたくするために、いい唐物をあげると。それを妬んでいたのが『小右記』を書いた実資ですよね。実資も大宰府のすぐそばに、高田牧という荘園を持っていて、そこの牧司を使って、いい唐物を手に入れようとするんだけれども、やっぱり道長一族に全部いいものが集中してしまう。実資も唐物狂いの人で、唐渡りの薬が好きで。だから、みんないい唐物を役人が道長一族に献上してしまうのが、許せないんですね。そんなひがみがいろいろあって、あの役人はあんな不正をしているとか、『小右記』で告発しているんですね（笑）。

高島　今の時代と同じですね（笑）。

河添　そうですね。『宇津保』に話を戻すと、仲忠一族は、大宰府の役人と関係があったというふうには、あまり書かれないですよね。献上品があったというふうには。

三田村　大宰府と関係があったのは俊蔭一族じゃなくて、正頼ですってね。

河添　そうですね。だから、あんまりないんですね。『落窪物語』なんかですと、四の君の婿が大宰の帥、じつは大弐なんですけれど。彼がちゃんと道頼にプレゼントしていると書いてあります。宇津保の仲忠一族の方は、わざと大宰府との接点を持たなくて唐物がある、というかたちで優越性を逆に出そうとしているわけですよね。それが内侍の督の巻では……。

三田村　あれを読んでいると、天皇を物語の「読者」にしていこうという野心が感じられますね。あるべき天皇制の姿を示していて。それまでの物語が、権力者を相手にしていたのが、天皇の立場に置き換えてみた時に、物語がどう変わるのかという形で書いているような気がする。天皇主催の年中行事だとか、天皇主催の相撲の節だとか、雅宴だとか、そういうものの価値、秩序によって、もう一度、文化の構築を考えていくみたいなところがあって、それが全体の中で異質な感触を放っている。

河添　だから、大ベストセラーになるんですね、宮中で。『枕草子』では、天皇も読者にふくめて、みんなで仲忠と涼とどっちがいいか、なんていう論戦があったと書かれていますね。宮中の熱狂的なファンをつかんだ物語だったんですね。

高島　『今昔物語』や『宇治拾遺物語』の色好みの平中の話に、丁子や丁子・沈香の香りが漂う「おまる」、さらに排泄物は、もろもろの薫物で模したものが登場します。黒方のにおいが馥郁とするというウンコの記述があります。薫物がすっかり日常生活に定着していたと考えられます。「黒方」のことは、今も度々話題となっていますが、注目したい薫物と思います。芥川や谷崎が、この平中の話を題材にした小説を発表していますね。

『源氏物語』と香

高島　『源氏物語』ですと、梅枝巻で古渡りの唐物をとり寄せたとありますが、そんなに時間は経過していませんね。

河添　三〇年ぐらいですよね。

高島　織物とか香ですけれども、そんなに顕著な差が出るのかなと感じるんです。

河添　結局、二条院に蓄えられているのは、高麗人が持ってきた物だということで、それを最高の品物に位置づけたいという『源氏物語』の意志みたいなものがあるわけですね。光源氏が七歳の時に会った高麗の相人からもらった贈り物が、やっぱり最高だという。だれもほかの人は手に入れられない、天皇さえも手に入れられない最高の唐物を彼が持っていて。大宰の大弐が献上したのは、それは大宰府の中では最高の品だろうけれども、それは、まあまあの品物で、やっぱり最高の唐物は光源氏しか持っていないという、そういう幻想をつくりたかったんだと思うんですね。

　そういうふうに、光源氏が最高の唐物を持っているということを、また主張したい巻が梅枝で、それが第二部以降になると、そんなことはなくて。天皇家にもあれば、朱雀院のところにもあるし、いろんな家にいい物があるというふうになって、何だったんでしょう第一部の世界は、ということになっちゃうんですね。

　でも、本当に香ということをテーマにして、まさに香と権力が結び付いているということを如実に示すのが、やっぱり梅枝の巻だし、『宇津保』でもそうですよね。香はだれが持っているか、いいものをだれが持っているかということが、やっぱり権力の象徴ですよね。

三田村　そうですよね。香は小さくて軽くて権力が凝縮されているから。多分、世界全体にどういうルートを持っているかということが問われていて、世界の各地から集められたものが、一つの香の中に、集約されている。一つの合わせ薫物の中に、モルッカ諸島（丁字）から、チベット（鹿麝香）、場合によると地中海

（サフラン）の文化までが全部、一つに入っていて、それを合わせてたくということの豪華さ。

高島　世界のあらゆる物が集まってきたという。

三田村　交差点にいるという感覚。それはやっぱり権力の味だと思いますね。そういうことを感じているというのは、非常によく出ていますね。

河添　だから、受領の娘と言えども、そう簡単に香や薫物のいい品を持てないということで、例えば『紫式部日記』でも、中宮彰子がお産にあわせて、薫物を作って、やっぱり女房に分け与えていて。

三田村　そこに参加してね。それこそ鉄臼でゴリゴリやったりとか、一生懸命、丸めたりすることで、それのおこぼれの一つにあずかるというのは、大変なことなんですよね。権力者に近付いていくということの。

河添　そうですね。『落窪物語』でも、阿漕が三の君の裳着か何かの時の薫物を。

三田村　それの一番端をもらったのを。

河添　大事にして。

三田村　それを姫君の結婚の時にたきしめたと書いてありますね。

河添　だから、主人が薫物を作らせたり、作った物を分け与えてあげるというのも、権力者としての一つの人心掌握術。

三田村　香を合わせましょうということは、みんなにとってすごくうれしいことで、宮仕えをしている人たちにとっては、それにちょっとずつ参加して、最後は一粒、二粒ずつでももらえるということが、そこの権力の一番末端にいるということの証明にもなるというね。そういう不思議な関係。しかしどちらかと言うと、紫式部は好きじゃないですよね。みんながそこに集っているのが嫌で、私は早々と寝てしまいましたとか。

河添　そこに協力しない。

三田村　そういうふうに群がってくる人たちに対して、ちょっと距離を置きたいという権力への抗いがある。

河添　逆に、『枕草子』なんかは、それがうれしくて。いい薫物をもらって、それをたいて男性を待っているのが素晴らしいとか書いてあるんだけれども。『枕』では具体的な薫物の名前が一つも出てこないんですよ。

三田村　出てきませんね。

河添　薫物をたいて、いい匂いがしたとかだけ。

三田村　そういうことは書いてあるけどね。権力としての物というよりも、もう少し、薫く時の気候や湿度に敏感ですね。

河添　感覚の物だということもあるし、あるいは清少納言は四季の香りをそろえられるわけじゃなくて、と思ったりするんですね。あの人の香りは素敵だと言うけれども、具体的に何の香りだとか、梅花だとか侍従だとか、書いていなくて。

三田村　もっと自然の香とかそういうものにも感動しているから、必ずしも価値的に高い物だけが重要というわけではない。

汗の臭い

高島　先日、神保町の古書街で、偶然『日本文学』(一九九四年六月号)に三田村さんの論文(「枕草子・〈ほころび〉としての身体」)が掲載されているのを見つけました。

河添　ありましたね。書かれていましたね。

高島　その中で「汗の香」についての項で「かかふ」香と「しむ」香のことを述べておられました。その辺のお話を伺えたらと思います。

三田村　「かかふ」というのは、「かがゆ」がもとになって、自然とそんな薫りがするという意味ですが、どちらかというと遠心的な匂いですね。それに対して、「しむ」というのは、必ず薫香について言って、求心的に使われます。着物なんか、汗の匂いの染みた着物を頭からかぶっていると、ちょっと肌寒くなってきたころに汗の匂いをかぐと、一時の夏の思い出がよみがえってくるようで、すごくなつかしいというのを、書いていますね。汗の匂いって、自分のアイデンティティにかかわるんじゃないでしょうか。自分の匂いの中に閉じこもっているということが、安心感と言うか、鎮静効果をもたらす。自らの汗、一夏の汗というのは、どちらかと言うと嫌われるような匂いなのに、でもそれが何か懐かしいという感じで出てくるんです。「過ぎにし方恋しきもの」では、扇の匂いなんかも出てきますけど。そういう懐古の匂いがとても胸に染みますね。

もう一つ、牛の鞦の香というのがあって、牛車をつなぎ止めていく革製品ですから、もちろん、大変な匂いがするに違いないんだけど。町を走っていく感覚の中で、フッとかぐと、すごく魅力的に感じるという感覚を拾い上げていますね。そういう、ずっとかぎ続けていたい、いい匂いでは、もちろんないに違いないけれど、その汗の匂いというのが、一瞬だけど、魅力的に感じられるという現象は、よくありますよね。嫌われている匂いでも、ある条件とか、ある折に、フッと、こう、心引かれるとか、そういう匂いとして感受される。価値観が逆転してくる瞬間がある。

『枕草子』は、制度的な薫香を一番、ヒエラルキーのトップに置いて、そういう、何と言うことのない、一番下に置かれる、匂いを下に置くという考え方じゃなくて、むしろ、ヒエラルキーの転倒を常にしかけていますね。自分がこう感じたという、その瞬間に、そのことが、かけがえのない、いとしい匂いとしてあるんだと主張してますね。それがまた非常に魅力的です。

河添　『源氏』にも、汗の香りが。空蟬が、汗の香りが染みた小袿を源氏に取られちゃってと言って、恥ずかしいという。

高島　フェテシズムの場面みたいな感じですね。

河添　そうですよね。あそこに「人香」って、はっきり書かれていて。

三田村　夕顔の扇も、そんな香りじゃなかったかしら。「もて馴らしたる移り香いとしみ深うなつかしくて」とあって。夕顔の扇も多分、汗が染みていると思うのね。もちろん、匂いもたきしめているんだけど。でも、その本人の香りも一緒になっていて、それがすごく光源氏の心をそそっていくんだと思います。『日出処の天子』の漫画の中で、厩戸皇子が、好きな人の。

河添　蘇我の毛人《えみし》。

三田村　毛人の着物を汗の匂いごとずっと夢殿の中で抱き締めている。あれも残り香ですね。そういう場面を連想してしまう（笑）。

四季との対応とレシピ

河添　『源氏』にちょっと話をもどしますと、角川選書の原稿を書いて分かったことは、梅枝の巻が、季節ごとに薫物を分けていて、春は梅花とか。

三田村　うん、そこをきちっと季節ごとに分けているのね。

河添　分けているのというのは、逆に例外的なぐらい、少ないんですよね。

三田村　そうですよね。「歌合日記」でも『源氏』の季節に合わないのをいくつか見た。『宇津保』では季節と関係ない。

河添　『宇津保』ではそうじゃなくて、四季と薫物というのがワンセットでは出てきていないですね。『枕』でもなくて、そういう組み合わせがはっきり出たのは、『源氏』だけという不思議な世界ですね。

三田村　そうですね。それ以前でも、ちゃんと分けているみたいに書いてあるけど、実はそういう例をほとんど見つけることができない。

高島　同じ王朝の生活を描写していながら、それだけ差が出ている、取り上げ方に差が出ているのはどういうことですか。

河添　どうしてなんでしょうね。その人の興味もあるんでしょうけれども。もしかして、四季と薫物との組み合わせというのは、むしろ『源氏』の時代くらいから発達したということもあるでしょうし。それを、また後で『薫集類抄』が『源氏』の世界を見ながら、美意識を組み立てて。

三田村　そうでしょうね。

河添　四季の美学というのをはっきり打ち出したということでしょうか。

三田村　『源氏』はやっぱり、季節の美意識が根幹だから、それにきれいに整然と切り分けて、配置したのかなと言うか。あらゆる香の体系も、それに合わせて、配置したのかなと言うか。それ以前にも少しあったのかもしれないけど、あえて、四季に分けて書いたんじゃないでしょうか。

河添　そうなんですよね。よく折の美意識というので、四季と薫物との組み合わせというのは、もう少しいろんな作品に出てくるかと思ったら、そうでもないんです。不思議ですよね。『薫集類抄』に私たち騙されたかも（笑）。

三田村　荷葉や梅花は、蓮の花が咲く時は夏で、梅花は春というのは、当然そうだと思うけれども。黒方、侍従については、黒方なんて、もう四季のいつだって出てくるし、侍従も秋とは限らないですね。

河添　あと『宇津保』と『源氏』の違いで言うと、『宇津保』は本当に香がたくさん、量的にも出てくるんですけれども、薫物としては、黒方と侍従が出てくるだけで、そのレシピは特に。

三田村　出てこないですね。

河添　だれだれ天皇の調合法とか。

三田村　それが出ないんですよね、本当に。

河添　八条宮のとか、そういう形での権威付けというのは一切なくて、『源氏』だけが由緒正しき調合法で。
三田村　天皇とか、式部卿宮とか、そういう権威構造に必ず香をくっつけていますね。全然違いますね。音楽でも筆跡でも『源氏』は天皇至上主義。
河添　付加価値を見出だしていて。だから、そういうレシピですか。
高島　「方」ですね。
河添　そういう秘伝の方を知っているということ自体が、もう権威だし。
高島　梅枝の巻で、男子には明かさない家の秘伝としての「方」とか。
三田村　「承和のいましめ」とか書いてありましたね。
河添　いにしえの天皇や家を背負っているんですよね。そういう世界を問題にしたのは『源氏』ぐらいで、後はあんまりないですよね。
三田村　それはすごく不思議だと思いますね。道長の遺産の目録があって、そこでも香が第一に出てきます。だから、あらゆる宝物の中で香がすごく重要だということは、確かだけれど、でも、それが何々天皇から賜った香とは、別に書いていない。それは非常に不思議。『源氏』だったら、必ず言うだろうな、これはこういう由来の香だからって。天皇を超えた舶来の……と。
高島　『源氏』には落ちぶれた宮家の姫君が登場しますが、昔は格式が……。
河添　末摘花の裛衣《えい》香ですね。
三田村　裛衣《えい》も出てくるし、末摘花関係はものすごく香が多くて。
河添　末摘花の場合は、宮家の姫君ということだけじゃなくて、父親の常陸宮というのが、やはり唐物狂いの宮様だった気がするんですね。黒貂の皮衣も持っていますし、秘色とよばれる越州の青磁も持っていますし。だから、そういう物を父親がやっぱり大宰府から買い上げていたり、もらったりしたということが、すごいですよね。末摘花だけに集中してあります。面白いですね。
三田村　そう。『宇津保』的な、何か古めかしさが、そこにあるのね。
河添　『宇津保』の世界が、末摘花巻には残っているみたいな。『宇津保』にも秘色青磁も、黒貂の皮衣も出てきますしね。みんな出てくるんですよね。
三田村　何で唐物があそこに集中してしまうんでしょう。「唐衣」ともくりかえし詠んでいますね。

河添　『源氏』は、『宇津保』の唐物の世界を非常に冷めた目で見ていますね。ああいう過剰な唐物ワールドに対して、もっと洗練された形で語れるんだと。そんな古いのは駄目とか、六条院流の美学を加えて、なつかしい魅力のある感じにしなくちゃみたいな批判意識がすごくあって。

薫の体臭

河添　薫の体臭については、いかがですか。
高島　薫が初めて登場するのは柏木の巻ですか。
河添　生まれた時。
高島　その生まれた時、それから薫の五十日の祝いの日、源氏が不義の子を抱く場面、『源氏物語絵巻』の「柏木三」にありますが。香りに関する描写はありませんですね。
三田村　ないですね。
高島　成人するまでに、香りという描写はあっても、三田村先生は、視覚的な表現ということをおっしゃっています。いつ、嗅覚の香りが登場するのか。
河添　それは三田村さんの十八番。

三田村　匂宮の巻では、確かに嗅覚の香りを言っているけど、年齢は出てきません。ちょうど元服式のころかしらと思うんですが、違いますでしょうかね。
高島　最初から薫という名前が出てくるんですか。
河添　その時は出ていないですよね。若君みたいな感じで。
三田村　衣服の香り、というのは出てくるけど。薫と呼ばれたのは、もちろん匂宮の巻。
高島　「世人は、匂ふ兵部卿、薫る中将……」とあるところですね。
三田村　はい、そうです。
高島　誕生した時から薫る人間として登場していたのかなと思っておりました。
河添　そうですね。だから、最初『源氏物語』の中で薫が誕生した時に、そういう属性を付けるかどうかというのは、まだ考えていなかったような感じですね。
高島　物語が進行してからなんですね。
三田村　そうですね。匂宮の三帖を見ますと、いずれも仏伝が引用されていて、仏伝の釈迦仏が亡くなった後の子供たちの話だとか、そういう話が異常にたくさん出てくるので。そういう仏伝から源氏の死を釈迦の死と重ねて書こうとした時に、仏教的な理想が非常に強く出てきて、薫に、匂いが付かなきゃいけないという要素が出てくるんじゃないかなと思いますけどね。

河添　ちなみに、薫は、体臭が香るというのは、香料学的に言うと、ずっと香を食べ続けていれば、そういうふうになるんですか。

高島　中国では、紀元前から挙体芳香の女性が登場しています。蘭麝の香りがしたといいます。彼女たちは、西域の民族の坩堝といわれる地の出身で、その体臭を胡臭（わきが）と呼んでいます。楊貴妃は、多汗症であったといわれています。『千金方』やわが国の『医心方』などに服用して体臭をかぐわしくする体身香の処方が記載されています。また、中国・明時代の周嘉胄の著『香乗』に紹介されている「荳蔲香身丸」を鳥毛さんが再現されましたので持参しました。ご覧ください（写真⑧）。

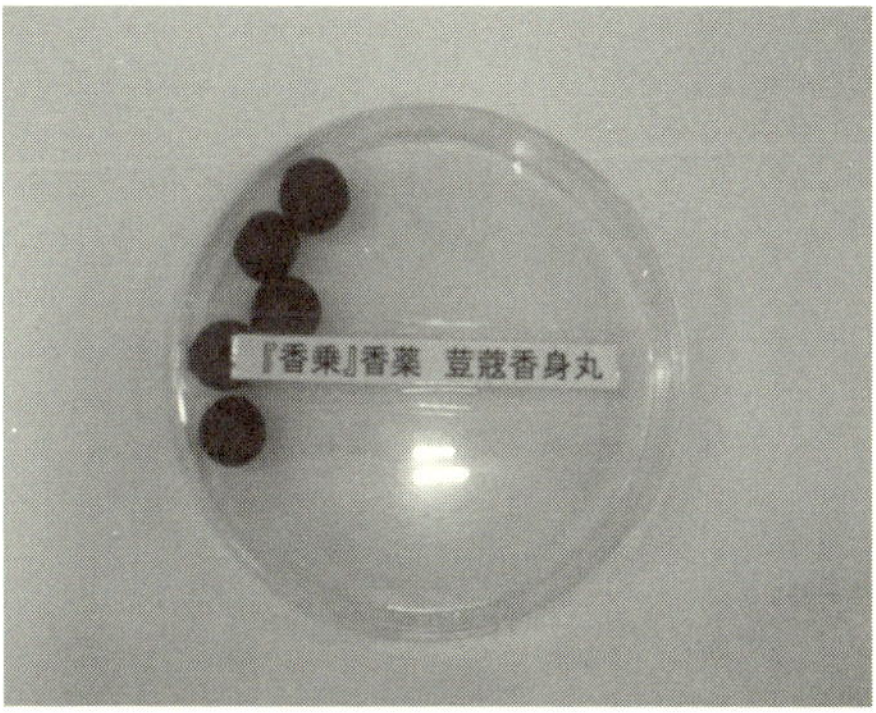

⑧荳蔲香身丸

　跡見女子大学の神野藤先生が、以前に薫の香りの象徴性を三に分けておられます。「一つは、古くから体香が仏相と符合することを指摘するように、香は薫の仏相の象徴であり、道心とぬきさしならぬ存在であることの暗示と解釈する。二つ目は、薫の香は「闇」の世界の主人公性の象徴とみる解釈。第三に、薫の香は秘密の子あるいは罪の子の隠された聖痕として据えなおされたとの解釈で、唯一の正解はないとしておられます。多くの先生方もいろいろと提案されていますが、体身香説もあります。

三田村　宇治十帖でも後のほうに出てきますよね。薫の香が仏のようだというふうに言っているところは、東屋巻でしたっけね、出てきますが。

高島　最近、食べると身体からいい香りがしてきますというガムが発売されました。バラの香りのガムです。体からバラの香りがするとのうたい文句で人気があるそうです。

三田村　ガムを食べると、バラの香りがするんですか。

高島　体に入って、うまく出てくる成分で構成されていると宣伝していました。

もう二十年ぐらい前になりますがペットの排泄物のにおいを改善するというペットフードの開発のとき、ラットで実験をするのですが、逆に予備テストを人間でやったのです。香素材類を混ぜた粉末だったんですが、ボランティアで一週間ぐらい、食べてみたんです。

三田村　ほぉー（笑）。

河添　人体実験したんですね。

三田村　それはすごい。どんな感じでしたか。

高島　確かに下着には匂いがつくんですけれども、自からの体から匂いを発するというまでは……。

三田村　でも、下着に匂いがつくということは、匂いを発しているということですね。薫が汗に濡れた衣を宿直人にあげて、その人が移り香に悩まされたと書いてあるから、似たケースですね。

高島　そんなこともありました。現在、体臭についての研究は、業界では盛んですね。

河添　体臭ね。

三田村　消すほうも大事なんじゃないですか。

高島　特に消すほうですね。

三田村　いい匂いをつけるのもある。

高島　体臭に関する香りの成分は、アンモニアや低級脂肪酸類は以前からよく報告されています。特異的なものとして、ステロイド物質の類縁のものでアンドロステノールとかアンドロステノンというものがあります。男性が欲望を感じる年頃になると男性ホルモンの活動が盛んになると、強い体臭がしてきます。

三田村　アンドロステノール。それは体臭の匂いですか。

高島　ええ。それにトリュフにも含まれていまして。

三田村　食べるトリュフですね。

高島　豚が匂いで探します。今日、ここに香料を持参しました。

河添　じゃあ、私たちも机の上に置いて（笑）。

三田村　薫のように素敵な人の下へ（笑）。

河添　『枕草子』の中でも、斉信でしたっけ。

三田村　斉信の残り香が、一日たっても残っていたとありますね。

河添　いい匂いじゃないですか。これは催淫剤。

高島　アンドロステノールの〇・一％の溶液です。白檀と麝香をミックスしたような匂いですね。一週間前に付けた匂いもあります。

河添　時間がたつと、また匂いが少し変わってきますか。同じ匂いですか。

三田村　におっているんですか。残るんですね。

高島　同じ匂いが残ります。数ヶ月は残ると思います。

三田村　『源氏』の中で、残り香がずっと残っているというのは、こういう匂いかもしれない。人体がこれを作ることもあり得るわけですね。すばらしい。

河添　フェロモンを発しているって言いますけど、本当に匂いとして発している（笑）。

三田村　こういう匂いなら、薫の匂いとして、ちょっといいかもしれない。

河添　そうすると、どうやってこれを発するようになるんですか（笑）。

高島　濡れるって、濡れ場とか言いますが、先程申しましたように男性ホルモンの活動が盛んになるとこういう成分が出てきて体臭が強くなるわけですね。

三田村　汗とかね。

河添　じゃあ、本当に特異体質みたいなことで。

三田村　だけど、匂いの強い人と弱い人がいますね。

高島　強弱は当然、出てきますね。薫が特異的に強かったとは会長の中村さんも言ってますが。この香りには、最近の生理心理的研究の結果、女性に対しては覚醒（興奮）効果があることがわかりました。

河添　ああ、目が覚める。大君も、それで覚めちゃったのかしら。

三田村　女性は「覚醒」。

高島　はい。一方、男性には鎮静効果。

三田村　逆に働くんですね。

河添　性差で逆に、というのはすごく面白いですね。鎮静って、逆に眠くなるような。

三田村　鎮静というのは、自分の香りみたいな感じで、そこに、香りに包まれて安心するのかしら。

高島　白檀も鎮静効果がありますね。乳香、沈香も鎮静作用になりますね。性差が出るものは、性に関わるようなものに見られることがあります。

三田村　珍しいですね。そういうことはあり得るかもしれませんね。今まで、あり得ない話だと思っていたけどね。

河添　強い匂いがする。匂宮が薫と対座していると、女性は逆に覚醒しちゃう。覚醒というのは、性的に興奮するということですか。それとも。

高島　まあ、拡大解釈すれば、それでいいと思いますね。

河添　どうして大君とはうまくいかないのか（笑）。

高島　あくまでも素人の考えです。薫の体臭の主体をアンドロステノールとしますと匂宮が薫の香りを真似ようとしますが、固有の香りですからそれはなかなか難づかしいと思います。また、薫の香りは、百歩の外まで漂うとあります。この物質は、大変残香性は強いのですが、拡散性はあまりありません。この匂いと体身香からの香りの要素が合わさって出てきたのではと思っています。ただ、香りを食べたということは一つも出てこない。

河添　匂宮は密かに薫が香を食べていることも知らずに、一生懸命、香りのいい植物を育てていた（笑）。

高島　三田村さんが『源氏研究』の二号で、薫の体臭を欲望によるもので、生まれつき香りではないと述べておられますが。

三田村　「濡れる身体の宇治」ですね。濡れて汗をかくと、におい ますね。でも遠くまではにおいそうにありませんね。

高島　いわゆる香素材で香りを付けたとしますと、三田村さんが薫の濡れた体の性的な要素をおっしゃるのは、僕はちょっと合わないなという気がするんです。それで、こういう自らの体臭と身体香のミックスがあり得るのかなというふうに。

三田村　区別していかないと（笑）。ムスクとアンドロステノールと、ちゃんと書いておかなきゃ。

高島　残り香から考えますと、薫の体臭が、残香性のある香りであることを同衾した女性は充分認識しているのではと想像します。

三田村　薫の場合は、自分が体臭があるだけじゃなくて、さらにたきしめていますよね。宿木巻で中の君に会いに行く時なんかは、念入りにたきしめて、それで行っている。やはり、武器にしようという時には、それだけの用意をしているんだなということは、確かに言えると思います。

河添　薫は、中の君から手紙が来て、何か舞い上がっちゃって。何かしなくちゃと思って、一生懸命、薫物をたきしめて。ただでさえ、いい香りがするのに。

三田村　自分はもともとあるのにね。それで匂宮に疑

……………高砂香料工業㈱・応接室において（2007・12・14）……………

われて、その後、大騒ぎになっちゃうわけで、ちょっと過剰ですよね。

高島　薫は、源氏の子供ではないので、体臭の遺伝的要素は薄いと言われる先生方もおられます。この仮説をつめるには、まだまだハードルが高いと考えられます。

三田村　いや、面白いですね。可能性が。

追風の効果

河添　大変おもしろいご指摘だったと思うんですけど。ほかに何かお話になりたいことがあれば、何でも。

三田村　『宇津保』をやっていて、『源氏』の匂いと全然違うのは、見立てみたいな、きれいな作り物が大量に出てくるんだけれども、『源氏』には一例もないですね、そういう工芸品というのは。

河添　そうですね。

三田村　歌合の時に出てくる、洲浜の文化の中では、確かにそういう香の使い方が現実にも行われていたということを裏付けることができるんだけれども。でも、『源氏』はそういうものをあえて選ばなかった。書こうと思わなかったことは言えるかなと思います。

それから風の効果を非常にうまく使っている。動く空気みたいなものが、とてもよく書かれています。特に着物の香のたきしめ方が、例えば袖口を使って風が生まれてくるという、感覚を生かしている。袖香炉でたきしめているというのは、袖がすごくにおったというのは夕顔の巻に出てきますし、袖の中に香をたきしめるというのは、他にも真木柱にも、若菜にも出てきます。そういう風をはらむ袖の用例というのは、他の作品にはないですね。

袖が動くと同時に、それがふいごみたいになって、匂いが行き渡る。追風という例が、『源氏』の中では七例ぐらいあるんですが。追風のほとんどの用例が香りを運んでいる。香りでないものは音楽を背負っているんです。音楽または香りをもたらす風の動きが、全体を吹き抜けていて、その微妙な、微細な香りをかぎ付けていく感覚が見事です。雨が湿って降っていて、その雨の湿り気とともに感じられてくるという、その湿り気と香りが立つ描写も、やはり多い。

天候や、風の動きに交錯した、花の匂いなんかも、それと同時に行ったり来たりするわけですが。流れる

匂いの感覚みたいなものが、『源氏』の中では特に強調されている。さっきの体臭の香りの場合もそうですね。薫がただにおっているというよりも、それがそっと風に乗って伝わってくる、その感覚が非常に魅力的です。

高島 今、思い出したのですが、十月の下旬に、上野の東京国立博物館の庭園にある茶室・応挙館で、薫物の鑑賞会を開催しました。当日は少し秋雨にそぼ降られました。梅枝の巻に、「雨のなごりの風すこし吹きて、花の香なつかしきに、殿のあたりいひ知らず匂ひみちて、人の御心地いと艶なり」というような、季節は異なるものの、ちょっぴり王朝人の気分を味わいました。
『源氏物語』の植物も、香りの面からも興味深いものがあります。多数登場しますが、梅や桜が上げられます。今日の桜は、ソメイヨシノが主体ですからにおいも殆どないか薄いかですが、当時の桜はヤマザクラ系ですから、強い香りがしていたと思われます。特に橘の花の香りは、当時は最も一般的な香りだったのでしょう。

河添 『VENUS』のあの対談で、花橘のことも話題になって、『古今集』の「五月待つ花橘の香をかけば

昔の人の袖の香ぞする」。その時、三田村さんは、昔の人はミカン（橘）の皮を、洗剤につかったので、橘の香りが主婦の愛情をあらわすものだと話されていて。目から鱗が落ちました。花散里と花橘のなつかしさの関係は、そういう意味もあったんですね。彼女は主婦的な人物造型とよく言われますが、そういう懐かしさもあるのかしらと思って、感心して読みました。

高島　今日、柑橘類からの香料は大変重要なものです。花から採れる香料、果実の果皮からは、果皮をプレスしてオイルを採ります。また、葉っぱや小枝を水蒸気蒸留して採るプチグレンオイルがあり、大きくわけてこれら三種類があります。プチグレンとは小粒の実の意です。橘の花や実から香料は採られていません。今、橘の花の香りをみて頂きます。これは、橘の研究家で、調香師でもある友人が再現したものです。オレンジの花からとったオイルをネロリオイルといいます。十七世紀イタリアでは、手袋に香りを付けるのが流行しましたが、特にオレンジの花の香りを付けた手袋を愛用したネロラ公夫人の名に因んでネロリオイルと命名されています。橘の花の香りを嗅いで、花からのネロリオイルを主体にプチグレンオイルなどを加えて再現したものです。感覚的に作られたものですが、どうお感じになりますか。

河添　何となく華やかな感じの匂いがしますね。

三田村　いい匂いがする。気持ちいい。すっきりとした、いい匂い。これはいいですね。昔の人の袖の香。

河添　あっという間に時間が経ってしまいましたが、こんなふうに実際にいろいろな香りをかがせていただいて、微妙な違いもわかったような気がしました。話題も『源氏物語』にかぎらず豊富で、本当に勉強になりました。ありがとうございました。

三田村　ありがとうございました。楽しい時間でした。

「梅枝」の薫香

尾崎左永子

『源氏物語』の中にさりげなく揺曳する王朝時代の薫香の描写は「空蟬」「夕顔」など、はじめの巻々にもいくらか登場するが、あまり具体的な記述はない。「末摘花」に至ってかなり具体性を帯びて「えびの香《か》」「薫衣香《くのえこう》」の名が登場してくる。「賢木」の藤壺出家の名場面には、空薫物《そらだきもの》としての「黒方《くろぼう》」、仏前に焚かれる名香《みようごう》、源氏の君の衣の香りが薫り合うすばらしさが描き出されている。

しかし、この物語の中で最も薫香に深く関わっているのは、「梅枝」の巻である。「梅枝」一巻は、六条院四季の町の中で繰りひろげられる一種の「みたされた生活」の中では、やや異色の一巻ともいえる。六条院のものがたりの底流をなしていた玉鬘の姫君はここでは登場せず、明石姫君入内の準備として、「薫物《たきもの》」と「草子」を作り、選ぶ、という背景が準備構成されており、特に前半の「薫物合せ」に焦点がおかれている。「梅枝」の巻名から見ても、一篇全体が「梅尽し」の様相をみせる緻密な構成から見ても、これを「香り」の巻と云っても過言ではないだろう。

実際に王朝時代の薫香を追究して行くと、鳥羽院蔵人であった藤原範兼（一一〇七―一一六五）が著したと思われる『薫集類抄』の他には、薫香の内容に詳しく触れた書は残存しておらず、後代の『後伏見院宸翰薫物方』『むくさのたね』（後小松天皇）が参考になる程度であり、これはすでに十四世紀頃になる。王朝文学の中で参考になる記述といえば、この「梅枝」が最も詳しいといってよい。

王朝時代の薫香はいわゆる「薫物《たきもの》」であり、室町以後に成立した「香道」とは異って、一木の細片を炷くものではなく、各種の香の粉を混合して作る、現在の「練香《ねりこう》」に当る。この薫物は、大体「名香《みょうごう》」「衣香《えこう》」「空薫物《そらだきもの》」の三種に区分できる。名香は供香《きょう》とも称されて、仏前にくゆらす香である。同字でも「メイコウ」とよむ場合は「すぐれた香」「銘香」の意だが、「ミョウゴウ」とよむ時は仏前に炷くものをいう。「衣香」は衣に染ませるものをいい、「空薫物」は香りを室内に漂わせるため火取母《ひとりも》（火炉）にくゆらせるもの。この三種はいずれも共用されることが多い。

その他、火を用いないで香唐櫃《こうからびつ》に匂い袋もしくは香木と共に蔵って衣に香りを染ませる形があり、「えび香（衣比香）」「裏衣香《おうえこう》」という。

明石姫君を入内させるつもりの源氏は、その準備として、持参させる薫物を調合することを思い立つ。その際、大宰府から献上された今来《いまき》の香木、香料を揃えてみるが、どうもやはり伝来の古い香木には劣っているように思い、わざわざ二条院の倉から唐渡《から》りの香木を六条院に運ばせる。そして、今のもの昔のものを取り合わせて、薫物作りの上手な女君たちに、「二種《ふたくさ》づつ合はさせたまへ」と依頼する。

香の合わせ方、調合法を「方《ほう》」というが、その材料は、沈香《じんこう》、麝香《じゃこう》、百檀《びゃくだん》、薫陸《くんろく》、占唐《せんとう》、丁子《ちょうじ》、甲香《こうこう》、鬱金《うこん》、甘松《かんしょう》、などの香木、香料である。これを粉末にし、篩《ふるい》にかけてからそれぞれ量目をはかり、慎重にまぜ合わせる。さらに二度ほど「合わせ篩」にかけ、一夜置いて、なじんだところで「甘葛汁《あまづら》」を入れてまとめ、小指の先くらいに丸めて磁器の瓶に密封し、水辺、梅の木の下、などに埋めて熟成を待つ。地中八寸から三尺、埋める日数は三日から三十日と、各家に秘伝、口伝があり、同種の香を合わせても、香木により日数により、各家それぞれの薫りが生まれるのである。

香木を粉末にするには鉄臼《かなうす》、鉄杵《かなきね》が用いられたようで、材料を三千杵、五千杵と搗《つ》いてこまかくする。

「かたがたに選《え》りととのへて、鉄臼の音耳かしがましきころなり」と「梅枝」にあるのはこのことをさす。

当時、薫物として定着していたものに「六種《むくさ》の薫物」といわれる「方」がある。黒方、梅花、荷葉、侍従、菊花、落葉がそれであるが、このうち『源氏物語』に登場するのは、黒方、梅花、荷葉、侍従の四種で、他に比較的「方」に自由度のある「薫衣香《くのえ》」、またその一種である「百歩香《ひゃくぶこう》」などの名が出てくる。また、仁明《にんみょう》帝の定められた「承和《じょうわ》の秘法」というものがあり、「黒方」と「侍従」は、女だけに伝えることになっていた。しかし、それが自然に聞き伝えられて、光源氏もまたこの秘法に挑戦している。

きさらぎの十日、雨が少し降って、庭の紅梅のさかりに、出来上った薫物をまず届けて来たのは、朝顔前斎院である。その時、源氏の許に弟の蛍兵部卿宮が来ていた。斎院の御文は散り過ぎた梅の枝につけてあった。

「沈の筥に、瑠璃の杯《つき》二つすゑて、大きにまろがしつつ入れたまへり。心葉《こころば》、紺瑠璃には五葉の枝、白きには梅をえりて、同じく結びたる糸のさまも、なよびかになまめかしうぞしたまへる」

少し大きめに丸めた薫物を、紺と白のガラスの杯に入れ、金銀の細工物の心葉に五色の糸が長く結びつけてある。松の心葉、とあるから、冬の香「黒方」であり、梅のつけてあるのは春の香「梅花」、と読める。

これをきっかけに、源氏は、風流人の蛍宮を判者として、「薫物合せ」をして佳い香を選ぼうと思い立ち、依頼した女君たちから薫香をとり寄せて、明石姫君持参のための薫香を聞き比べるのである。「この夕暮のしめりにこころみむ」とあるように、薫香は、日本の風土独特の湿気の多いところでないと、十分には機能しないのである。

それぞれが心をこめて作り、提出した薫物は、朝顔斎院の「黒方」「梅花」、源氏は「黒方」と「侍従」。そして女あるじの紫上は「黒方」「侍従」「梅花」の三種、花散里は「荷葉」のみ。明石御方は六種を避けて「薫衣香」であった。

各女君の寄せた薫物の中から、蛍宮が慎重に選んだ香りとその批評は、次のようなものであった。

黒方―朝顔斎院。心にくくしづやかな匂ひことなり。

侍従―光源氏。すぐれてなまめかしうなつかしき香なり。

梅花―紫上。はなやかに今めかしう、すこしはやき心しろひを添へてめづらしき薫り加はれり。

荷葉―花散里。さまかはりしめやかなる香《か》して、あはれになつかし。

薫衣香―明石御方。世に似ずなまめかしさを取り集めたる心掟《おきて》すぐれたり。

この短い判詞は、よくその特色を表わしている。「黒方」は最もフォーマルな香りで、冬の香である（現在では初春とされている）が、唐渡りの古法で、宮家である朝顔斎院にふさわしい。「侍従」は秋の香で、「黒方」と共に「承和の秘法」だが、男性である源氏はやはり皇族出身であるから、洩れ聞くのは不自然ではない。紫上は春の町に住み、春の上ともよばれているので、春の香「梅花」に最もふさわしい。そして花散里は、夏の御方だから、蓮の香（荷は蓮）のすがすがしさをもつ「荷葉」である。しかもこの御方は、つつましく、この一種《ひとくさ》だけを届けている。明石の御方は、他の女君たちと格を争うのを避けて、最も自由度の高い「薫衣香《くのえ》」を作った。明石の御方らしい理性的な選択であるが、そのアイディアが巧みであり、「心掟すぐれたり」の一語がよくそれを示している。

蛍兵部卿宮は、すぐれた風流人で、それぞれの女君の工夫や心ばえを汲み取って、花をもたせる判詞を口にするのだが、作者紫式部の構成力のすごさを感じさせる一幕でもある。音楽論や書画の論と共に、注目すべき「論」のひとつといえると思う。

判定の終ったあと、「霞める月の影心にくきを、雨の名残の風すこし吹きて、花の香なつかしきに、御殿《おとど》のあたりいひ知らず匂ひ満ちて、人の御こころいと艶なり」とある。まさに梅の香と薫物とが「薫り合ふ」のである。

その後人々が集まって来て管絃の試楽がはじまり、歌のやりとりはすべて「梅」、歌う催馬楽は「梅が枝」、お土産には梅花香の香壺《こうご》。前述の、朝顔斎院から届いた薫物への源氏の返歌も、紅梅色の紙に庭前の紅梅を添え、御使への賜物《かずけもの》は紅梅襲《かさね》という具合である。こうして早春の月夜の靄に香る梅花の幻の中で、登場人物はゆるゆると時をたのしむのである。

芳香の成立

森　朝男

1　快楽の形象と芳香

「集ひ易く排《はら》ひ難きは八大の辛苦、遂げ難く尽し易きは百年の賞楽なり」と、山上憶良は老と死を嘆く歌（万葉五・八〇四、五）の序に記している。「八大の辛苦」とは仏典に説かれる現世のいわゆる八苦、生・老・病・死等々、「百年の賞楽」とは人寿百年を通しての賞心楽事、つまり心を喜ばせ楽しませる事柄である。生き身には苦しみばかり集まりやすく、一方快楽は遂げがたい、というわけだ。憶良は老と死を嘆く歌に付してこういうのだから、強調されているのはなかでも老・病・死といった苦しみであって、求められているのはそれらに苦しめられることのない快適な長生である。

憶良と親しい交友関係にあった大伴旅人の「酒を讃へる歌」の中には、

　この世にし楽しくあらば来む世には虫に鳥にも我はなりなむ　（万葉三・三四八）

　生ける者つひにも死ぬるものにあればこの世なる間は楽しくをあらな　（同三四九）

といった歌が見える。酒を讃える歌を並べながら、この二首に至って生の快楽にいい及ぶ。ここでも求められているのは、この世に生きてある間の快楽である。憶良と同様の現世苦を、旅人の方は諦観して、飲酒がもたらすはかない快楽を讃えたのだろう。

来世という観念がなお成熟しきらない古い時代には、現世の生そのものを愉悦として死が恐れられたに違いないが、憶良や旅人という歌人の登場とともに、ようやくこうした思考が表現に定着する。

同時代のもう一人の歌人高橋虫麻呂は浦島の伝説を歌にするが、その長歌の一節には次のように見える

…海若《わたつみ》の　神の宮の　内の重《へ》の　妙《たへ》なる殿に　携はり　二人入り居て　老いもせず　死にもせずして

永き世に　ありけるものを　世の中の　愚人《おろかひと》の　吾妹子《わぎもこ》に　告げて語らく　須臾《しましく》は　家に帰りて　父母に　言《こと》も語らひ　明日のごと　われは来なむと　言ひければ…　（同九・一七四〇）

ここにもなお「老いもせず死にもせ」ぬことが快楽とされ、そういうことの可能な別世界にせっかく紛れ込みながら、親子の情愛に引かれてそれを捨てた浦島子を「愚か人」とさえ呼ぶに至っている。反歌でも虫麻呂は次のようにいう。

常世辺《とこよへ》に住むべきものを剣刀《つるぎたち》己《な》が心から鈍《おそ》やこの君　（同一七四一）

浦島子伝説の上代テキストには、いまひとつ丹後国風土記逸文（釈日本紀所引）があって、同国与謝郡日置《ひおき》里の筒川の嶼子《しまこ》という者が「神仙之堺」（蓬山・仙都とも）に渡って受けた饗応を「百品の芳しき味《あじはひ》を薦め、兄弟姉妹等は坏を挙げて献酬《とりかはし》し、隣の里の幼女等も紅の顔して戯れ接《まじ》る。仙歌寥亮《まさやか》に、神舞逶迤《もこよか》にして、其の歓宴を為すこと、人間に万倍《よろづまさ》れりき。」と記している。この饗応に現れる酒食や歌舞もまた人間界にあっては得がたい快楽であった。平安初期の続浦島子伝記は、さらに委曲を尽くし美句を連ねて仙界の美景、仙女の美容を語り、閨房の愉悦を語る。浦島子伝説は諸伝を通して仙女との出逢い自体が快楽であったことを語るものだと知れる。それとともに美景に目を楽しませることもまた快楽、賞心楽事であったと理解される。

浦島子伝説が中国の遊仙文芸を下敷きにしたものであることは明らかだが、これが日本文学に定着したのは、やはり万葉歌人の憶良・旅人・虫麻呂などの活動期、すなわち八世紀初頭、さらに遡るにしてもさほど遠くない時代と見てよいと思われる。丹後国風土記逸文の浦島子伝説には、「是は旧宰伊預部馬養《いよべのうまかひ》連《むらじ》が記せるに相乖《そむ》くことなし」と記されている。この逸文よりも前に、前国司伊預部馬養の浦島子伝説の筆録が存在していたことが分かる。馬養は大宝律令の撰定に関与し、懐風藻に詩一首を残す。大宝年中に死んだらしいので、丹後国司在任はそれ以前、おそらく持統朝最末年から文武朝にかけて、七・八世紀の交の頃である。

憶良・旅人が九州にあって漢詩文の影響に立った新風の和歌を作るのは、神亀五年（七二八）からであり、虫麻呂の浦島子の歌の成立も同時期ないし一、二年遡る頃と見られる。馬養の浦島子伝説の筆録はそれを二十数年遡ることになる。馬養も丹後国風土記の筆録者も、浦島子伝説が土地に民間の伝承として存在したという前提に立っているようである。馬養の場合も、丹後国守であったこととその筆録との間に関係がありそうに見えるのでそういえる。両者はかなり漢文趣味によって文飾の加えられたものだが、それ以前に土地の漁師の遭難漂流譚のようなものがあった可能性はある。記紀の田道間守《たじまもり》や山幸彦のような訪問譚が参考になる。常世に流れ着いたといった類の話だったのだろう。それが神仙界に置き換わって、不老不死とともに神仙の女との結婚というような要素が加わった。憶良・旅人にも神仙譚、不老不死の思想、仙女との婚といったモチーフが見える。嗜酒、隠逸といった中国詩人たちの姿に通うものも見える。虫麻呂の浦島子の歌もそれらと類似した傾向のものである。但し、三浦佑之「神仙譚の展開」（『文学』二〇〇八年一・二月号）に説かれるように、多遅間守などの話の常世にも、すでに蓬莱の神仙境の影響がある可能性もなしとはしない。

八世紀の初頭頃に、ようやく現世を苦界と観じ、神仙思想の助けを借りて、それの反対側に快楽境というものを浮き彫りにする文芸意識が動いてきた。しかしそれは来世というかたちにはならない。不死が願望されているのに明らかなとおり、それは生に伴う快楽というかたちをとった。不老不死、美酒美食、妙なる歌舞、逸楽の性といった類であったことは、風土記逸文浦島子伝における島子歓待の叙述によって知られる（続浦島子伝記によれば、さらに美景も）。これらはすべて生き身の身体、五官を喜ばしめるものである。

ところで、そうした快楽は苦界に沈む人間誰しもの共通の願いであったが、仙界に紛れ込んでこれらを得ることのできる人物は、特殊な資格を具えていなければならなかった。浦島子伝では島子を「姿容秀美、風流無類」なる者と表現し、釣り上げた五色の亀から変じた娘子（仙女）は島子に対し、「風流之士、独《ひとり》、蒼海に汎《うか》べり。近しく談《かたら》はむおもひに勝《た》へず、風雲の就来《むた》つ」といってもいる。容姿優れた風流の男子でなければならなかった。これはいうまでもなく、娘子を仙女として、それと交わりうる人としての資格である。平安朝初期、文頭に承平五年（九三二）四月二十二日に坂上高明が記したとある続浦島子伝記には、娘子が浦島子に逢い結婚へ誘うことばとして、二人は昔の世に夫婦の契りを結んだが、「我は天仙と成り、蓬莱の宮に生まれ、子は地仙と成り、澄江《すみのえ》の浪に遊」ぶ身となった。それゆえに今、昔の約束を遂げようと思う、という趣旨を述べる。二人の結婚は天仙と地仙の交わりなのである。また浦島子は、「人と為り、仙を好み、真の秘術を学」んだ者であるともいう。風流とはつまりは神仙に匹敵する人の姿、ふるまいなのであった。大伴旅人は大宰府にあった折、松浦河に遊び、そこで出逢った漁師の娘子たちを仙女に擬えて、偕老の契りを交わして帰る空想的な連作歌群を作っているが、その漢文序に、娘子たちを評して「意気雲を凌ぎ、風流世に絶えたり（意気凌雲、風流絶世）といっている（万葉集巻五・松浦河に遊ぶ序）。この場合も娘子らを神仙に近い存在として遇するのに、風流という語を用いている。

もともと風流とは、中国では政教的、倫理的な美風、その伝統、ないしそれを具現した世風や人格をいい、六朝に入って隠士の世俗を脱した風格や、優婉な人の姿などをいい、さらには芸術的な風雅、文雅を指してもいうようになったようである（岡崎義恵『日本芸術思潮・第二巻の上』岩波書店、一九四五）。そのような広がりを背景に遊仙文芸においては、風雅の士が仙境に遊んで仙女と交渉を持つことを風流と見たのだ。この時、快楽は高貴の装いを施される。美的でもあり精神的でもある理想として置き直される。こうして快楽は文芸のものとなった。さらに現実の遊覧や遊宴、それらを場とした交友や男女交歓も、平城京貴族官人たちには神仙との交わりに擬せられる風流と見られた。次の例がそれを雄弁にものがたる。

（天平九年）春二月に諸大夫等の左小弁巨勢宿奈麻呂の家に集ひて宴する歌一首

海原の遠き渡を遊士《みやびを》の遊ぶを見むとなづさひそ来し　（万葉六・一〇一六）

右の一首は、白き紙に書きて屋の壁に懸《か》着《け》たり。題して曰く「蓬莱の仙媛の化《な》れる嚢蘰《ふくろかづら》は、風流秀才の士の為なり。これ凡客の望み見る所にあらざるかな」と。

宴席に主人宿奈麻呂が施したしつらえとして、嚢蘰を飾り、題して、蓬莱の仙女の化身であるから風流秀才の士のみの見うるものだ」と記し、仙女の詠んだ歌としてこの歌を壁に掛けた、というのである。風流の士が集う宴に蓬莱の仙女が紛れ込んで交歓する様を想定した。この日ここに集まる諸大夫らを「風流秀才の士」ともちあげた、歓待のしつらえだ。彼らはまた相互にも、神仙との交わりに比すべき風流超俗の交友関係を、この宴席に展開すべき人々とみられた。詳しくは別稿（「後期万葉の意識背景」『論集上代文学・第二十七冊』笠間書院、二〇〇五）にふれた。

ところで、こうした宴席の場はまた芳香に満たされた場とも想定されたようである。この宴の七年前、大宰府の帥大伴旅人邸でなされた梅花の宴では、梅の花を詠む歌三十二首が、相集うた大宰府官人及び管内諸国の国司らによって詠まれるが、その歌群に付した旅人の漢文序にはこうある。

天平二年正月二日に、帥《そち》の老《おきな》の宅に萃《あつ》まりて宴会を申《ひら》く。時に初春の令月にして、気淑《よ》く風和《やはら》ぎ、梅は鏡前の粉《こ》を披き、蘭は珮《はい》後《ご》の香を薫らす。……

初春の好季、大気はおだやかに風は和み、梅は鏡の前の白粉のごとき色に咲き、蘭は匂い袋の中の芳香を薫らせる。梅を美人に擬え、また蘭が芳香を放っているとするのである。梅についても、鏡前の白粉の譬えが芳香をも意識していると見られる。万葉集は一般になお香に疎い。例えば梅についても、平安和歌がしきりに梅の香を詠むのに比べ、梅の香を詠んだ歌はこの三十一首にももとより、全巻百首を超える梅の歌の中にもほとんど存在しない。ところが同時代の漢詩集懐風藻には、梅の芳香が詠まれ、また梅の花が蘭とともに詠まれる。

　松風の韻詠《うた》に添え　梅花の薫《か》身に帯ぶ　（田辺百枝・春宴応詔）

　玄圃梅已《すで》に故《ふ》り、紫庭桃新たならむとす　柳絲歌曲に入り　蘭香舞巾に染《し》む　（長屋王・元日宴応詔）

　芳梅雪を含みて散り　嫩柳《どんりゅう》風を帯びて斜く　（百済和麻呂・初春於左僕射長王宅讌）

　柳条未だ緑を吐かね　梅蕊已に裾に芳し　（箭集虫麻呂　於左僕射長王宅宴）

梅花の宴序の梅と蘭の対は、こうした詩作と等しい作意から出たと見られる。蘭香は中国では屈原の「離騒」あたりから、君子の徳を象徴し、また君子の交わりの気品をいい表した。宴席の交友をそれと見立てることから、宴の傍らには蘭が薫るとされる。神仙との交わりもまたそれに匹敵するもので、神仙境はまた芳香に包まれてもいた。懐風藻の宴の詩は、しばしばその場を仙境のように装っている。詳しくは旧稿に説いた（森『恋と禁忌の古代文芸史』第十八節、若草書房　二〇〇二）。芳香というものが日本文芸に位置を占めるのは、このようなところからである。つまり神仙趣味と遊仙文芸への関心の高まりによる。

2　香の前史

先に、万葉集は香というものに疎く、例えば古今集以降の梅の歌には芳香を詠むものが多いのに、万葉集にはほとんど見えないことにふれたが、実は唯一、次の歌だけは梅の芳香を詠んでいる。

梅の花香をかぐはしみ遠けども心もしのに君をしそ思ふ　（万葉二〇・四五〇〇）

天平宝字二年（七五八）二月、中臣清麻呂邸の宴における市原王の歌である。主人清麻呂への挨拶の歌で、清麻呂の人柄の芳しさを梅の香に譬えているのだ。ここには蘭と等しく、芳香を以て君子の徳を讃える論理が潜んでいると見られる。

おそらくは次の古今集の梅の歌なども、あくまで梅そのものを詠みながら、その表現の手法に、この論理が力を貸しているものであろうと思われる。

よそにのみあはれとぞ見し梅の花あかぬ色香は折りてなりけり　（古今一・三七）

きみならで誰にか見せむ梅の花色をも香をも知る人ぞ知る　（同三八）

春の夜の闇はあやなし梅の花色こそ見えね香やはかくるる　（同四一）

すなわち、一首めは男より女を想定したもので、美人（仙女を想定してみてもよい）をわがものとすることと等しなみに梅を詠み、二首めは梅の花の色や香の気品を知り分けることのできるのは、「きみ」を置いてほかにはいない、と梅を贈る相手の品格を讃え、三首めは真の貴人は、和光同塵、おのれの高貴さを包み隠していても遂に隠しおおせず世に現れるという論理から、梅の高貴な美しさを詠んでいると見られる。草や花の芳香というものが表現されるに至る背景には、君子の徳と芳香との連繫や、神仙・仙女と芳香との連繫といった観念の形成が、必ずや存在したであろうと思われる。

それでは、そうした観念の中国からの受容、形成以前に、高貴なる者、ないしはこの世とは異なる異境といったものの超越性は、どのように表現されたきたのだろうか。それは、光、輝きを帯びるものとして、であったと見られる。

1秋山のしたへる妹　なよ竹のとをよる子ら　（万葉二・二一七）

2なゆ竹のとをよる皇子《みこ》　さにつらふ我が大君　（同三・四二〇）

3あからひく色ぐはし子　（同一〇・一九九九）

4つつじ花にほえ娘子　さくら花さかえ娘子　（同一三・三三〇五）

5あかねさす君　（同一六・三八五七）

はじめに現世的な卑近な例として、右のような表現が拾われる。1は挽歌で若死にした采女を、2は同じく挽歌で哀悼の対象である皇子を指す。2の「さにつらふ」は「接頭語サ・丹《に》（赤色・明るく輝く色）・頬（つら）・動詞化の接尾辞フ」という語構成と考えられる。1と2はほとんど等しい褒め詞を逆順に並列したもので、同じ褒め詞が男にも女にも共通していることになり、こうした語が実状を離れた観念語であることを思わせる。3の「あからひく」は赤みを帯びること。「色ぐはし」は色美しい。これは七夕歌で、織女を指したものである。4の「にほえ」は自動詞「にほゆ」の連用形。まばゆくにおいやかな様をいう。「紫草《むらさき》のにほへる妹」（万葉一・二一）の例もある。「さかえ」（栄え）と並列されるが、これも桜の花盛りのまばゆく盛んな様子によったものだろう。5の「あかねさす」は茜色に輝く意。いずれも赤色を基本にしていて、赤みを帯びた若い素肌を表現したと具体的に見ることもできようが、男を指した例もあり、そこにとどまらず、輝くことをも含んでいよう。橘の実を「あから橘」（同一八・四〇六〇）・「あかる橘」（同一九・四二六六）といった例があり、またその橘を褒めるのに「照る」といった例も見える（同一九・四二七六他）のを思うべきである。「あか」は赤色であり、また明るく照り輝くことでもある。「赤し」「明《あか》し」は同根である。

天皇や皇子女らを「高照らす日の皇子」（同一・四五）・「高光る日の皇子」（同二・二〇四）という。この「高照らす」「高光る」は、天照大神の子孫すなわち「日継皇子」を「日の皇子」と呼び、なかば枕詞的習用によって「日の皇子」の掛詞としたものであるが、「日」に掛けて「あかねさす日」（同二・一六九）・「あからひく日」（同四・六一九）といった例もあるから、先の五つの例と全く縁の切れたものでもないことになろう。赤みを帯びる、照り輝く、といった意味のことばは、高貴であったり、若く生命盛んであったり、美貌であったりするものを形容することばの伝統であった。赤色については旧稿（「色に出づ」『古代和歌と祝祭』有精堂出版、一九八八）にも述べたが、もともとめでたい色として、神憑依の徴とされたものであった。

是の時に、海を光《てら》して依り来る神有り。（古事記上巻）

尾生ひたる人、井より出で来たり。其の井に光有り。（同中巻）

異様な者が光とともにたち現れるという記述がある。前者は大国主神が国作りに困窮している時、大物主神が海から到来する記述である。神は光とともに訪れる。後者は神武天皇が東征の折、吉野で出逢った土地神（国つ神）の一神、その名もこの現れ方によって井氷鹿《いひか》と名付けられる者の、出現の記述である。

天照大御神の出で坐《いま》しし時に、高天原と葦原中国と、自ら照り明《あか》ることを得たり。（古事記上巻）

天照神が岩屋から再び出て現れた時の表現は、古事記では右のようになっている。これは天照の再誕を意味する。太陽神だから「照り明る」ことは必然ともいえるが、総じて神の出現はこうした表現になりやすかったろう。闇に光が射すのである。天孫降臨にも闇が明けて光が射したとする伝承がある。日向国風土記逸文（万葉集註釈所引）に、天孫が高千穂の二上の峰に降る時、天暗く昼夜の区別もつかなかったが、稲の穂を投げ散らしたところ「天開晴《あか》り日も月も照り光《かがや》」いたと記している。

天照が岩屋に隠った時の表現として「常夜《とこよ》」（古事記）・「常闇《とこやみ》」（日本書紀）といった語が見えるが、それらの語は上代文献のうちに、他にもわずかに見えている。神功皇后が三韓征討を終えて帰ったところ、畿内では別の妃の腹に生まれた麛坂《かごさか》王・忍熊《おしくま》王が皇后腹の誉田別《ほむたわけ》王（後の応神天皇）の立太子・即位を阻んで反乱を起こす。その戦闘の最中、にわかに闇が訪れ多くの日を経た。時の人が「常夜行くなり」といったという（日本書紀巻九）のだが、この語は、古事記における天照の岩屋隠りの時の叙述と等しい。原因を探ったところ異なる神の社に奉仕する巫祝二人が相親しく同穴を契って死んだ後、同じ穴に合葬したためと分かる。改めて墓を分けて埋葬したところ闇が晴れたという。この後皇后と皇子は反乱を鎮定し、皇子の立太子が果たされた。また万葉集には、天武天皇の皇子高市皇子の殯宮挽歌（万葉二・一九九）において柿本人麻呂が、皇子生前の壬申の乱における戦いを叙する部分に、「渡会の斎《いつき》の宮ゆ　神風にい吹き惑はし　天雲を日も目も見せず　常闇に覆ひ給ひて」と詠んでいる。これも戦闘の苦境を表現したものだが、これに続いて天武方の勝利と天武天皇の即位を叙しているから、闇が晴れ、苦境を脱して勝利が導かれたと想像させる。常夜・常闇は太陽神天照の隠りに即していえば、冬至の長い夜を意味していることになるが、戦闘の叙述におけるこの二つの例も、苦境を脱して新しい王が誕生するのに伴う光の前の闇という意味あいになる。めでたいことは闇の後の光の中で実現するということなのだろう。

神、あるいはそれと等しなみに見られるものの出現、あるいは幸いの実現と光とが密接な関係にあったことが分かる。闇を恐れ光を奇貨とする古代的心性が、こうした叙述のあり方を生んだのだろう。

上代文学における光り輝くものの所出例を追って行くと、いろいろなものに出逢う。日本書紀巻十三（允恭紀）には皇后の妹として衣通郎姫《そとおしのいらつめ》という人の名が見え、「容姿絶妙にして比《たぐひ》無し。其の艶色、衣を徹《とほ》して晃《て》れり。是を以ちて、時人号《なづ》けて衣通郎姫と曰《まを》す」と記している。古事記では允恭天皇の娘の軽大郎女《かるのおおいらつめ》のまたの名に衣通郎女が見え、これにも名の由来として「其の身の光の衣より通り出づればなり」とある。単に具体的に輝く肌の色を持った人と見てもよいが、それ以上のようにも思える。すなわち人間離れした特異な美貌といった物語的粉飾が施されたものだろう。

日本書紀巻十九（欽明紀）十四年五月条には、河内国が「茅渟海《ちぬのうみ》の中に梵音有り。震響雷声の若《ごと》く、光彩晃曜にして日の色の如し」と奏上した。天皇は不審に思ってこれを求めさせたところ輝く樟《くす》の木だったので、二体の仏像に造らせた。吉野寺に光を放つ樟の像がこれだ、という縁起譚めいた話が見える。仏説では仏の身体を敬って金口とか金身といい、また実際に金身であったともいう。日本霊異記には仏や聖人が光を発する話が多く見える。願覚という聖人はいったん死んだものの他所において生き身で発見される者だが、こっそりその居室を覗いた優婆塞《うばそく》はその身が光り、室内が照り輝いているのを見る（上巻三縁）。同様に聖者の居室が輝く説話は上巻一四縁・二二縁などにも見える。奈良の京の下毛野《しもつけの》寺の観音像の首が断たれて落ちたが、翌朝には元の位置に返り光を放った（中巻三六縁）、という説話もある。

平安時代に入って、竹取物語のかぐや姫は、竹取の翁の竹林での「もと光る竹なむ一筋ありける。あやしがりて寄りて見るに、筒の中光りたり」という奇妙な遭遇から発見される。翁はこの後、「節を隔ててよごとに金《こかね》ある竹を見つくる」ことが重なったという。ここでは輝きは黄金、すなわち富としても描かれるが、かぐや姫の方は美しく生い育って、その居室は「暗き所なく光り満ちたり」という状態になる。霊異記の説話群とも、日本書紀の衣通郎女の話とも通いあうところがある。かぐや姫は天人であるから、人の世にやって来た仙女である。

かぐや姫が五人の貴公子たちの求愛を拒み、ついに帝の求愛をも退けるのは、神仙と人との距離を物語るものでもあるが、快楽の問題からいえば、人にとっての全き快楽がついには理想（彼岸）でしかないことを示す。仙女との交歓はついにプラトニックなものに終始するか、または夢の中での交情の果てに別離に至るという形式をとる。これは文選の「神女賦」「高唐賦」などに見られるところだ。男女の優雅な情交、すなわち風流としての恋は、性という問題を無化ないし朧化した仙女との情交という形をとってまず出発した。浦島の話もその型を踏むもののうちに入れてよいだろう。全き快楽というものが彼岸であるということへの想到が、多分、精神や思想というものの形成を媒介する。神仙界という場所は五官を喜ばせるあらゆる物に溢れており、無尽蔵の富を有している。しかしそこへ行くためにはある種の資格が要る。それは天性のものであれ鍛錬によって獲得したものであれ、高貴であることだが、高貴であるとはさまざまな意味で精神的であることだ。快楽という身体的なものが反対側の精神性と結合し、そこではじめて快楽は美的なるものとして受け入れられる。

　光や輝きや黄金色によって示される超越性は、ここまでに見てきた例をふりかえると、宗教的であったり呪術的であったりするものが中心である。神であり仏であり、修練を積んで仏性を体現した聖者である。また神仙の影もほの見える。超越的なものをまず光として捉えたのは、古い時代にあらゆる感覚の中で視覚が秀でた優位性を持ったからだろう。ところがおそらく神仙、神仙境に関わっては、超越性として芳香が取り上げられるようになった。起源は高徳の人と蘭との関係にあるだろう。

　少しその芳香の例を見ておこう。日本書紀巻十（応神紀）十九年、天皇が吉野宮に幸した時、山間民の国樔《くず》が初めて服属し天皇に醴酒を奉った。それ以後朝貢を繰り返すことになり、栗・菌《たけ》・年魚《あゆ》の類を貢納する習いとなったと記す。また彼らの習俗として、常に山の木の実を食らい、蛙を煮て「毛瀰《もみ》」と称しうまい味を出して食用にしていると記す。ここには平地民が山間民と出逢った驚きが素直に語られている。平地民が常食とする穀物類を食べずに、山や川から採集される物を食とする習俗への驚き、中でも異様な食べ物として蛙の煮物を味良き物として掲げる。神仙の原像のようなものがここにある。この「毛瀰」は味覚に関わるものだ。一方、芳香（嗅覚）に関わる物として貢納物の中に「菌」が数えられている。これはマツタケだろうという。万葉集の詠物歌の中にたった一首「芳《か》を詠める（詠芳）」という題の歌があり、キノコを詠む。

高松のこの峰も狭《せ》に笠立てて満ち盛りたる秋の香のよさ　（万葉一〇・二二三三）

この「秋の香」がマツタケを指す可能性は高いだろう。しかし名としてマツタケを当時一般に「秋の香」といったかどうかは他に例がなく分からない。むしろ山中に群がるマツタケが発した芳香から歌語としてこう表現したと理解した方がよい。ただここに「芳を詠む」という詠題が成立していることに注目される。そしてこれに応神紀の国樔《くず》の記事を重ねてみると、マツタケの香が、山中の自然の中から、山間民によって初めて平地にもたらされたということになるのが興味深い。とるに足りないほどの微かな証例ではあるが、芳香の最も素朴な発見が、人里離れた自然界（異界）においてまず見出されたのである。芳香とは人のものでなく自然の側のものなのだった。

3　光から香へ

散漫な例を挙げ来たってなかなか芳香の形成にいたる道筋を示せないが、芳香を超人間的な存在、または人のうちで特に優れた者の超越性を表すものとして用いる表現は、大筋、光から香へという移り行きをたどって生成したらしいこと、その移行の過程に自然界に超脱した神仙や、それと当初は紛れる関係にあった仏教の聖者像の受容というものが絡んでいたのではないか、という見通しはできてくる。

芳香を表す上代和語は、名詞として「か」、形容詞として「かぐはし」程度、それに動詞としてかろうじて「にほふ」を挙げることができる。「かをる」は日本霊異記その他の訓注にわずかにそれらしい例が見えるが、本来は煙や霧が立ちこめることをいったらしい。「かぐはし」は大部分が芳香を指したものであるが、起源的にはそうであるか否か問題が残る（後述）。「にほふ」も述べたとおり元来は視覚についていったものだ。そうすると、芳香をいう根生いのことばはなかったことになる。悪臭をいう「くさし」も平安初期の訓点語ぐらいから始まるようだ。

このうち「にほふ」「かぐはし」に注目してみよう

a橘のにほへる〈介保敝流〉香かも　（万葉一七・三九一六）

b（橘の花を）かぐはしみ〈香具播之美〉置きて枯らしみ　（同一八・四一一一）

c咲きにほふ花橘のかぐはしき〈香吉〉親の御言《みこと》　（同一九・四一六九）

d梅の花香をかぐはしみ〈加具波之美〉　（同二〇・四五〇〇、前出）

花の香を詠むことの少ない万葉集において、橘にだけは香を詠む歌が十首弱ほど見える。記紀に田道間守《たじまもり》が常世に不老長生の霊薬を求め、非時香菓（ときじくのかくのこのみ）を持って帰る話がある。その実は橘だったという。この蓬莱訪問譚めいた話の影響があるのかも知れない。

さて右のうちaは「にほふ」を香について用いていると見られる上代の唯一の例である。但し、別に「咲く花のにほふが如く〈薫如〉」（万葉三・三二八）、「つつじ花にほへる君が〈香君之〉」（同四・四四三）、「丹《に》つつじのにほはむ時の〈将薫時能〉」（同六・九七一）など、照り輝く視覚上の意味の「にほふ」を香・薫の文字で表記したものがある。当時、芳香をも「にほふ」といっていたらしい証拠になる。

照り輝く鮮色をいう「にほふ」は、どのような経緯で芳香にも用いられようになったのだろうか。このことに関わる論として、「衣にほはせ」「我が衣色どり染めむ」など和歌に伝統的な花の色で衣を染めるという表現と、「梅花の薫身に帯ぶ」「蘭香舞巾に染む」など懐風藻詩に見える芳香が衣服に染みるという表現が統合されるといった過程を経たゆえに、和歌における芳香の表現が色彩の表現を応用することになったとする見解（三木雅博「漢詩文と古今集」『古今和歌集研究集成・第二巻』風間書房、二〇〇四）がある。和歌の芳香は花の香が中心だから、そういう経緯もありえたろう。しかし少しまわりくどい。もっと直接的に、視覚と嗅覚（鮮色と芳香）の意味を重ね持つ語「にほふ」の語義に拘ってみたい。

この語は「丹《に》（赤色）・秀《ほ》・動詞化の接尾辞フ」という構成になるもの（「丹の秀にもみつ」といった例もある）で、色が際だって目立つことを意味したから、その「際だつ」意が重んじられて、色以外の際だったものにも応用されるようになった、あるいは鮮色の発光を眩惑的な、物の霊威のたち現れと感じる心が、同様なものである芳香をも含み込んで用いるようになった、といった経緯、心理過程が存在したかと思える。cの例などを見ると咲きにおう花の盛りにこそ、その霊威の一端である芳香もまた強く表れる、といった自然への感応のしかたがあると思われる。鮮色まばゆい花盛りは、また香がかぐわしい盛りでもあるのだ。そうすると芳香を指した可能性のある右の唯一例「橘のにほへる〈尓保敝流〉香かも」も、染色・芳香両意を含んで、「際だった」ぐらいの意で用いられたものと思われる。多田一臣「万葉集と古今集」（『古今和歌集研究集成・第一巻』風間書房、二〇〇四）は、古代にあっては視覚が第一義的な感覚で、嗅覚など他の感覚は「視覚に統合され」ていて、「にほふ」はもともと、鮮色・芳香に区別されない霊的、神的なもののたち現れる様をいったことばだったと説いている。これに賛同される。

「にほふ」という語がこのように視覚・嗅覚双方を含む幅広さ（ある種の曖昧さ）を持つのに対し「かぐはし」の用例は嗅覚（芳香）を表す方へ傾いているように見える。しかしこれも初めから芳香をいったことばかどうか分からない。物の良質であったり美麗であったりするのをいう「くはし」に「か」をつけたものだが、古事記の歌謡に「かぐはし〈迦具波斯〉花橘は」の用例があり、芳香を「香」と呼んだ万葉集の例より相当早いので、この「か」が「香」の意であるかどうか分からない。多田氏は、芳香をいう「か」が「香」でなく、ものの正体をいう「ただか」などの「か」で、これも霊力・霊質を指したことばだったろうと推定する。これに依拠すれば「かぐはし」も高貴ないし神聖なるものの霊威のたち現れを捉えた意味になる。大筋は等しいのだが、本稿では「ただか」よりも「かかやく」（「輝く、上代語では第二音節清音）や「ときじくのかくのこのみ」（記紀・垂仁天皇）の「かか」「かく」などとの関連を考えてみたい。「いろぐはし」「まぐはし」「はなぐはし」などの類語が上代には見える。「いろ」「ま」「はな」は、それぞれ色・目・花で視覚的なものを指す。古事記歌謡の「かぐはし花橘は」は橘の花の香をいったものでなく、色彩・光彩をいったものであろうと思われる。輝くことと芳しいこととが、語としても同根であったと思われるのである。

このように見てみると、「にほふ」や「かぐはし」が、人格（起源的には霊格）や風姿を讃えることばとして用いられる例の多いことに説明がつきそうである。右のcもその例であり、dも先に見たとおり、梅の花のかぐわしさに相手の人柄を譬えたものであった。のみならず、古今集の梅の香を詠む歌のいくつかが、人の気高さを表現するレトリックに依拠していることも、先に見たとおりである。

＊

源氏物語には光り輝く人物と身体より芳香を発する人物の双方が登場する。後者はいうまでもなく薫大将であるが、前者は光源氏・藤壺更衣（かかやく日の宮）・匂宮などである。

光隠れ給にし後、かの御影にたちつぎ給べき人、そこらの御末々にありがたかりけり。おりゐの御門をかけたてまつらんはかたじけなし。当代の三宮、その同じおとゞにて生ひ出で給し宮の若君と、此二所なんとりどりにきよらなる御名とり給て、げにいとなべてならぬ御有さまどもなれど、いとまばゆき際にはおはせざるべし

（源氏物語・匂宮）

匂宮の巻の冒頭は、いよいよ青春期に至った匂宮と薫をこのように語って、二人の物語を始めようとしている。光源氏の「光」が失せた後、その姿の後を継ぐ人とて見出しにくい。冷泉院はさておき、当代の三宮（匂宮）と宮の若君（薫）とが並々でない評判なのだが、なお光には及ばないようだ、という。世の人々が「匂ふ兵部卿、かをる中将」と並べて評判したとも、同じ巻に記される。

この巻頭の一文は光源氏のまばゆさを「光」の比喩で語っているから、あたかも光ることに対して匂うことと薫ることとは、それを継ぐものながらそれに及ばぬもの、光の影を宿す二番目の光、光をなぞるものであるかのようだ。そしてその二人のうちどちらかといえば語彙上「光る」に近い「匂ふ」宮は、「薫る」中将の発する芳香を妬んで、薫香をいつも衣に焚きしめていたという。

これはやがてこの二人の貴公子を主たる役どころとして展開してゆく、宇治十帖物語の意味と位置とを象徴するかのようである。「高光る（高照らす）日の皇子」の王権を象徴する「光る」源氏の物語の後続余編のようにしてあり、どうやら物語の求心力は仏性を身に宿した薫大将に向かい、薫が慕う八宮という聖めいた

人物の影を背負う宇治を舞台に、道心と色好みの拮抗が語られて行く。

薫大将の発する芳香はもはや神仙のものではなく、仏のものである。そうでありながら、一方でこれは薫大将のセクシュアル・アピールとしても機能している。そこに宇治十帖のあやにくな筋書が潜んでいるようでもあるが、述べて来たように、快楽と精神性の両義を包合する芳香の必然でもあったのである。しかしとにかく仏もまた見てきたように光るものであった。日本霊異記には金色を発する聖の話に混じって、薫香を発した僧都の話も見える。上巻第五縁には次のような説話がある。大部屋栖野古《おおとものやすのこ》という深い帰依心を持った人が、敏達天皇の代に和泉国の海に霊木を見出し、皇后（後の推古天皇）の許しによってその木から三体の仏像を造る。先に引いた欽明紀の話の別伝といってよい。後に推古天皇によって僧都の位を与えられた屋栖野古は、死んだ後屍が不可思議な芳香を発したという。屍解仙の話にかたどったものである。やがて蘇生してあの世に行きかけた体験を語るには、五色の雲の道を行くとその道は芳香に溢れ、道の辺を見ると黄金の山があって輝いていたという。この話には黄金の光と芳香とが交錯している。

光から香へ、それは日本文学史としていえば、神から神仙を経て仏や仏性を具えた聖人へ、という筋道になるだろう。「にほふ」「かぐはし」などの語彙に拘っていえば、高貴なもの、霊的なものの諸特質を包括的に未分化のまま表現することから、次第に芳香が意識化され、分化してくる過程でもあった。

平安京貴族文化とにおい

―芳香と悪臭の権力構造―

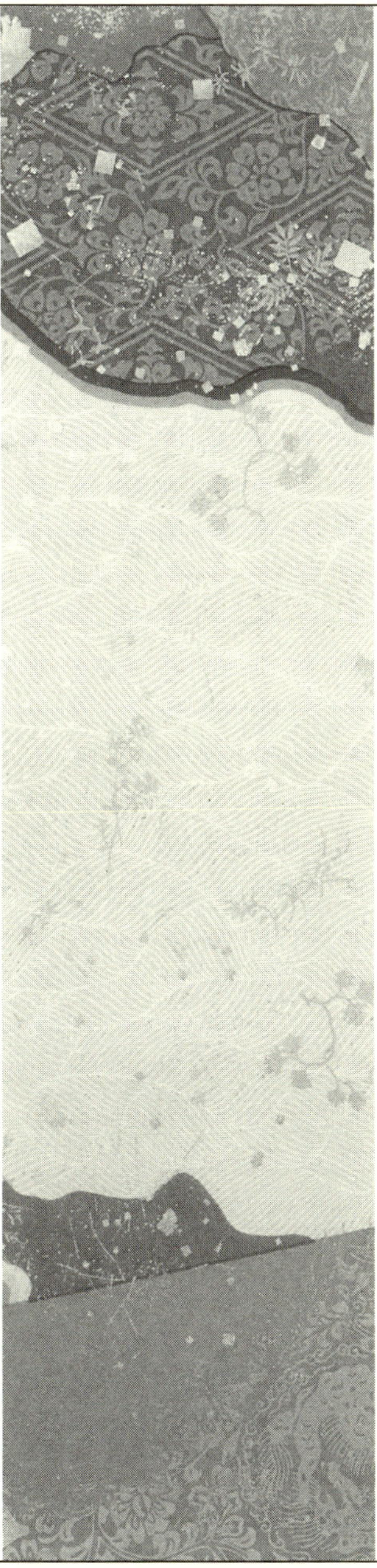

京樂真帆子

はじめに

平安京には、どのようなにおいが漂っていたのであろうか。『枕草子』において清少納言は、しっかりと香をたきしめた衣を取り上げた時の匂いを楽しんだり（二一四段）、牛車に牽かれたヨモギが発する匂いに心を奪われた（二〇六段）様子を記述している。また、彼女はすれ違った車から漂う鞦の臭いをおもしろがってもいる（二〇七段）。夏であるから、牛も臭うだろう。もし革で出来た鞦であるならば、なおさら動物臭くなっているはずである。その臭いをおもしろがる自分は妙であると、彼女は記している。このように、においの感覚というものは、極めて個人的なものである。

しかし、一方で、芳香と悪臭の区別は時代や社会によって異なり、匂いの感じ方が文化そのものであることもまた明白である。平安京に充ち満ちていた様々なにおいを人びとがどうかぎ取ったのか、そこに平安時代の文化が凝縮されて見えてくるはずである。本稿は、平安京で暮らした貴族の文化とにおいについて考えていきたい。

『源氏物語』など物語文学に象徴的に描かれるように、平安京の貴族たちは競って良い匂いを追求した。自然の花の匂いに敏感であっただけではなく、空薫と称して邸宅で高価な輸入品であった香木を焚くことまでしていた。平安貴族たちはなぜかくも良い匂いにこだわったのか。これが最初の課題である。

なかでも、平安京に満ちていた悪臭と貴族の邸宅にたちこめていた芳香とのコントラストを考えたい。一八、九世紀のパリのにおいについて分析したアラン・コルバン氏は、フランスのミヤコが悪臭に埋もれた都市であったことを明確に示している。[*1] そして、それまで好まれていた動物性香料がほのかな黄水仙の薫りの植物性香料に取って替わられた時、即ち、良い香りが発明されて初めて悪臭という概念が生まれた、としている。翻って、日本の平安貴族たちは、芳香の中から悪臭を発見したのか、あるいは逆に、悪臭の中から芳香を発見したのか、知りたいところである。

また、においをめぐって平安貴族たちがどのような文化を築いていったのかも追究していこう。言うまでもなく、文化は政治の反映である。良いにおい、つまり芳香を身にまとうことにどのような政治性があるのか、明らかにしていきたい。

1　平安京のにおい

(1) 平安京の臭い

寛仁二年(一〇一八)閏四月二十四日、内裏の綾綺殿の床下に臭いにおいを発する物体(「臭物」)が発見された(『小右記』同日条)。確認させたところ、オオカミの死体であった。天皇の生活空間内での出来事である。また、この殿舎の東にある温明殿は内侍所と呼ばれ、いわゆる三種の神器が納められていた。この珍事に官人たちは大騒ぎになった。当初は犬の死体であるとされ、清浄に保つべき内裏が穢れてしまったものと考えられたからである(『日本紀略』同年閏四月二十三日条)。しかし、オオカミの死体であるならば、穢れの規定からははずれ、内裏空間を封鎖する必要はない。とはいえ、死体が発見された殿舎にあった神鏡が鳴り、占ったところ火事のおそれがあるとされた。この騒ぎに女房たちは、荷物をまとめて火事に備え、夜通し眠ることが出来なかった。かほどの、騒ぎをオオカミの死体がもたらしたのである。

この様に、平安京において、動物は貴族邸宅に穢れをもたらし、そこで異臭を発した。[*2] こうした異臭は動物の死体のみならず、その排泄物や出産などで排出される血液も発生源であった。貴族の屋敷には、外から悪臭が持ち込まれるのである。

そしてなによりも、平安京には街路における人間の排泄物の異臭がたちこめていたはずである。[*3] 当時のトイレは、貴族層は携帯便器、いわゆるおまるを使っていた。[*4] その内容物は、屋敷の外の道路側溝に流されたと推定される。北に高く南に低い京都の地形は、貴族たちの排泄物と悪臭を南へと流していったであろう。

庶民のトイレは、まさしく道路であった。平安末期に作られた絵巻『餓鬼草紙』には、道路にかがんで排泄する男女の姿が描かれる。みなが高下駄を履いているのは、その場所が排泄場所として共有されていたからであろう。つまり、ミヤコのすべての道路が排泄場所となったのではなく、いくつかの場所がそれとして認識され、人々が活用していたと考えられる。

平安貴族たちは徒歩で道を歩くことはほとんど無く、基本的に牛車や馬に乗って移動したから、こうした汚物に触れることは原則無かったはずである。しかし、『落窪物語』に見えるように、姿をやつして夜行する時には徒歩で移動する。こうした場合、貴人に出会えば道にかがまねばならず、そうした時に糞便の上にひざを屈することになる。という物語を読んで、平安貴族たちは平安京街路の実態を再確認することになる。

道路に放置されたのは、人間の糞便だけではなかった。たとえば、死期が迫った病人は家中での死の穢れを避けるため、路頭に放り出された。そうした人々は道路で死を迎え、その遺体はそのまま放置され、腐敗していったに違いないのである（『本朝世紀』正暦五年（九九四）四月二十四日条など）。これもどの道路にも病人が置かれたわけではなく、一定のルールがあったと思われるが、その悪臭は貴族邸宅にも流れてきたであろう。

さらに、こうした人の死体を犬やカラスなどの動物が食べた。のみならず、死体の一部を貴族邸宅に運び入れることもあった（『小右記』長和四年（一〇一五）七月二十七日条など）。これも、穢れとなる。こうした「異物」がどれほどの臭気を発したのかはわからないが、貴族の屋敷内に臭い物体は持ち込まれていた。外部から悪臭が漂ってくる屋敷での生活、これが、平安貴族の生活の実態であった。

さて、こうした平安京の実態を勘案すると、平安貴族邸宅の庭園にある池の水をどこから供給するかは、大問題であったと考えられる。[*5] むろん庭から泉が出れば、小野宮第のように清浄な水を池に流し込むことが出来る（『小右記』長和二年（一〇一三）二月十二日条など）。しかし、豊かな地下水を誇る平安京と雖も、高地にあたる北部にこそ上級貴族の邸宅が並ぶ故に、泉が都合良くわくことは極めて珍しいことであった。そこで、権力にものを言わせて無理矢理水を運び込むこともあった。藤原道長は造築した上東門第の池の水を近隣の田畑を犠牲にしてまで引き込み、藤原実資の批判を浴びている（『小右記』寛仁二年（一〇一八）六月二十六日条）。しかし、その実資にしても、中河のきれいな水を専用の水路を通して自宅に運び込んだのであった（『小右記』万寿四年（一〇二七）九月八日条）。京内に新たな水路を掘削するという大土木工事は、京職の許可を得ないままに通行人のための橋まで架けられた。それほどまでにも、清浄な水が必要とされたのである。[*6]

もちろんこうした事例は例外で、大多数の邸宅では、水は道路側溝から供給されていた。道路側溝とは、都市の排水溝である。先述した平安京の道路事情に鑑みると、どのような水が邸内に引かれることになったのか、明白である。

『枕草子』（大島本一本二十七段）によると、池の「水もみどりなるに、庭も一つ色に見えわたりて、曇りたる空をつくづくとながめくらしたるは、いみじうこそあはれなれ。」と、清少納言が過剰な池の手入れに批判的であったことが知られるが、これではかなりの悪臭をもたらすことになろう。一方で、紫式部は『紫式部日記』において「随身を召して、遣水はらはせたまふ」と、清掃の様子を記録する。この他、古記録には、平安貴族たちが池の手入れに腐心している様が見える。なぜならば、池には落ち葉やゴミだけではなく、死体や異物が混入しており、悪臭を発するからである。[*7]

藤原道長が、囚人たちを使って自邸の池を清掃させたという記事がある（『御堂関白記』寛仁二年（一〇一八）二月二十七日条）。ツミという穢れを負った囚人に池の穢れを払わせ、清浄空間を復活させたわけだが、同時に、異臭もいくらか消えたことだろう。[*8]

穢れというのは、現在の衛生観でとらえるべき事象ではない。死を恐れ、血液を忌むのが穢れの基本である。平安貴族たちは、自らをこうした恐怖から遠ざけるために様々なものを穢れとして認識していた。ここで改めて考えてみると、死をもたらし、血液を流すものには、異臭がするはずである。ということは、貴族たちが忌み避けたのは、観念としての「きたなさ」だけではなく、異臭そのものでもあったことになる。貴族たちは、異臭から逃避しなければならない。しかし、貴族たちが生活した平安京という都市空間は、こうした悪臭に充ち満ちていた。そこで、貴族は悪臭への対応に迫られることになる。

(2) 平安京の匂い

『源氏物語』などの物語は原則として貴族の典雅な生活を描くものであるから、悪い臭いよりも良い匂いがしばしば登場する。

光源氏の邸宅、六条院は四季に応じた庭を持つ贅を尽くした屋敷であった。その春の御殿には梅が植えられていた（『源氏物語』初音）。その梅の香りが室内にも漂ってきて、部屋にたきしめられた香の香りと混じり、この世の極楽浄土のようだ、と評されている。

実際に平安貴族の邸宅の庭には、梅や桜、藤、山吹、卯の花、菊などの草木が植えられており[*9]、それらの香りも楽しまれていたであろう。これらは邸宅の外、すなわち平安京都市空間から漂ってくる悪臭を打ち消す効果もあったであろう。

その上、貴族の邸宅では、香がたかれた。「空薫」である。そのたき方には家主の美意識と教養が反映する。『源氏物語』(若紫)では、光源氏を迎えた北山の僧都の坊は、「そらだきものいと心にくくかほり出て、名香の香などにほひ満ちたる」有様であった。一方、光源氏に対立する存在として描かれる右大臣家は、「空薫ものいとけぶたうくゆりて」(『源氏物語』花宴)というほど香をたきしめており、その野暮さが暗示されている。

こうした空薫は、風が吹き込んだり、人が動くことによって人々の鼻を刺激する。玉鬘のもとにやって来た兵部卿宮は、「うちよりほのめく追風も、いとどしき御匂ひのたち添えたれば、いと深くかほり満ちて」(『源氏物語』蛍)いる様に、恋心を刺激されるのであった。匂いは、人柄を想像させる要素でもあった。

平安貴族文化を代表するにおいと言えば、王朝文学に見える薫き物である。『源氏物語』(梅枝)に見える薫き物合わせはつとに有名である。光源氏の娘明石姫君の裳着の為に、ゆかりの人々が香を調合して献上し、その匂いを競い合った。香には「黒方」など定型化した調合もあるが、微妙な組み合わせには各人の個性が反映する。さらに、原料の香木の善し悪し、即ち最良の素材を用意する財力の有無も香の匂いを左右した。明石姫君のための薫き物合わせは、光源氏の文化的資質と財力とを人々に知らしめる機会であった。この時用意された香木には、大宰府から献上された唐物や光源氏が二条院に所蔵していた伝来の香もあった[*10]。香木は財産として相続されていくものである。

史実としての薫き物合わせは、『紫式部日記』寛弘五年（一〇〇八）八月二十六日条に「御薫物あはせ果てて、人々にもくばらせ給ふ。まろがしゐたる人々、あまたつどひゐたり」、と見える。競技が終わった後の香は、参加者に分配されている。こうして芳香は貴族たちに共有されていくのである。

また、『本朝世紀』仁平三年（一一五三）三月二十八日条に優劣を決する遊びとしての「薫物合」が見える。中納言藤原家成の五条坊城亭で行われたこの行事には、三十人が参加し、「華麗甚」だしい有様であった。

こうした記録は、貴族たちが典雅な匂いに包まれていたことをしのばせる。典雅な香りを発する香は、まさしく平安貴族文化を象徴するものであった。

以上、示してきたように、平安京という都市空間には、悪臭と芳香が存在場所を明確に分けて存在していた。平安京は都市化が進むにつれて悪臭を増していったが、貴族の身の回りには芳香が漂っていた。

平安貴族は、平安京に充ち満ちた悪臭を社会問題としてとらえてそれを解決する、というような事はしない。自分の生活空間のみを悪臭から遮断することを考えた。身に迫る悪臭を香の匂いで忘れ去ることが出来るというのは、貴族としてのアイデンティティであった。貴族は貴族であるが故に、香をたき、良い匂いで身を包んだのである。

2　香りの贈答

(1) 平安貴族文化と香

先述したように、悪臭に満ちた平安京という空間の中で、貴族の生活だけは芳香に包まれていた。貴族という身分の特異性、一般民衆との対比はにおいで示されていた。同様に、現世と来世の対比もにおいで示される。

それは、仏教行事における香の活用である。今でも仏事で行われる焼香、そのための香を僧侶たちに配る「行香」が行われた（『小右記』天元五年（九八二）五月二十日条など）。こうした仏事に直接参加しない場合、特に、女性は仏前にたく香、すなわち「名香」を送ることで仏事を物質的に支えることもあった（『小右記』寛和元年（九八六）三月二十五日条など）。「名香」とは具体的には「沈香・丁子・白檀」などの貴重品としての香料を指し、その他は「雑香」と呼ばれた（『小右記』万寿三年（一〇二六）八月七日条）。

ただし、管見の限り、記録上こうした「名香」を送ることが出来たのは、中宮や内親王や摂関家の妻など、最高身分に所属する者たちである。香を送るという行為は、誰にでも出来ることではない。香を所持するということには、権力関係や財力が反映してくる。

貴族は貴族であるというアイデンティティをにおいで表現した。それは、芳香をめぐる文化を洗練させていくことにも表れている。香を入れる箱や壺は美しい布で包まれ、時には銀の枝に付けられた（『御堂関白記』寛弘元年（一〇〇四）十二月二十七日条）。こうした香壺は女性へのお祝いの品として贈られることが多かった（『御堂関白記』長保元年（九九九）二月九日条など）。牛車に香の入った嚢を架ける、という風流も行われた（『御堂関白記』長和元年（一〇一二）閏十月二十七日条）。沈香で台を作るという贅が尽くされたこともある（『御堂関白記』長和二年（一〇一三）十月二十日条）。

また、調合された香は贈答品としても珍重された（『小右記』寛仁三年（一〇一九）七月二十五日条など）。贅を尽くした箱に練香を入れ、そこに花や和歌を添えて贈りあう。こうして、平安貴族は人間関係を再確認し合ったのである。これを「とぶらい」という。[*11] 香の動きから、平安貴族の人的ネットワークの構造が見えてくる。

では、平安貴族たちがどのようにして香を手に入れたのかを見ていこう。

(2) 藤原道長との贈答

まずは、藤原道長の元へやって来た香を見ていこう。

最初に、唐物。『御堂関白記』長和二年(一〇一三)二月四日条によると、内裏内で行われた唐物御覧で天皇の視察を受けた唐物は、左大臣道長の他、皇太后宮彰子、中宮妍子、皇后娍子、東宮敦成親王に分配された。うち、道長には、錦、綾、紺青、そして丁子、麝香、甘松が渡された。丁子も麝香も甘松も香料である。

平安末期に成立した『新猿楽記』に出てくる「八郎真人」は、国際貿易をもになう商人として描かれる。その商う品は、唐物、「本朝の物」と手広い。唐物尽くしとしてリストに上がっている物のうち、「沈・麝香・衣比・丁子・甘松・薫陸・牛頭・鶏舌・白檀」が香料、「青木・龍脳」が香薬である。「本朝の物」の中には香料は存在せず、薫香の原料は唐物が占めていることがわかる。

なお、香料は薬としても用いられた。とすると、大宰府にいる藤原隆家から道長へ贈られた「香薬」も、唐物と考えて良かろう(『御堂関白記』長和五年(一〇一六)十一月九日条)。

「公家」から道長への謝礼としても、香木は使われた。寛弘三年(一〇〇六)十月に冷泉上皇が道長の小南第へ方違えをした(『御堂関白記』同年十月二十日条)。翌日、上皇は成方家へ移動したのだが、その際に道長へお礼の品が渡された(『御堂関白記』同年十月二十一日条)。絹二百疋、調布五百端、鉄三百、そして香木である。この香木は「白五十、黒百五十」とあり、白檀と沈香を指す。[*12]「公家」への唐物の集中は、大宰権帥藤原隆家が麝香などを献上した例からも理解されよう（『小右記』長和四年（一〇一五）九月二十四日条）。

次に、道長が人へ香を贈る場合を見ていこう。

まず、五節舞姫を献上する人びとにたいして、「薫香」を道長が贈っている（『御堂関白記』寛弘六年（一〇〇九）十一月十四日条）。娘・妍子が三条天皇中宮になった時のお祝いに、その乳母へ薄物で包んだ小箱に入れた「薫香」が贈られたこともある（『御堂関白記』長和元年（一〇一二）二月十六日条）。娍子の着裳儀においても、典侍への禄として、菊の枝に付けた銀の小箱に入れた薫香が贈られた（『御堂関白記』長和元年十月二十日条）。

また、道長の妻倫子が結婚のお祝いに銀の小箱に薫香を入れて贈ったこともある（『御堂関白記』寛弘七年（一〇一〇）十一月五日）。東宮敦成親王が道長の枇杷第に行啓した時、乳母たちへの禄物として衣類や、銀の小箱に入れた薫香を用意したのも倫子であった（『御堂関白記』長和二年（一〇一三）正月十日条）。倫子の独自財産の可能性もあるが、これも道長との関係で入手できた品であろう。

ここで、道長が贈るのが、麝香などの原料ではなく、作成された「薫香」であることに注目したい。敦康親王と対面した後で献上したのも薫香であった（『御堂関白記』寛仁二年（一〇一八）十一月十九日条）。道長が入手するのは香木などであるのに対し、道長が贈るのは薫香など加工品であることが重要なのである。原料を手にして、自分好みに調合し、それを下賜していく。においを作り出すことができ、それを配布することができる力。これが、においをめぐる権力構造である。道長には香木など貴重な原料を献上すべきなのであって、薫香は上から下へ下げ渡されるものなのである。[*13]

つまり、香は一般には入手しにくい、ということである。故に、盗賊が内裏において盗み出す目標物ともなった（『小右記』長和三年（一〇一四）二月十五日条）。この時の犯人は、蔵人の出納や小舎人であり、いわば内部の犯行であったが、香の価値を良く知るものである。故一条天皇を悼む法華御八講へ、キサキである彰子が捧げた物品の中に金や蘇芳等と共に「丁子」、「沈香」があり、それは「御処分物」すなわち天皇の遺品であった（『御堂関白記』長和元年五月十七日条）。香は貴重品であるが故に、天皇などが独占的に所有していたことがわかる。

香は唐物を手に入れることが出来る人たちが独占的に入手し、貴族間の贈答によって他の貴族層に広がっていく。貴族階級と雖も、においの前では階級的平等を獲得し得ないのであった。

（3）藤原実資との贈答

藤原実資は、当初香を受け取る側であった。珍しい香として、僧奝雲が唐で入手したという香水を分けてもらったり（『小右記』永祚元年（九八九）五月一日条）、太皇太后昌子内親王や道長より薫香を賜っていた（『小右記』長保元年（九九九）十一月九日条・十一月二十二日条）[*14]。

状況が変わるのは、長和二年（一〇一三）頃である。実資の元に唐物が届くようになった。長和二年七月、大宰府相撲使である若倭部亮範が、相撲節を取り仕切る実資のもとに相撲人とともにやってきた（『小右記』長和二年七月二十五日条）。実資は瓜を給してその労をねぎらった。その時、藤原蔵規朝臣が亮範に唐物を託していた。この蔵規は、『日本紀略』長和四年（一〇一五）二月十二日条に、後に道長邸で飼育されることになる孔雀などを都に献上した「大宰大監」と見える人物である。彼が相撲人と共に上京させた「唐物」の中に、甘松香や荒欝金香があった。翌日にも、相撲人真上勝岡自身も唐物を実資に献上してきた（『小右記』同年七月二十六日条）。そこにも、甘松香と荒欝金香がある[*15]。相撲節とは全国から力自慢の者たちが都に集まってくるだけではなく、それぞれの地域からの献上品をも都に集めるものなのである。

こうして実資は唐物を手に入れることが出来た。そして、実資自身が、「名香」を人に贈ることが出来るようになった。実資が実兄懐平に「名香」を贈った記録が残っている（『小右記』長和三年（一〇一四）十二月二十一日条）。また、養子資平の娘の着袴儀のお祝いに、壺に入れた丁子を（『小右記』万寿二年（一〇二五）十一月二十九日条）、長元三年（一〇三〇）に右大臣実資より、「小女（実資の娘千古のこと）之志」[*16]として権大納言藤原頼宗の娘に瑠璃壺に納めた丁子が贈られた（『小右記』同日条）。さらに、陸奥守橘則光の姑である右近尼に薫香二箱を贈ったことが『小右記』寛仁三年（一〇一九）七月二十五日条に見える。[*17]

これらの原料は、実資が所有していた唐物と考えられる。実資より薬として麝香・沈香が人に渡されることもあり（『小右記』治安三年（一〇二三）十一月四日条・万寿三年（一〇二六）八月七日条など）、かなり豊かな唐物を所有していたことがうかがわれる。

実資が唐物を得るルートを整理しておこう。唐物は、まず実資所有の高田牧の牧司からもたらされた。牧司宗形妙忠が沈香などを納めたことが『小右記』治安三年七月十六日条に見える。高田牧は筑前にあり、小野宮家の馬を飼育する荘園であった。それのみならず、地の利を活かして唐物入手の窓口ともなったのである。[*18]

もう一つの回路は、肥前守惟宗貴重よりの献上品である（『小右記』万寿四年（一〇二七）十二月八日）。貴重は、寛仁三年（一〇一九）正月二十三日に実資の受領功過によって功が認められて以降実資に接近しており、実資の使を勤めることもあった（『小右記』治安元年（一〇二一）十二月二十三日条など）。家司であるかどうかは不明であるが、それに等しい働きをしている。それゆえに、肥前国に着任し、唐物を得て献上したのであろう。

この様に、中国、朝鮮との交流拠点となる九州諸国、日本海沿岸諸国の受領たちは、唐物を得る機会を持っていた。そこで得た貴重な唐物は都へ運ばれ、摂関家などへの献上品として活用される。中には自分で使うために唐物の香料を調合してみる受領もいた可能性も否定できないが、自分の身を芳香で包むよりも、上位者への「志」として献上し、受領への再任や昇進の足がかりとする方が明らかに得策であろう。

さて、実資は唐物を得るさらに決定的なルートを入手した。それは、宋人から実資へ直接に献上される唐物である。牧司妙忠の仲介で宋人周文裔から実資へ渡された物品のリストが残っている（『小右記』長元二年（一〇二九）三月二日条、但し、リストの日付は、万寿五年（一〇二八）十二月十五日）。そこに、麝香、丁香、沈香があがっている。万寿四年十二月四日の藤原道長の死去後、太政大臣藤原公季、関白左大臣藤原頼通に次ぐ公卿の第三位となった右大臣実資に、宋人が期待するものがあったのであろう。しかし、この時実資はすでに七十二歳。当時としては驚異的な長寿で寛徳三年（一〇四六）正月十八日に九〇歳で死去するまで現役公卿として活躍するのであるが、宋人からの献上に外交政治で応えるだけの力、そして、これらの唐物を自ら分配して派閥形成に拍車をかける力は実資にはなかった。

このように、実資は自らの力で唐物を得る道を見つけ出し、香を贈る立場に立つことに成功した。但し、注意したいのは実資は薫香を贈るよりも、香料を香料として、あるいは香薬としてそのままの形で贈与することが多い、ということである。調合の作法を知らなかったのか、人に任せていたのかはわからない。しかし、原料を入手して製品に作り替えそれを頒布する、という道長のやり方とは明らかに違う。いかに唐物を入手しようとも、それに手を加える能力を持たないと文化の支配者たり得なかったのである。

薫香の調合について記した『薫集類抄』は、その名手の名を書き連ねる。そこには、村上天皇、賀陽親王ら皇族、東三条院詮子ら皇妃、藤原冬継ら摂関のみならず、滋野貞主、大和常生（醍醐天皇の御蔵小舎人）、山田尼（「小一條皇后侍女」）などの名も見える。自力で原料を得られない者にも、香を調合する機会はあったらしい。しかし、原則として、限られた人びとが入手できる原料で、限られた人びとだけが調合をし、その技術を伝承していく。薫香は、平安貴族の中でも限定された人びとの文化であった。

香は、貴重品として貴族の間に流通した。如何に貴重であるかは、摂関家から下賜される薫香が、銀製とはいえ枝に付けられるほどの小さな箱や壺に入れられていることに顕著に示されている（『御堂関白記』寛弘元年（一〇〇四）十二月二十七日条）。摂関家にして、大量の香を人に贈ることは出来ないのである。香の原料である唐物を手に入れることができる貴族は、ほんの一握りに過ぎない。大多数の貴族たちは、上から下賜される薫香を大事に使うことで貴族としての体面を保った。手に入れにくい香であるからこそ、それらを入手するために努力を惜しまなかった。なぜならば、なんとしても芳香を身にまとわねば、貴族としてのアイデンティティが崩れてしまうからである。

それゆえ、『源氏物語』（梅枝）での、光源氏らが薫き物を調合する様子は際だってくる。*19 原料は、「大弐のたてまつれる香ども」であったが、それにさらに「二条院の御倉あけさせ給て、唐の物ども取り渡させ給て」古い香料も合わせて使うことになった。新旧の唐物を自由に使いうる財力、権力が表されている。これらの香料を「むかしいまの取り並べさせ給て、御方々に配りたてまつらせ給」ことになった。光源氏に関わる女性たちは、原料の提供をうけて、薫香を自由に調合する機会を与えられた。これは、現実の一般の貴族には体験できないことである。

光源氏は「承和の」天皇、すなわち仁明天皇が禁止し、男性には伝えなかった薫香を調合した。「いかでか御耳には伝へ給けん」とあるように、こうした調合法を知っていること自体が、王権との関係が濃厚であることを明示する。一方、紫の上は本康親王（仁明天皇皇子）の調合を知っていた。これも、紫の上がただ者ではないことを示している。

薫香の調合方法を知っていること、原料の唐物を手に入れて調合を実行できること、これらは貴族の中でも限られた者たちのみに許されることなのである。それを『源氏物語』はなんと効果的に描き出していることか。

おわりに

先述したように、平安貴族たちは、仏教儀式の時に香をたいた。極楽浄土は薫り高い空間だと認識されていたゆえに、それらを現出するための儀式には、香をたかねばならなかった。理想とされる空間にこそ、良き香りは薫らねばならなかったのである。

そして、極楽浄土の香りは、臨終の時にも感知された。『今昔物語集』巻第十二第三十二話に、源信が死去した時、空に紫の雲がたなびき、音楽が聞こえ、「香バシキ香室ノ内ニ満タリ」という有様であったという。

平安貴族にとって、彼らの住まう平安京は良き香りで満ちていなければならなかった。平安京には薫るべき匂いが存在していたのである。ゆえに、現実世界の異臭は異なるものとして遠ざけられ、あるいは穢れとして避けられ、感知することを拒否され、記録すらされない。平安貴族は、理想空間に生きることを希求し、貴族文化を創り上げていったのである。

こうした優雅な平安貴族のにおい文化の背景には、香を得るための熾烈な人間関係が展開していたことが容易に想像される。平安京において貴族であるということは、なかなかに困難な生き方なのであった。

注

*1 アラン・コルバン『においの歴史—嗅覚と社会的想像力—』山田登世子・鹿島茂訳（藤原書店、一九九〇年、原書は一九八二年）。

*2 西山良平『都市平安京』（京都大学学術出版会、二〇〇四年）。

*3 平安京の悪臭については、安田政彦『平安京のニオイ』（吉川弘文館、二〇〇七年）に詳しい。この他、においの文化については、朱捷『においとひびき—日本と中国の美意識をたずねて—』（白水社、二〇〇一年）、高橋庸一郎『匂いの文化史的研究—日本と中国の文学に見る—』（和泉書院、二〇〇二年）を参照した。なお、本稿第一章には、拙稿「平安京の都市文化とにおい」（『人間学研究』vol.7、二〇〇六年）と重複するところがある。

*4 高橋昌明「よごれの京都・御霊会・武士—続・酒呑童子説話の成立—」（『新しい歴史学のために』一九九号、一九九〇年）、松井章『環境考古学への招待』（岩波新書、二〇〇五年）などを参照。

*5 拙稿「史料から見た平安京の庭園」（奈良国立文化財研究所『平安時代庭園に関する研究』1、二〇〇七年）。

*6 実資や道長の水への情熱を考えると、平安貴族が自邸に池を持ちたいと希望し、そう志向したことは確かであろう。しかし、一方でかように清浄な水の確保が困難であることを思うと、すべての貴族邸宅に池が備わっていたとは考えがたい。池のない邸宅（平安京右京六条一坊五・六町邸宅（京都リサーチパーク内遺跡））、泉と池の位置に配慮された建物配置（平安京右京三条二坊十六町邸宅（斎宮邸宅））など、貴族邸宅はバリエーションに富んでいた。

*7 『御堂関白記』長和二年（一〇一三）二月二十三日条に「遣水童流入」と見える。なお、遣水清掃の呪術性について、三田村雅子「遣水の鼓動—平安女流日記の〈水〉—」（同著『源氏物語　感覚の論理』、有精堂、一九九六年）が指摘し

ている。

＊8　拘禁中の囚人を私邸の清掃に使うというのは、誰にでも出来たことではなかろう。同様の記事は、道長の祖父・右大臣藤原師輔の日記『九暦』天徳三年（九五九）十月二十三日条に「密々所召仕也」として囚人を池の清掃に使う様が見える。

＊9　飛田範夫『日本庭園の植栽史』（京都大学学術出版会、二〇〇二年）。

＊10　唐物については、河添房江『源氏物語と東アジア世界』（NHKブックス、二〇〇七年）に詳しい。また、唐物交易については、『親信卿記』天禄三年（九七二）十月七日条などに見える（佐藤宗諄先生退官記念論文集刊行会編『『親信卿記』の研究』、思文閣出版、二〇〇五年）。

＊11　とぶらいについては、拙著『平安京都市社会史の研究』（塙書房、二〇〇八年）を参照されたい。

＊12　山中裕編『御堂関白記全註釈　寛弘三年』（思文閣出版、二〇〇五年）を参照した。

＊13　道長への贈り物（「志」）として薫香が使われた記録が、一例だけある（『御堂関白記』寛仁元年（一〇一七）十一月十九日条）。これは、道長に献上する意味を持つ、特別に調合された薫香ではないか、と推測される。

＊14　藤原実資は、長徳元年（九九五）九月二十八日より長保元年（九九九）まで、太皇太后宮（昌子内親王、冷泉天皇皇后、寛和二年より太皇太后、長保元年十二月一日死去）大夫をつとめた（『公卿補任』）。

＊15　勝岡は当時の記録に頻出する相撲人であるが、出身地は不明である。同じ真上（真髪）姓を持つ相撲人、真髪成村は陸奥国の出身（『今昔物語集』巻第二十三第二十一話。なお、同第二十五話は常陸国出身とする。）であり、その息子真上為成は摂津国に居住している（『小右記』万寿四年（一〇二七）八月一日条）。勝岡は本文に示したように唐物を献上していることから、九州の出身である可能性が高い。

＊16　志については、俸料の一部としてのそれを佐藤泰弘『日本中世の黎明』（京都大学学術出版会、二〇〇一年）が明らかにしている。ただし、本条は通常の贈答行為と考えられる。

＊17　この右近尼は、花山天皇の御乳母で、右近内侍と呼ばれた（槙野廣造編『平安人名辞典―長保二年―』、高科書店、

一九九三年を参照)。実資との交流の実態については不明である。実資の妻婉子女王が花山天皇女御であったことからの縁か、と推測される。

＊18 正確に言うと、高田牧の機能の一つとして唐物献上が期待されたわけではなく、牧司妙忠の個人的な交易による結果であることを、山内晋次『奈良平安朝の日本とアジア』(吉川弘文館、二〇〇三年)が明らかにしている。

＊19 この時の薫香の調合の意味については、河添前掲＊10著書に詳しい。

◎本文中に見える史料は、『小右記』・『御堂関白記』(大日本古記録)、『日本紀略』・『本朝世紀』(国史大系)、『新猿楽記』(日本思想大系)、『枕草子』・『源氏物語』・『落窪物語』・『紫式部日記』・『今昔物語集』(新日本古典文学大系)、『薫集類抄』(群書類従)を使用した。

『源氏物語』における闇と「におい」

安田政彦

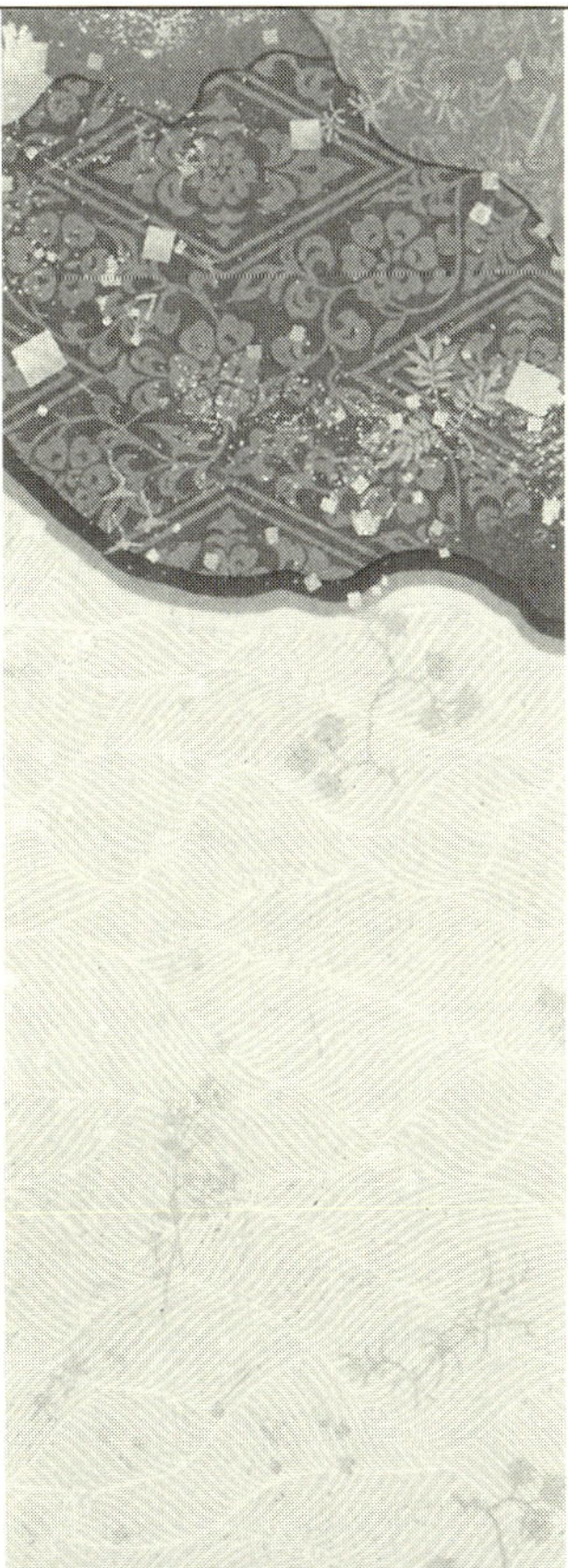

はじめに

『源氏物語』にさまざまな「におい」が描かれていることは拙著『平安京のニオイ』（吉川弘文館、二〇〇七年）で網羅的に紹介した。もっとも多くの描写がみられるのは薫香や衣香などの香の「におい」であるが、灯火や篝火、紙や扇、さらには牛馬など動物の描写からニオイを想像することも可能であり、黴臭さや口臭なども描かれている。『源氏物語』にはイヤなニオイの描写は焼け焦げたニオイなどわずかにみられるだけで、ほとんど描写されていない。これは作品の性質上そうしたニオイの描写が不必要であったためであろう。そうしたなかで香の描写は『源氏物語』にとって重要なモチーフの一つと思われるが、さまざまな場面で香のにおいが効果的に描かれているのである。

例えば、初音の巻で光源氏が明石の君を訪れた場面で、

わざとめきよしある火桶に、侍従をくゆらかして物ごとにしめたるに、裛被香の香の紛へるいと艶なり。

とあるように、あたり一帯にたきしめられた侍従香と裛被香のにおいのハーモニーが優雅な風情を醸し出している（小学館本、以下同じ）。一方、常夏の巻の近江の君の描写では、

いとあまえたる薫物の香を、かへすがへすたきしめゐたまへり。

と描き、近江の君の教養の無さを浮き立たせている。

こうした香の描写は、紫式部の香に対する洗練された感覚を示しているとともに、恐らく、当時の『源氏物語』の読者にとって、そうした「におい」の描写は、日常的に感覚していたものであり、場面場面での「におい」を感じながら読みすすめることが出来たのであろう。その意味で、『源氏物語』は「におい」の文

学でもあったといえよう。

さて、前著の最後にも指摘したことだが、平安時代の貴族たちが「におい」を豊かに感覚しえた背景には、身近な闇の存在があったのではないかと考えている。明かりに乏しいがゆえに視覚的感覚を補う意味でも嗅覚的感覚がすぐれ、「におい」が生活の重要な信号となりえたのではなかろうか。従って、闇や薄明かりのなかにこそ、「におい」の本質的価値が存在するように思われる。

以下ではそうした視点から、『源氏物語』における闇や薄明かりと「におい」の描写について述べてみたい。

1　闇・薄明かり

闇は本来、異界である。そこには怖れや畏れがあり、怖れは鬼や物の怪など人に仇なすものを造形し、畏れは神秘と荘厳を生み出した。人は多く視覚によって情報を取得し判断するが、その結果、視覚を塞がれたときに怖れや畏れを抱くのであろう。しかし、平安時代の人々は視覚のみを中心として生活していたわけではない。今よりも遙かに闇の深い時間を生きたがゆえに、聴覚や嗅覚をも重要な情報源として感覚していたのである。

そもそも、闇が暗いものだということは、『源氏物語』早蕨の巻の、薫の君が匂宮に胸の思いを訴える場面に、

夜になりてはげしう吹き出づる風のけしき、まだ冬めきていと寒げに、大殿油も消えつつ、闇はあやなきたどたどしさなれど、かたみに聞きさしたまふべくもあらず、尽きせぬ御物語をえはるけやりたまはで夜もいたう更けぬ。

夜になって激しく吹き出してきた寒々とした風は、灯火も幾度か消えて、あたりの闇に顔のはっきり見えないのが心許ないが、薫と匂宮二人のかおりは隠れようもないので、お互いに話を途中で聞きさしにはなれず、どこまでも尽きぬ物語を気が済むまでつづけないうちに夜もひどく更けてしまったとあり、対手の顔もみえない灯火の消えてしまった部屋で語り合う様子は、双方のかおりを頼りに夜長に続くのである。また東屋の巻には、

「あな暗や。まだ大殿油もまゐらざりけり。御格子を、苦しきに、急ぎまゐりて、闇にまどふよ」とて引き上ぐるに、宮も、なま苦しと聞きたまふ。

「まあ暗い。まだ明かりもお持ちしていないのですね。御格子を苦労してあわてて下ろしてしまって、暗闇にまごついてしまいます」と言って、また御格子を引き上げるのであるが、御格子を下ろしてしまった明かりのない部屋の暗さを描いている。

こうした、闇あるいは薄明かりは決して不快であったわけではない。そのことは様々な作品からもうかがわれる。

例えば、『枕草子』には様々な闇の場面が描かれている。

第一段「春はあけぼの」では「夏はよる。月のころはさらなり、闇もなほ、蛍のおほく飛びちがひたる」との有名な一節があるが、闇夜に多くの蛍が飛びかっている様子を賞賛している。また、第八八段「内は、五節のころこそ」では五節のことを述べているが、「灯台に向かひて寝たる顔どもも、らうたげなり」と、帳台の試みの夜に灯台に向かって居眠りしている舞姫たちの顔のかわいらしさを記している。日の光のもとでの舞姫とは違った、灯台の明かりに照らし出される舞姫たちの寝顔のかわいらしさが目に浮かぶ。第一七四

段「雪のいと高うはあらで」には、「暗うなりぬれど、こなたには火もともさぬに、おほかたの雪の光、いと白う見えたるに」とあり、夕暮れ時から暗くなったにもかかわらず、灯火を灯さないことで、かえって雪明かりがとても白く見えるのである。他にも闇や灯火の光の記述は見出されるが、そこには、日の光のもとでの印象とは異なる美しさが描かれており、女房たちは闇と明かりの調和の中に美を見出していたのである。

そうした中で、闇の中の「におい」を描いた段がある。

第一一六段「正月に寺に籠りたるは」では、「仏のきらきらと見えたまへるは、いみじうたふときに、（中略）樒の枝を折りて持て来たるは、香などのいとたふときもをかし」とある。仏の灯明が燃えさかり、本尊がキラキラ光ってみえる様子、灯明の中で樒の枝の香が漂う様に神秘で尊いものを感じるのである。また、第二〇八段「いみじう暑きころ」には、「いと暗う、闇なるに、さきにともしたる松の煙の香の、車の内にかかへたるもをかし」とあり、月のない闇夜に、車の先に灯してある松明の煙の香りが、車の中までにおってくるのをおもしろいと感じている。

暗闇に灯された灯火の明かりや雪明かり、あるいは、月明かりのもとでの印象は、日の光のもとでの印象とはまた違ったものがあり、そこで感じる「におい」もまた、非日常的な感覚を呼び起こすのであろうか。

そもそも、平安時代も一〇世紀頃から政治が夜化するといわれている。秉燭を必要とする頃になって帰宅したり、あるいは訪問することも貴族官僚の間では頻繁になったことが日記からうかがわれる。

例えば、『小右記』長保元年八月二一日条に「高麗舞各三曲、依日暮止之、秉燭後退出、夜中院帰給云々」とあるなど、枚挙に遑ない。

儀式も夜行われることが多くあり、灯火に照らし出されて闇に浮かび上がる儀式は荘厳さを増したであろうが、儀式の細部にわたって意識していた貴族にとっては、そのために細部が見えないこともあったようである。

例えば、『小右記』長和三年一一月二八日条には、「後日資平云、纏頭列立者、依暗夜不見歟」とあり、「執燎之後給禄」において博士・尚複等が給禄に預からなかったことに関する資平の見解がみえる。暗夜に燎火(篝火)のもとでも見えづらいのであり、『小右記』にはこうした記述が何カ所かみられる。燎火のもとでの儀式の様子は、『年中行事絵巻』(『日本の絵巻』八、中央公論社、一九九〇年)にもみえている。

こうした情景は紫式部も当然に経験したものであり、『源氏物語』少女の巻には「暗ければこまかには見えねど、ほどのいとよく思ひ出でらるるさまに」とある。

一方、『今昔物語集』にも多くの闇の記述がある。巻二四の第三五「在原業平中将、行東方読和歌語」には、「ウツノ山ト云山ニ入ラムト為ルニ、我ガ入ラムト為ル道ハ糸暗シ、心細キ事無限リ」とあるように、そこには、闇の恐怖が色濃く見受けられる。『今昔物語集』では多くの場合、闇は怖れとともに語られるが、そこに「におい」が重なる場合には、巻二七の第四三「頼光郎等、平季武、値産女語」に「九月ノ下ツ暗ノ比ナレバ、ツ、暗ナルニ、(中略)其ノ間、生臭キ香河ヨリ此方マデ薫ジタリ」とあるように、それは不気味な、あるいは不快なニオイとして描写される。視覚で捉えられない恐怖をニオイが象徴的に示しているのである。

もちろん闇における「におい」は不気味なものばかりではない。巻二六の第四「藤原明衡朝臣、若時行女許語」では、「男女臥シタル気色思ヌ。暗ケレバ慥ニハ不見。(中略)極ク娥キ香ノ急ト聞エケレバ」とあって、暗闇の中で間男と間違われて刺されそうになった藤原明衡が、焚きしめていた衣香の香りで救われたという話である。闇の中で香のにおいがさっと立ち上る情景をみごとに描いている。

平安時代には秉燭や燎火のもとで政治や儀式が行われることが少なくなく、貴族たちは暗くなって訪問し、また帰宅する。女房たちもそうした闇の中での薄明かりのもとで活動し、燈火に照らし出された夜目に匂う様は日中とは違った幻想的な趣を現出させたであろう。そこには、視覚が頼りなげな分だけ、嗅覚に訴える薫香などの「におい」が重要な働きをなしたであろうことは想像に難くない。

一方、庶民たちは十分な灯火を手に出来ずに暗がりを怖れながら活動することがあり、そこに鬼や物の怪を見出したのである。従って、庶民たちが暗闇で感知する「におい」は不気味で不快なものが多かったのであろう。

もちろん、貴族層も暗闇で鬼や物の怪を畏れなかったわけではない。『源氏物語』については後に触れるが、例えば、『大鏡』藤原師輔の段には「いみじう夜ふけて、内よりいでたまふに」百鬼夜行に出くわした話がみえる。

2　暗がりと「におい」の美

『源氏物語』にも闇とともに灯火や月明かりの描写は少なくない。女性遍歴を語る場面が多いところから、いきおい夜における男女会合の描写が中心となるからであろう。

帚木の巻には、

紐などもうち捨てて、添ひ臥したまへる、御灯影いとめでたく、女にて見たてまつらまほし。

とあり、光源氏がくつろいでいる灯影の姿を描いているが、直接的な美しさではない、ほの明かりに照らし出される美しさを印象づける。また、末摘花の巻には、灯影の乱れたりしさまは、またさやうにても見まほしく思す。

とみえ、灯火の光に浮かんだ空蝉のしどけない姿を思い起こすのであるが、そこにも暗闇に淡く浮き出るようなやわらかな美しさが表現されている。東屋の巻にも、

心に入れて見たまへる灯影、さらにここと見ゆるところなく、こまかにをかしげなり。

とあり、熱心に見入っておいでになる、その灯影に照らし出されるお姿は、じっさいここがと思われる欠点もなく、いかにもきめこまやかに美しい器量であるというのである。

ほかにも、常夏の巻に「うち傾きたまへるさま、灯影にいとうつくしげなり」とあり、若菜下の巻に「灯影の御姿世になくうつくしげなるに」とあるなど、灯火に照らし出される美しさが随所に描かれている。それは清少納言の感性にも通じるものであり、現代の煌々とした明るさに馴れた我々には想像も及ばない美意識があったと思われる。

ちなみに月明かりが一ルクス、蝋燭の明かりは二〇センチのところで一〇ルクス。蛍光灯照明の事務所が一〇〇〇ルクスとされる（「照度と明るさの目安」http://www.sci-museum.kita.osaka.jp/publish/text/koyomi/66.html）から、灯影がどれほどぼんやりとしたものか推察しえようか。

『源氏物語』における明かりについては、尾崎左永子氏の『源氏の明り』（求龍堂、一九九七年）に詳しいが、「鮮明ならぬもの、仄かなるものへの嗜好が溢れて」いることが指摘されている（三一頁）。『源氏物語』には雪明かりもあれば、月明かりの描写もある。たとえば朝顔の巻には、光源氏の訪れを待つ朝顔の姫君の館の風景として、

月さし出でて、薄らかに積れる雪の光にあひて、なかなかいとおもしろき夜のさまなり。

うっすらと積った雪が月の光に照り映え、みごとな夜景であると描写する。また、須磨の巻では、光源氏が花散里を訪れる場面で、

あはれ添へたる月影のなまめかしうしめやかなるに、うちふるまひたまへるにほひ似るものなくて、いと忍びやかに入りたまへば、すこしゐざり出でて、やがて月を見ておはす。

風情を添える月の光も優艶にしめやかな中を、光源氏がその立ち居につれて匂いも類なく、ほんとにひっそりと入ってくるので、花散里は少しいざり出てきて、そのまま月を眺めるようにしている、というのである。春夜の月の光の中で、衣香のかすかなにおいが光源氏の到来を告げ、月明かりに照らされた花散里の風情と微妙な調和を示している。

こうした闇に浮かぶ仄かな姿形はあくまでも視覚的美であるが、よく見えないがゆえに、視覚から感知する以上に嗅覚描写である「におい」が際だってくる。『源氏物語』には灯影などによる淡い美しい描写とともに、暗い中での薫香の艶やかな描写がひときわ美しく描かれているのである。

帚木の巻の光源氏が空蟬と契る場面、皆寝静まったころに「灯はほの暗きに」とあり、

「やや」とのたまふにあやしくて、探り寄りたるにぞ、いみじく匂ひ満ちて、顔にもくゆりかかる心地するに、思ひよりぬ。

とある。中将の君が手探りで近寄ったところ、光源氏の衣香が一面ににおって顔にけむりかかるような気がするのである。

空蟬の巻の同じく空蟬に忍んだ場面を描いて、

かかるけはひのいとかうばしくうち匂ふに、顔をもたげたるに、ひとへうちかけたる几帳の隙間に、暗

けれど、うちみじろき寄るけはひいとしるし。あさましくおぼえて、ともかくも思ひ分かれず、やをら
起き出でて、生絹なる単衣ひとつを着て、すべり出でにけり。

とある。暗い中に光源氏の動く気配とともに、とてもいいにおいがしてくる。そこで空蟬は単衣だけで抜け出すのである。暗がりの中に漂う衣香が目に見えない美しさを醸し出しているが、一面、存在証明の如き衣香をまとって夜這う光源氏が愚かしく思えないでもないが、そこにこそ、薫香の中で生きた平安貴族の美しさがあり、物語の展開に厚みを与えていると思うのである。

賢木の巻では、出家した藤壺の中宮の御前に光源氏が参上した場面。

月は隈なきに、雪の光りあひたる庭のありさまも、（中略）御簾の内の匂ひ、いともの深き黒方にしみて、名香の煙もほのかなり。大将の御匂ひさへ薫りあひ、めでたく、極楽思ひやらるる夜のさまなり。

ここでは、月明かりと雪の照り映えがあり、闇の中というわけではないが、御簾の内の薄暗がりに漂う黒方と光源氏の衣香、仏前の名香のハーモニーが際だっている。明るい室内以上ににおいが濃密に感じられる描写ではなかろうか。こうした薄明かりのもとでのにおいの描写は、若菜の巻では、

月もなきころなれば、遣水に篝火ともし、燈籠などもまゐりたり。南面いときよげにしつらひたまへり。そらだきものいと心にくくかをり出で、名香の香など匂ひ満ちたるに、君の御追風いとことなれば、内の人々も心づかひすべかめり。

とあり、篝火や灯籠の灯火のもとで、空薫物と光源氏の追風がおりなす深淵な香のハーモニーとして描かれている。また、月明かりのもとでのにおいは、末摘花の巻に、

十六夜の月をかしきほどにおはしたり。（中略）寝殿に参りたれば、まだ格子もさながら、梅の香をかしき

を見出だしてものしたまふ。

とある。光源氏が末摘花を訪う場面であるが、朧月夜が明るいとはいえ、昼間とは違う夜の景色を想起させ、そこににおう梅の香と対をなして末摘花の品格を浮き立たせている。また、花散里の巻には、

二十日の月さし出づるほどに、いとど木高き影ども木暗く見えわたりて、近き橘のかをりなつかしう匂ひて、女御の御けはひ、ねびにたれど、飽くまで用意あり、あてにらうたげなり。

とみえ、月明かりの中にも木暗い遠景と軒端に近い橘の香りという対比のうちに、光源氏と昔語りする麗景殿の女御の気品高さが示されるのである。蓬生の巻には、

艶なるほどの夕月夜に、（中略）大きなる松に、藤の咲きかかりて月影になよびたる、風につきてさと匂ふがなつかしく、そこはかとなきかをりなり。

とあり、光源氏が車で、見るかげもなく荒れている家で、木立が茂って森のようになっている所を通り過ぎる場面で、月光のなかになよなよ揺れている藤からにおってくるほのかな香に橘とは違った風趣を感じるという描写である。月明かりに照らされて視覚的に際だった藤とかすかににおってくる藤の香の繊細な嗅覚的刺激が対をなしており、明るい中での鮮明な視覚的美しさとは違った風情がみごとに描写されている。ほかにも、梅枝の巻に、

月さし出でぬれば、大御酒などまゐりて、昔の御物語などしたまふ。霞める月の影心にくきを、雨のなごりの風すこし吹きて、花の香なつかしきに、殿のあたりいひ知らず匂ひみちて、人の御心地いと艶なり。

とあるなど、『源氏物語』には薄明かりのほのかな視覚効果とともに微妙な「におい」の嗅覚効果が随所で対

をなし、その場面場面を風情あるものとし、登場人物の品格を表現しているとみるのはうがった見方であろうか。

こうした薄暗がりにおける「におい」を描いて極めつけともいえる描写は、蛍の巻における、光源氏が兵部卿宮に玉鬘を引き合わせる場面であろう。

夕闇過ぎて、おぼつかなき空のけしきの曇らはしきに、うちしめりたる宮の御けはひも、いと艶なり。内よりほのめく追風も、いとどしき御匂ひのたち添ひたれば、いと深く薫り満ちて、かねて思ししよりもをかしき御けはひを心とめたまひけり。

暗い室内で、奥からほのかに薫ってくる追風に光源氏の衣香のにおいが加わり、部屋中に深く薫りが広がっている。

御几帳の帷子を一重うちかけたまふにあはせて、さと光るもの、紙燭をさし出でたるかとあきれたり。蛍を薄きかたに、この夕つ方いと多くつつみおきて、光をつつみ隠したまへりけるを、さりげなく、とかくひきつくろふやうにて。

夕方に蛍を、光を漏らさぬように薄い帷子にたくさん包んでおいて、光源氏が何気なく解き放ち、暗い室内が一時にぱっと明るくなる。ついで、淡い小さな光となってあちこちに浮遊する中に玉鬘の姿が浮かび上がるという趣向である。闇の中の薫物の香と衣香、そこに飛び交う蛍の光、これほど幻想的な「におい」があるだろうか。これを紫式部の体験に基づいた記述とするよりは、薄暗がりの中での薫香と蛍の浮遊する闇の風景から思いついた描写のように思われる。

『源氏物語』には多くの「におい」の記述、明かりの描写があるが、その中でも闇や薄明かりの中での「におい」の描写は、当時の実体験として知覚し得る平安貴族層にとっては、我々が想像する以上に繊細で刺激的であったのではなかろうか。

3　闇のなかの怖れ

もちろん、『源氏物語』の闇の描写は美しいものばかりではない。物の怪と対峙する闇も描かれている。夕顔の巻の夕顔が物の怪に取り殺される場面は、

物に襲はるる心地して、おどろきたまへれば、灯も消えにけり。うたて思さるれば、太刀を引き抜きて、うち置きたまひて、右近を起したまふ。これも恐ろしと思ひたるさまにて参り寄れり。「渡殿なる宿直人起して、紙燭さして参れと言へ」と、のたまへば、「いかでかまからむ、暗うて」と言へば、

と描写する。物の怪に襲われるような気持ちがして目覚めると、灯火も消えてしまっていたのである。気味悪く感じた光源氏は、太刀を引き抜いて側に置き、右近を起すと、右近も恐ろしく思って光源氏の側に寄ってくるのである。ついで光源氏は、「紙燭をつけてまいれと言え」と命ずるが、「暗くて（恐ろしくて）行けない」と言う。このあと、夕顔の死へと叙述は流れていくのであるが、灯火の消えてしまった真っ暗闇での恐怖、紙燭のもとでのじりじりとした時の流れ。

灯はほのかにまたたきて、母屋の際に立てたる屏風の上、ここかしこのくまぐましくおぼえたまふに、物の、足音ひしひしと踏みならしつつ、背後より寄り来る心地す。

その夜が明けるまでのまんじりとした中での光源氏の気持ちを画いて、「灯はかすかに瞬いて、母屋の際に立ててある屏風の上の方、あちらこちらが灯影もとどかず黒々と感じられるうえに、怪しい物が、足音をみ

しりみしりと踏み鳴らしながら、後ろから近寄ってくるような気持ちがする」と記述する。闇の中のぼんやりとした灯影は、この場面では恐怖を呼び起こすものであり、どこにも情緒らしきものはみられない。物の怪が夕顔を取り殺すという設定であるから、この闇が恐怖の対象であるのは当然であるが、『今昔物語集』にも多く描かれているように、闇そのものを畏れる心理は本源的なものであろう。例えば、篝火の巻には光源氏が玉鬘を訪れた場面で、光源氏が、

「絶えず人さぶらひて点しつけよ。夏の、月なきほどは、庭の光なき、いとものむつかしく、おぼつかなしや。」

と言う。「月なきほどは、庭の光なき」は「いとものむつかしく、おぼつかなし」というのが本来の闇に対する感情であったと思われる。

『紫式部日記』には、

つごもりの夜、追儺はいと疾くはてぬれば、（中略）御前のかたにいみじくののしる。（中略）三人ふるふふるふ、足も空にてまゐりたれば、はだかなる人二人ゐたる。靭負、小兵部なりけり。かくなりけりと見るに、いよいよむくつけし。

とあり、大晦日に追儺のあとくつろいでいたところ、中宮の方より悲鳴が聞こえ、内匠の君、弁の内侍、紫式部三人で恐る恐る中宮の下の部屋の方へ見に行ったところ、靭負、小兵部の二人が追いはぎにあって裸でうづくまっていたのである。追儺の後でみな退出してしまっており、誰もいない。そうしたなか、

式部の丞資業ぞまゐりて、ところどころのさし油ども、ただひとりさし入れられてありく。人々、ものおぼえず、むかゐたるもあり。うへより御使などあり。いみじうおそろしうこそはべりしか。

式部丞資業がやってきて、一人で灯台にさし油してまわり、天皇からも中宮に見舞いがあったが、「いみじうおそろしうこそはべりしか」と感想を書き留める。追儺のあとの殿上は人気が無く、さし油してまわったというのであるから、灯火も下火となって薄暗かったものと思われる。そうした中での追いはぎの災難であり、呼べど答えぬ暗がりの恐怖を、紫式部は身をもって体験しているのである。もちろん、この体験が物の怪の描写に直接結びつくものではないが、紫式部にとっても闇は恐怖の対象であったに違いないのである。

しかし、彼女は『源氏物語』において、闇を怖れとともに描くことは甚だ限定的であった。

ほかにも人の死を闇の薄明かりの中に描写する場面もあるが、そこには夕顔の死のような物の怪の気配はない。従って、恐怖を感じさせるような暗さとしては描かれていない。例えば、御法の巻の光源氏・夕霧が紫の上の死に顔に見入る場面では、

ほのぼのと明けゆく光もおぼつかなければ、大殿油を近くかかげて見たてまつりたまふに、飽かずうつくしげにめでたうきよらに見ゆる御顔のあたらしさに、（下略）

とある。まったくの闇における描写ではないが、「大殿油を近くかかげて」見る紫の上の死に顔を美の対象として描写する。また、総角の巻に描かれた大君の死と、その死に顔を燈火の下に見る薫の君の描写では、

中納言の君は、（中略）御殿油を近うかかげて見たてまつりたまふに、隠したまふ顔も、ただ寝たまへるやうにて、変りたまへるところもなく、うつくしげにてうち臥したまへるを、（中略）今はの事どもするに、御髪をかきやるに、さとうち匂ひたる、ただありしながらの匂ひになつかしうかうばしきも、あり難う、（下略）

とあり、薫の君が「御殿油を近うかかげて」見る大君の死に顔も美の対象として描かれ、さらに髪から立ち

上る「匂ひ」に生前の面影を偲ぶのである。

このように、『源氏物語』が描く闇の中の死に恐怖はない。『源氏物語』はあくまでも闇の恐怖を限定的に捉えており、むしろ紫式部は闇のなかの淡い光に、日の光のもとでの光り輝く美しさ以上に艶やかな美意識をもって見つめることができたのである。さらに、そこに薫香の「におい」を加えることで、登場人物の品格を浮き彫りにすることに成功しているのではなかろうか。

なお、『紫式部日記』では中宮彰子の周辺の出来事を書き留めているので、闇の中の薄明かりといった状況は認められないが、火影や月明かりについては描いている。例えば、色許された少輔の乳母から殿の北の方が若宮を抱き取ったときの様子を、

こよひ少輔のめのと色ゆるさる。ただしきさまうちしたり。宮いだきたてまつれり。御帳のうちにて、殿のうへいだきうつしたてまつりたまひて、ゐざりいでさせたまへり。火影の御さま、けはひことにめでたし。

とある。北の方が灯火に照らし出された姿がことに立派であったというのである。灯火に照り映える様は『源氏物語』にもみえるが、『紫式部日記』ではそこに漂っていたであろう薫香のにおいについては触れていない。これは日記と物語の違いであろうが、恐らくは当たり前にあったであろう、闇の中の、あるいは灯火のもとでの薫香のにおいを描くことにより、『源氏物語』の読者は淡い光とかすかなにおいの調和を存分に読み取ることが出来たのではなかろうか。

4　見えないものと「におい」

ところで、登場人物が見えない場面での「におい」の描写は、闇の場面ばかりではない。移り香や残り香も、登場人物の「におい」のみが描かれる点で、「におい」の意味に共通するところがあろう。

空蝉の巻。空蝉が脱ぎ捨てていった薄衣を光源氏が持ち帰ったのだが、

かの薄衣は小袿のいとなつかしき人香に染めるを、身近く馴らして、見ゐたまへり。

例の薄衣はひどく懐かしい空蝉のかおりがしみついているので、いつも身近において見ていたと描く。そこに空蝉の存在はないが、「人香」が空蝉の存在を明らかに示しており、光源氏の思いをいやがうえにも掻き立てるのである。

薄雲の巻では、藤壺の女御に疎まれて光源氏は退出するのだが、

うちしめりたる御匂ひのとまりたるさへ、疎ましく思さる。人々、御格子など参りて、「この御褥の移り香、言ひ知らぬものかな」

後に光源氏の「におい」が残り、褥の「移り香」が去ってしまったはずの光源氏の未練をいつまでも証し続けるのである。

また、総角の巻の大君がやすんでいる中の君にお召し物をかける場面。

ところせき御移り香の紛るべくもあらずくゆりかをる心地すれば、（下略）

あたりに満ちる移り香が薫りくすぶるような心地がし、薫の君と大君の仲を疑う。薫の君の移り香は、薫の君の存在そのものであり、中の君は大君の側にいる薫の君を見てしまうのである。同じく総角の巻の、匂

宮が中の君のもとを朝立ちを見送った場面。

なごりとまれる御移り香なども、人知れずものあはれなるは、ざれたる御心かな。

そのあとに残りただよう移り香などにも、人知れずせつない気持ちがさそわれるとは、風情のわかる方である、と述べている。匂宮は立ち去ったが、彼の移り香が存在を主張し続ける。また、宿木の巻には、匂宮が中の君を訪れ、薫の君の移り香によって、薫の君と中の君の仲を疑う場面では、

かの人の御移り香のいと深うしみたまへるが、世の常の香の香に入れたきしめたるにも似ずしるき匂ひなるを、その道の人にしおはすれば、あやし、と咎め出でたまひて、（下略）

薫の君の移り香が中の君の御衣に深く染みついており、それも世間のありふれた香をたきしめたのと違って薫の君の移り香とはっきりわかる匂いなので、香の道に秀でた匂宮は、これは尋常ならざることと不審に思うのである。匂宮にとって、中の君の御衣に染みついた薫の君の移り香は、薫の君が側にいるかのような錯覚を引き起こすほど疎ましいニオイと感じたであろう。

闇の中の「におい」は存在証明でもある。それは残り香や移り香にも通じるものがある。残り香や移り香もそこに「におい」の主体は存在しない、つまり見えないが、確かに存在したことを証明している。あるいは存在するかのように感じさせるのである。そうした暗がりのなかの「におい」はときとして悲劇を生む。浮舟の巻で、匂宮が薫の君をよそおって浮舟と契る場面。匂宮が右近に「灯暗うなせ」と言い、右近は「あわてまどひて、灯は取りや」る。

いと細やかになよなよと装束きて、香のかうばしきことも劣らず。近う寄りて、御衣ども脱ぎ、馴れ顔にうち臥したまへれば、（下略）

匂宮はほっそりと柔らかな装束を着ていて、たきしめた香の芳しいのも、いつもの薫の君に劣らないのである。そして装束を脱いで物慣れた様子で浮舟と同衾するのである。闇のなかのこととて、声を立てない匂宮を、そのたきしめた香を頼りに薫の君と思い、契ってしまった浮舟は、「あらぬ人なりけりと思ふに、あさましういみじ」と思うことになる。闇のなかでの素晴らしい「におい」に、見えない薫の君（実は匂宮）が見えるのである。

このように、残り香や移り香がその主体の存在を主張し続けるように、闇のなかの「におい」も見えない主体を主張するのであり、それを熟知している紫式部は、さまざまな場面でまことに効果的に「におい」を描いているといえよう。

おわりに

平安時代の貴族たちは、闇や薄暗がりを身近なものとして生きていた。それは本質的には怖れを抱かせるものであるが、薄明かりとともに荘厳な神秘性とともに畏れを感じさせるものであり、また、淡い光とともに幽玄な美を感じさせるものであった。

そうした闇や薄暗がりにおける薫物や衣香のにおいは、明るいなかでの「におい」以上に、濃密な美しさを醸し出したのである。『源氏物語』には、闇や薄暗がりのなかの「におい」をまことに効果的に描いている。また、闇のなかの「におい」は存在するが見えない主体を「におい」が証明するのである。それは残り香や移り香にも通じる「におい」の特性であり、紫式部はそうした「におい」を読者に嗅がせることによって、場面場面を立体的に構成することを意図していたのではなかろうか。

こうした感性は現代の我々には失われたものであり、我々は視覚的に把握出来るものばかりに気を取られすぎている。近年、クリスマスシーズンのイルミネーションが盛んだそうだが、暗闇の中のイルミネーションはたしかに美しい。しかし、その美しさは、『源氏物語』に描かれたほのかな明かりの美しさとは異なる。一方、間接照明が人気とも聞くが、プライベート空間では、平安時代に通じる柔らかな光に癒しを求めているのであろう。それでも、昔の光量とは比較にならないくらいの明かりに満たされているのが現代である。『源氏物語』に描かれた、闇や薄暗がりのなかの淡い光は、現代人にはなかなか理解できないものであり、まして、そこに薫る香の「におい」の幽玄な美しさは想像にあまりあるかもしれない。われわれが利便性とともに置き去りにした闇や薄暗がりのなかでの「におい」の美しさであるが、そこにこそ究極の癒しが見出されるように思われる。

「嗅覚」と「言葉」

金秀姫

1

かなり前のことであるが、かつて日本で『源氏物語』の嗅覚表現に関する二本の論文を発表したことがある。「空蟬物語の「いとなつかしき人香」考―『古今集』との表現的関連について―」[*1]と「浮舟物語における嗅覚表現―「袖ふれし人」をめぐって―」[*2]がそれである。同じ時期に発表されただけに、しかも両方とも嗅覚を手がかりに物語の文脈を読み直そうとしただけに、発表当時から心の中で密かにひっかかった問題点があった。本稿では嗅覚を取り扱った両論から喚起される問題点を切り口にして、『源氏物語』の嗅覚について考えてみたいと思うが、その前に両論の内容についてふりかえってみる必要があると思われる。

空蟬論は、『古今集』の友則の歌「（方違へに人の家にまかれりける時に、主の衣を着せたりけるを、朝に返すとてよみける）蟬の羽の夜の衣はうすけれど移り香濃くも匂ひぬるかな」[*3]（雑上・八七六・友則）と空蟬物語との表現的関連性を端緒に新たなる物語の文脈を読もうとした試みであった。友則の歌の場合、方違え、薄衣の設定、薄衣の移り香といった状況や素材の類似性のみならず、その奥の表現的な面でも空蟬物語と重なる点が注目されたからである。友則の一首は、「蟬の羽薄し」という表現を通して相手の「薄情」への密かな嘆きを仄めかしながらも、相手の香を誉めることで相手の人柄を誉める表現をなしていた。「移り香」は、勿論薫物の香、すなわち純粋な意味での嗅覚的な香であろうが、それと共に、より精神的な香、全感覚的な香、古代的な発想の香でもあって、「移り香濃くも匂ひぬるかな」には、相手の人柄や気配に触れる感動が封じ込められていると捉えた。相手に、より以上のものを求めているにもかかわらず、相手の愛情のほどがそれには及ばないという嘆き、にもかかわらず、相手の人柄に惹かれざるを得ない作者の感動は、まさに空蟬物語の展開そのものであった。

源氏はあの著名な空蝉巻の「かいま見」の場面で、「目すこしはれたる心地して、鼻などもあざやかなるところなうねびれて、にほはしきところも見えず。言ひ立つればわろきによれる容貌を、いといたうもてつけて、このまされる人よりは心あらむと目とどめつべきさましたり」（空蝉①一二一）とし、はっきり言って美人ではないが、にもかかわらず、誰しも目を引きつけられるに違いないとし、空蝉の嗜みのよさ、精神的・内面的な美しさを評価したのである。このような感動は、空蝉が残した薄衣に対する執着に転じ、古典本文の中には「ありつる小袿を、さすがに御衣の下にひき入れて、大殿籠れり」（空蝉①一二九）、「かの薄衣は小袿のいとなつかしき人香に染めるを、身近く馴らして見ゐたまへり」（空蝉①一三〇）などの表現が見られる。特に、空蝉の呼称の由来にもなった源氏の歌「空蝉の身をかへてける木のもとになほ人がらのなつかしきかな」（空蝉①一二九）の「なほ」の呼吸に注目しながら、物語の文脈の中で、あの「かいま見」の場面が設定されたからこそ成り立っている表現として捉え直した。このような捉え方によって、地の文に見られる「いとなつかしき人香」を肉感に終始することとして読むことが否定された。[*4] あまりにも肉感的な場面として読むことで、空蝉という女性の内面的な美質に対する源氏の執着を見落としてしまうと考えられたからである。

一方、一ヶ月後発表した浮舟論は、古注以来見解が分かれていた手習巻の浮舟の歌「袖ふれし人こそ見えね花の香のそれかとにほふ春のあけぼの」（手習⑥三五六）の「袖ふれし人」の問題について、嗅覚を手がかりに匂宮説の可能性を探ろうとしたものである。具体的な論の展開は、歌の直前の「閨のつま近き紅梅の色も香も変らぬを、春や昔のと、こと花よりもこれに心寄せのあるは、飽かざりし匂ひのしみにけるにや」（手習⑥三五六）などに注目し、物語の文脈の中で紅梅と密接な関わりを持ってきたのは匂宮であること、その点は浮舟の内面叙述に見られる香りの記憶を辿ってみても同様であることを明らかにしていく。特にこの論は薫説を唱える高田祐彦氏の論[*5]を丹念に読み直しながら、身体的・非言語的という嗅覚独特の性質が記憶想起の仕組みにどのように関わっているかに注目し、尼になった浮舟の内面を掘り下げている。この論がそれなりに有効であったのは、嗅覚の本来のあり方に立ち返り、「感覚」と「言葉」の緊張関係から物語の文脈を読み直そうとしたからであった。従来「袖ふれし人」を匂宮と想定できない論拠としてしばしば挙げられたのは、『湖月抄』などで指摘されたように、出家直前の浮舟の内面叙述で、薫に対しては「さすがに、この世には、ありし御さまを、よそながらだに、いつかは見んずるとうち思ふ」(手習⑥三三二)としながらも、匂宮に対しては「こよなく飽きにたる心地す」(手習⑥三三一)としたからであった。しかし、拙稿では、かつて「こよなく飽きにたる心地す」と思い放った相手を、浮舟はどうして再び思い出しているのか、しかも、無意識的に、なおかつ官能的に過去を一挙に思い出している表現がどうして可能だったかに注目している。この論が『湖月抄』の読みから一歩でも前に進められたとしたら、回想の場面において嗅覚がいかに有効であったかにこだわったからであると言えよう。

以上のような空蟬論・浮舟論は物語の文脈に即しながら様々な根拠に支えられている点で、個別の論としてはそれなりの妥当性が認められると思われる。ただ、両方とも『源氏物語』の嗅覚に関する論であることを意識すると、一見矛盾しているようにも見られがちな点があった。一例として、空蟬論の場合では、より精神的な香の意味を積極的に捉え、古典本文に見られる「いとなつかしき人香」を肉感に終始することとして読むことに疑問を表しながら、一方、浮舟論では、「袖ふれし人」を思い出す仕組みが、非常に感覚的・官能的・無意識的であったことを強調している。要するに、空蟬論のように全人格的な嗅覚の機能を唱えるなら、浮舟論の「袖ふれし人」を薫とする高田氏の論が遥かに説得力を持つように見られがちで、逆に浮舟論のように感覚的・官能的・無意識的な嗅覚の働きを重視すれば、空蝉論の「いとなつかしき人香」により積極的に肉感を認めるべきではないか、ということである。

勿論、『源氏物語』には枚挙にいとまのないほど様々な香りが登場し、奥行き深い表現に堪えている。そのような香の機能にむりやり一貫性を求める理由はなかろうし、そもそもそのようなことが可能とも思われない。むしろ源氏物語の様々な場面で、嗅覚表現が一つの方法として、いかに機能しているかを見据えるべきであろう。*6 ただ、すでに触れたように、空蝉論・浮舟論のそれぞれが、各々の論理に支えられているにもかかわらず、嗅覚表現のどのような機能に注目するかによって、にわかに正反対の論理になってしまうという現象そのもの、あるいは一見恣意的にも見られがちな嗅覚表現の意味合いから、そもそも『源氏物語』における嗅覚とは、嗅覚表現とは、という根本的な質問を改めてせざるを得ないということである。

2

そもそも言語化から最も遠いところにあると言われる「嗅覚」を、他ならぬ言語によって成り立っている文学作品において取り扱うのは、非常に難しいことである。まず、厳密な意味で、日本の古典文学研究において、嗅覚と嗅覚表現とは峻別すべきであろう。身体に迫る感覚としての「嗅覚」とは別に、言葉の上での「嗅覚表現」と呼べる表現が見られるからである。著名な例として、神楽歌の「榊葉の　香をかぐはしみ　求め来れば　八十氏人ぞ　圓居せりける　圓居せりける」や、『万葉集』の「(二月、式部大輔中臣清麿朝臣の宅にして宴せる歌十五首) 梅の花香をかぐはしみ遠けども心もしのに君をしそ思ふ」(二十・四五〇〇・市原王) などが挙げられる。常緑樹で香のない「榊」を「香をかぐはしみ」と表現したのは、神に捧げる神聖な植物だからこそであろう。数多い『万葉集』の梅の歌の中で、諸家が一致して梅の香を詠んだ作として認めている市原王の歌も、対象との接近を要請する接触感覚としての嗅覚のあり方を考えてみると、「遠く」に離れている主人清麻呂に心惹かれる比喩として用いられたという点から、「精神的な芳香」の範疇にも入ると言えよう。[*7]要するに、嗅覚そのものとは別に、「匂う」嗅覚表現と「匂わない」嗅覚表現があるわけである。

嗅覚関連研究のもう一つの難儀な点は、いわゆる嗅覚的な場面として認められるのはどのような場合であるかを考える時、恣意的な判断に委ねられる可能性があり得るということである。一例として、嗅覚に関連するキーワードが用いられた場合、嗅覚的な場面として認められると思われるが、嗅覚と関わりのある単語の一つとして知られている「にほふ」と「かをる」には、いわゆる視覚的な用法の例もかなり含まれている。例えば、『源氏物語』には「にほひ」(84例)「にほふ」(45例)「にほひやか」(16例)などの形態を含めて約185例の「にほふ」が見られるが、「うち笑みたる顔の何心なきが、愛敬づきににほひたるを」(松風②四一〇)のように、約109例がいわゆる視覚的な用法である。「かをる」の方も、「かをり」(18例)「かをる」(11例)「かをりみつ」(3例)などの形で『源氏物語』に約39例見られるが、薫物や植物の芳香の意味合いで明らかに嗅覚的な用法の約27例の他に、「まみのかをりて、笑がちなるなどを」(柏木④三二三)「額つきまみのかをりたる心地して」(東屋⑥七三)のように登場人物の容貌を形容する例もかなりある。問題は、その用例が視覚的な用法か、それとも嗅覚的な用法か、その境界が曖昧な場合があり得るということである。例えば、幻巻冒頭の蛍宮の歌「香をとめて来つるかひなくおほかたの花のたよりと言ひやなすべき」(幻④五二一)に続く「紅梅の下に歩み出でたまへる御さまのいとなつかしきにぞ、これより外に見はやすべき人なくやと見たまへる。花はほのかにひらけさしつつ、をかしきほどのにほひなり」（幻④五二二）に見られる「にほひ」は、色であるか、それとも香をさすのか、かなり紛らわしい。結局、嗅覚的な場面として見るべきかどうか曖昧な場面があり得るし、嗅覚的な場面として認められるとしても、その嗅覚表現の質というのは実に様々である。

ところで、興味深い点は、嗅覚表現が物語の正確な解釈の妨げになっていることとは裏腹に、嗅覚という感覚そのものは物語のリアリティを確保する上で、非常に有効に機能しているということである。ちなみに、感覚と物語のリアリティの問題に関しては、かつて石田穣二氏の「源氏物語の聴覚的印象」*8によって指摘された通りである。石田氏は、『源氏物語』においては、距離感に関わる助動詞「なり」などが、豊かな音声的再現能力を持つ点に注目し、現実的な距離感が感覚的に再現される構造を『源氏物語』の文体の特質として捉えている。氏によれば、遠く聞こえる声のによって、はじめて遠近の感覚が生まれ、風景の空間的なリアリティが保証され、現実感・臨場感が表現されるという。物語のリアリティの問題を感覚の共有に関連づけて提示した、極めて示唆的な指摘であるが、それは嗅覚に関しても同様であると言えよう。実際、『源氏物語』には嗅覚によってにわかに臨場感が迫ってくる場面が数多く存在する。

消えまどへる気色いと心苦しくらうたげなれば、をかしと見たまひて、「違ふべくもあらぬ心のしるべを、思はずにもおぼめいたまふかな。すきがましきさまには、よに見えたてまつらじ。思ふことすこし聞こゆべきぞ」とて、いと小さやかなれば、かき抱きて障子のもと出でたまふにぞ、求めつる中将だつ人来あひたる。「やや」とのたまふにあやしくて、探り寄りたるにぞ、いみじく匂ひ満ちて、顔にもくゆりかかる心地するに思ひよりぬ。

（帚木①九九～一〇〇）

嗅覚の介在によって、物語の場面はより臨場感に富む、具体的・立体的な時空を築き上げている。右の引用文は方違えの夜、源氏が空蟬の寝所に忍び入る場面であるが、隣室の様子を不審に思い、手探りで近づいた中将の君の感覚は、非常に生き生きしたものとして表現されている。この場面に心を入れ、没頭すればするほど、薫りが一面に匂い、顔にも燻りかかるような気がする中将の君の感覚は伝わってくるはずである。石田氏によって説かれた『源氏物語』の聴覚表現のように、源氏の衣服にたきしめた香の薫りで源氏の存在に気づく中将の君の感覚は、中将の君自身の感覚に他ならないが、にもかかわらず、我々読者は、中将の君の感覚を通じて、中将の君と重なり、場面そのものとも重なり、はじめて『源氏物語』のリアリズムの世界に参加できるのである。特に注目すべき点は、現実感・臨場感あふれる立体的な場面に携わる嗅覚表現はいずれも「匂う」嗅覚表現の方に近い、ということである。言い換えれば、嗅覚表現が嗅覚本来のあり方に近ければ近いほど、場面の臨場感は生きてくるということである。これは感覚の共有が物語のリアリティの問題と実に密接に関わっていることを浮彫りにしている。嗅覚が非常に個人的・一回的な感覚であることを考えると、嗅覚の再現とはほぼ不可能に近いにもかかわらず、感覚の共有を通してはじめて登場人物の心に触れることができるのである。『源氏物語』において、このような表現的達成がどうして可能だったのか、嗅覚に限らず、感覚全般にかけて、もう少し広い意味で考えてみたいと思う。嗅覚が感覚表現一般の問題と密接にかかわっていることが確認された以上、『源氏物語』の嗅覚の問題をより巨視的な視野から捉え直すことが要請されるからである。

3

和歌の復興を夢見る若き日の貫之は、漢詩に対する、国語による新文芸の可能性を探りながら、かなりの気負いを感じていたに違いない。『古今集』の仮名序は、次のような名高い文章で書き出されている。

やまとうたは、人の心を種として、万の言の葉とぞなれりける。世の中にある人、ことわざ繁きものなれば、心に思ふことを、見るもの聞くものにつけて、言ひ出せるなり。花に鳴く鶯、水に住む蛙の声を聞けば、生きとし生けるもの、いづれか歌をよまざりける。

和歌の「言葉」は、「人の心」を「種」とし、「見るもの聞くものにつけて」表現されるとしている。「見るもの聞くもの」は、形のある「物」を、感覚的に捉えたもので、「つけて」は、「関連させて」「託して」の意であろうから、つまり「心」を、感覚を伴う「物」に託して表現するのが、和歌であることになる。感覚的なもの、例えば、「花に鳴く鶯の声」「水に住む蛙の声」を、そのまま歌に詠むのではなく、それらの声に託して、「心」を詠むわけで、直接的には、『万葉集』における寄物陳思の歌を意識したものと思われる。すると、和歌は、乖離してしまった「心」と「言葉」の一体化を目指すもので、「見るもの聞くもの」は、その為の、一種の表現方法であると言えよう。実現可能か否かの問題はともかくも、「心」と「言葉」と「物」を仲立ちしているのが、いわば「感覚」なるものである。

周知のように、『古今集』は、言葉そのものへの関心を主としている。掛詞・縁語など、純粋に言語上の技巧を追い求めたのも、新しく発見した言葉を、知的に再構成し、自立する言語世界を創造するために他ならない。しかも、『古今集』は、かつて和辻哲郎氏によって説かれたように、「瞬間の情緒」を鋭く捉えて歌うよりも、「情緒の過程」を重んじる傾向がある。[*9]『古今集』になって、嗅覚に関する歌が飛躍的に増加したとしても、「五感の分立」などを通して感覚が本来のあり方を踏まえて表現されるようになったとしても、視覚を切り捨てた「暗香浮動」の趣向が端的に示しているように一層研ぎ澄まされた感覚が目立つようになったとしても、[*10]言葉の知的な再構成により重心を置いてしまう『古今集』において、感覚は、一見、言葉に奉仕するかに見えるのである。

ただし、鈴木日出男氏の指摘のように、[*11]平安時代における和歌表現が、たがいの意思感情を通じあわせようとする共通性を基として、その中に個的な感情を封じこめることを構造化していると捉えるならば、集団と個人を繋ぎとめているのは、何も「歌ことば」などの技法のみではなかろう。場合によっては、「見るもの聞くもの」それ自体が、集団と個の緊張関係を表しているのである。というのは、感覚とは、詰まるところ、人の心と心との仲立ちとなっているからである。「橘の香り」が昔の人を思い起こさせる、というような共通の感覚もあれば、浮舟の手習歌「袖ふれし人こそ見えね花の香のそれかとにほふ春のあけぼの」(手習⑥三五六)に見られるように、非常に個人的・身体的な感覚もあって、その場合は、全く固有なものであるのみならず、本人にも一回一回の体験が異なる種類のものであろう。言い換えれば、人間は所詮他人の感覚を全く同じように感じることはできないし、個人にとっても一回一回の感覚が異なるものであろうが、にもかかわらず文学表現は感覚なるものを共有することを前提に制作・享受されるのである。

このような感覚が特に問題になるのは、「もののあはれ」を本意とする『源氏物語』においてである。宣長がいう「あはれ」とは、「見るもの、聞くもの、ふる、事に、心の感じて出る、嘆息の声」(『玉の小櫛』)である。「すへての見る事聞く事につきて、おもしろし共おかし共、おそろし共めつらし共、にくし共、いとおし共哀共思ひて、心のうこくは、みな感する」(『紫文要領』)ことだし、それによって「もののあはれを知る」ことが可能だとする。自然を含めた外在の世界に触れた時の、こちら側の「感覚」、それを敏感に感じることが「もののあはれ」を知ることで、物語の世界を理解することになる。従って、『源氏物語』には様々な感覚が「言葉」より「心」に寄り添う形で表現されている。この世界においては、いわゆる「五感」のそれぞれが固有の世界を構成し、なおかつ、共感覚的に機能しているのである。

しかし、文学史の流れを重視する観点から、『源氏物語』以前のものを振り返ってみても、感覚がこのように研ぎ澄まされたものとして機能し、それが「表現」として定着するのは、恐らく『源氏物語』においてであろう。『万葉集』の場合は、「にほふ」などの用例からも窺えるように、視覚や他の感覚を含み込む全体的な感覚が目立ち、視覚的なものが、あるゆる感覚を統合しているのである。[*12]『古今集』の場合は、『万葉集』に比べて、それぞれの感覚が鋭い形で捉えられているものが多いが、にもかかわらず、すでに触れたように、あくまでも言葉そのものへの関心が主であって、感覚は言葉に奉仕する傾向があるのである。しかし、『源氏物語』になると、言葉より、心の方が遥かに問題にされ、感覚はより自立的に抒情化し、心に寄り添う感覚、とでもいうべきあり方が定着するのである。これが、感覚と言葉をめぐる、文学史の見取図である。

その真っ只中に『源氏物語』の「嗅覚」がある。言語化からもっとも遠いところにあると言われる嗅覚は、「感覚」と「言葉」のせめぎあい、その緊張関係をもっとも克明に浮かび上がらせる感覚なのである。「嗅覚」が「言葉」に寄り添うか、「心」に寄り添うかによって、物語の解釈は違ってくるし、より内面的で主観的な感覚の共有を通してはじめて、登場人物の心に触れることができるのである。

4

翻って、冒頭で触れた浮舟論と空蝉論の問題について考えてみたい。空蝉論・浮舟論は個別の論としては各々の論理に支えられているにもかかわらず、嗅覚表現のどのような機能に注目するかによって、にわかに正反対の論理になってしまい、一見恣意的にも見られがちな嫌いがあった。しかも、近年藤原克己氏が「袖ふれし人」の問題を取り上げ、薫説と匂宮説との両方に合理性を認め、どうしても両義性を認めざるを得ないと指摘した問題に接し、深く考えさせられるところがあった。[*13] 物語の両義性というのは、あまりにも射程の広い問題で特に創見はないが、ただ、本稿が冒頭で提示した解釈の悩み、嗅覚という感覚の恣意的な性格と、一部ながら照応する点があるようにも感じられる。本稿で考察してみたように、嗅覚そのものと嗅覚表現との区別、嗅覚の共有とリアリティの問題、嗅覚と言葉と心との関係を見据えた上で、結論から言うと、浮舟論では、感覚をそれとして感じる人の内面的な「感覚」そのものに密着し、空蝉論では自立する「言葉」の論理に密着したからではないかと思われる。嗅覚研究は「感覚」と「言葉」の緊張関係、そのどちら側に寄り添うかによって、解釈が違ってくると言えよう。

嗅覚をめぐる、このような混沌たる問題をきっかけにつくづく感じたことは、「研究としての解釈」と「読者としての享受」という営みの距離感についてである。「研究としての解釈」は結局、「読者としての享受」の一部に過ぎない、あるいは、一部であるべき、としたら、恣意的という批判を免れないかも知れないが、当然のことながら、「研究としての解釈」と「読者としての享受」との距離の取り方は研究者によって違うはずである。いずれにしても嗅覚がそのような根本的な問題を投げかけてくれる感覚であることは確かであると言えよう。

注

＊1　拙稿「空蟬物語の「いとなつかしき人香」考—『古今集』との表現的関連について—」(『むらさき』、二〇〇〇・十二)

＊2　拙稿「浮舟物語における嗅覚表現—「袖ふれし人」をめぐって」(『国語と国文学』、二〇〇一・二)

＊3　『古今集』の歌番号と引用は、日本古典文学全集『古今和歌集』(小学館)による。『源氏物語』の引用は、新編日本古典文学全集『源氏物語①〜⑥』(小学館)の本文により、その巻数と頁数を示す。

＊4　玉上琢弥氏は「いとなつかしき人香」について、「香ばかりではない。夏のこととて汗のにおいもあるであろう……(中略)この肉感は田山花袋の自然主義小説『蒲団』に負けない」と指摘しているし(玉上琢弥『源氏物語評釈　一』角川書店、一九六六)、林田孝和氏も空蟬の体臭や香の染みついた衣に対する光源氏の異様なまでの執着ぶりから、『蒲団』が想起されるとしている(「空蟬の薄衣」『むらさき』、一九九二・十二)。小嶋菜温子氏は「源氏の倒錯的なエロスが立ちのぼってくる瞬間」と指摘した(「空白の身体—空蟬と光源氏—」『人物造型からみた『源氏物語』』、一九九八・五)。

＊5　高田祐彦「浮舟物語と和歌」(『国語と国文学』、一九八六・四)

＊6　三田村雅子「方法としての〈香〉—移り香の宇治十帖へ—」(『源氏物語　感覚の論理』有精堂、一九九六)に詳しい。

＊7　山縣熙氏は「第三感覚=匂いの美学のために」(『思想』岩波書店、一九九三・二)において、対象との距離を前提とする遠隔感覚としての視覚に対し、嗅覚は対象との接近を要請する接触感覚であると指摘している。なお、精神的な香の問題に関しては、松本剛「カグハシ考」(『萬葉』、一九七八・十二)、上野理「花と香と歌」(『後拾遺集前後』笠間書院、一九七六)、拙稿「古今集の感覚」(『古今和歌集研究集成　第二巻』風間書房、二〇〇四)などに詳しい。

＊8　石田穣二「源氏物語の聴覚的印象」(『源氏物語論集』桜楓社、一九七一)。なお、嗅覚の共有と物語のリアリティと

の問題に関しては拙稿「『源氏物語』表現論」(『日本学報』韓国日本学会、二〇〇五・十二)などに詳しい。

＊9　和辻哲郎「『万葉集』の歌と『古今集』の歌との相違について」(『日本精神史研究』岩波文庫、一九九二)

＊10　拙稿「古今集の感覚」(『古今和歌集研究集成　第二巻』風間書房、二〇〇四)に詳しい。

＊11　鈴木日出男「和歌における対人性」(『古代和歌史論』東京大学出版会、一九九〇)

＊12　多田一臣「古代人の感覚　ニホフとカから」(『文学』岩波書店、二〇〇四・九)、土橋寛「国見の意義」(『古代歌謡と儀礼の研究』岩波書店、一九六五)、中西進「古代的知覚—「見る」をめぐって—」(『万葉集原論』桜楓社、一九七六)などに詳しい。

＊13　藤原克己「「袖ふれし人」は薫か匂宮か」(『国際学術シンポジウム　源氏物語と和歌世界』新典社、二〇〇六)

"This work was supported by the Korea Research Foundation Grant funded by the Korean Government (MOEHRD)" (KRF-2007-362-A00019)

紫上の薫物と伝承

田中圭子

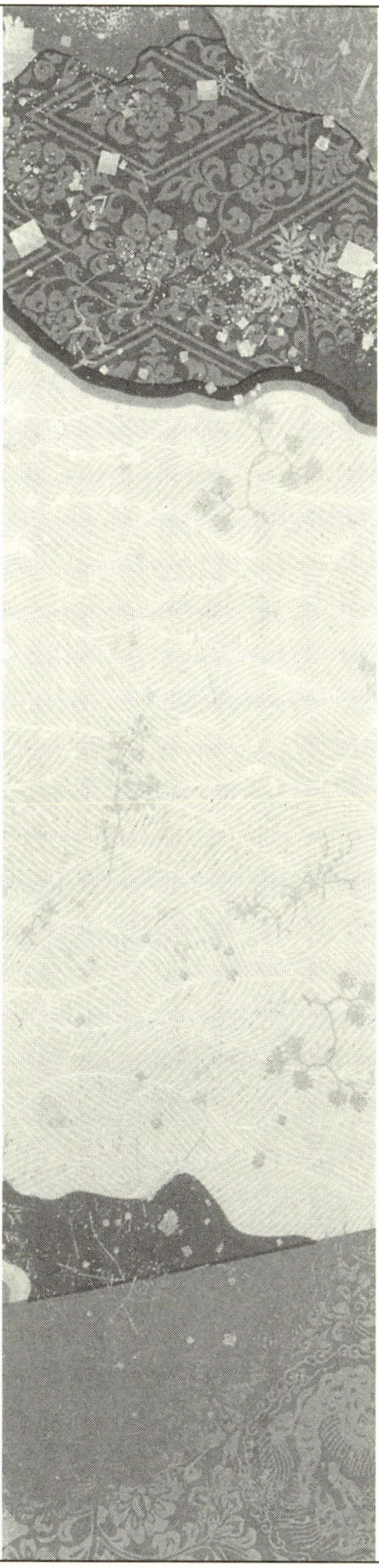

序

薫物（たきもの）とは、複数の香薬から成る芳香剤の一種である。一条朝に成立したとされる『源氏物語』には、薫物を贈答品として授受したり、衣装や室内に薫きしめたりといった場面が散見する。とりわけ梅枝巻では、薫物の芳香を聞き比べる、いわゆる薫物比べの場面において、薫物の銘が複数列挙されるほか、登場人物が調合したとされる薫物方の由緒として、実在した人物の薫物にまつわる伝承が、まことしやかに物語られている。

源氏学の長い歴史の中で、その時々に伝存した資料の内容から平安時代の薫物の実態を推定し、そこから物語の薫物を読み解く努力が重ねられてきた。特に『河海抄』は、物語の薫物の伝承に近い内容の記述を多く援用することにより、物語の薫物の伝承が、伝承として実在したことを裏付けようとした。また、物語本文の難義を薫物の伝承に添った形で校訂するなど、資料本位の注釈を行っている。『河海抄』のこうした注釈態度は、その資料や説とともに、後世の諸注に踏襲された。近現代の研究でも、『河海抄』による校訂本文や説に基づき、物語の薫物が、それを用い、調合した人物に特徴的な、或いは他の場面からはあまり知られない個性を反映していることや、薫物の伝承が、物語作者の構想した作品の時代性、登場人物の作中での位置付けというものに、浅からず関係していることが明らかにされてきた。[*1] しかしながら、古注釈書の説の妥当性について、資料の段階から検証されることはほとんど無かった。近世後期の源氏物語享受資料の中には、薫物を主題とした典籍の中で成立の最も古いと伝わる『薫集類抄』の記事を諸注の勘物とともに集成したものが伝わっており、古注釈書と『薫集類抄』とが、互いの不足を補う形で参照される場合のあったことが知られる。[*2] 近現代の研究でも、平安時代の薫物の方や説を考察する際には、『薫集類抄』が、古注釈書を除くほとんど唯一の研究資料として参照されてきた。ただし、同書の成立にまつわる伝承や、載録される方や説の由緒は、史実に照らした検証が困難なためか、研究資料としては軽んぜられる傾向にある。『源氏物語事典』は、『薫集類抄』と古注釈書の記述内容が相反した際に、物語の本文に一致することを理由に、古注釈書の記述のほうを正統的なものとして位置付けている。[*3]『薫集類抄』の現状を基準に平安時代の薫物の伝承を検討することが、研究の方法として妥当でないとの指針が示されたことになろう。一方で、『薫集類抄』を古注釈書に遜色無い資料として整え、或いは『薫集類抄』に代り得る古い時代の確かな資料が紹介されることは無く、古注釈書の諸説については、客観的な検証を果たせぬまま今日に至るのである。

稿者は、『薫集類抄』諸本の比較検討と、それに基づく善本の報告と整理に取り組むほか、他書の同文を探索、分析することにより、『薫集類抄』の典拠や時代性について小考を重ねている。[*4] その結果、『薫集類抄』の成立を院政期とする伝承には、検討の余地のあることが分った。[*5] また、南北朝期以前に成立したと伝わる薫物書は『薫集類抄』以外にも少なくなく、来歴や内容の比較的確かなものについては、資料研究の形で書誌の概要とテキストの報告に努めてきた。[*6] これにより、古注釈書に引かれた資料の正当性や説の妥当性、典拠の時代性や特徴を推察することも可能となりつつある。

本稿では、梅枝巻の薫物比べの場面に見える薫物のうち、特に紫上の調合した薫物「梅花」に対する『河海抄』までの諸注の勘物を考察対象として取り上げ、そこに引かれた主要な資料の内容を、新出・既存の薫物書の記述に照らして詳解するとともに、それによって新たに知られる本文解釈の可能性や紫上の物語での位置付け、物語作者が薫物比べの場面を描いた企図といった事柄につき、小考をめぐらせたい。

1　梅枝巻の薫物比べと本文の問題

『源氏物語』梅枝巻は、明石姫君の裳着と入内を目前に控えた年の正月に、光源氏が調度品として薫物の準備を始める場面から物語られる。大宰の大弐から正月に贈られた新しい香薬よりも、二条院の御蔵に伝わる古い唐物のほうが優れていると感じた源氏は、この唐物と大弐の品とをともに六条院の女君たちに配り、薫物を二種類ずつ調合して欲しいと伝える。依頼を受けた女君らの住まいでは、薫物調合の作業が熱心に進められ、六条院においても、源氏は寝殿に離れ、紫上は東の中の放出に場所を定め、互いに挑み合わせるようにして、それぞれが伝えた薫物方の調合に励んでいる。[*7]

翌月の十日、雨が少し降り、六条院の御前の紅梅も盛りに咲き匂う中で、朝廷の使いとして来訪した蛍兵部卿宮を薫物比べの判者と定めたその折に、前斎院こと朝顔姫君の調合した二種類の薫物が到来した。これを期に、源氏は、その日の夕暮れに方々の薫物を聞き比べるよう定め、知らせを受けた女君達からは、それぞれに趣きのある様子に仕立てられた薫物が届けられた。

いずれ劣らぬ出来栄えの薫物が集まる中で、前斎院の調合した薫物「黒方」の、心にくく静やかな匂いは格別であり、「侍従」は、源氏の調合したものがすぐれて優美で心ひかれるような香りである、と定められた。[*8]紫上は、二種類ずつ調合するようにと依頼されたところに三種類を整えてきた。そのうちの「梅花」の薫物には、「いまめかしう、すこしはやき心しらひを添へて、めづらしきかほり加はれり」、当世風に華やかで、芳香の少し鋭く聞かれるような工夫が添えられたことにより、珍重すべき香りが加わっていると云う。[*9]夏の御方こと花散里は、人々がそれぞれに工夫を凝らして挑む中にあって気後れし、二種類とされたところに「荷葉」の薫物一種類のみを調合してきた。紫上の「梅花」の趣とは異なり、しめやかな香りがして、しみじみと心惹かれると云う。[10] 冬の御方・明石君は、時節に相応しい匂いというものの定まる中で、梅の花が盛りの今時分に薫かれる「梅花」の芳香に見劣りしてしまっては残念だと考え、「薫衣香」の処方の優れたものとして、「前の朱雀院」の薫物方を写させなさって、「公忠の朝臣」が格別に工夫を凝らして差し上げた「百歩のほう」と伝わるものを思いつく。蛍兵部卿宮は、明石上が世間に類の無い優美な香りを取り集めた、その心構えが優れていると評している。[11]

薫物比べの場面に見える薫物のうち、古い本文の記述が実在した薫物の伝承の内容と一致しない、或いは由緒の明記されないものについて、源氏学諸家の解釈は難航した。例えば、光源氏の調合した薫物は、河内本を始めとする古い時代の本文に「孫王の御いましめの二の方」、「孫王」のご禁制の二つの方と伝わり、[12] うち一つは薫物「侍従」の方であることが文中に明らかとなるが、薫物書に載録される平安中期の薫物の伝承のうち、同じくご禁制の方として有名な「侍従」方は、「孫王」ならぬ天皇や親王にゆかりとされ、物語の記述と一致しない。

八條宮
沈四両　丁子二両　甲香一両　甘松一分二朱
沈四両　丁子二両　甲香一両已上大　甘松一両　熟欝金一両已上小
一説入麝香　一説黄鬱金　或加占唐小一分合六種而此本無之　和蜜合搗三千許杵
此二方者不伝男是承和仰言也延喜六年二月三日典侍滋野直子朝臣所献也

（＊4拙稿「国立国会図書館所蔵『薫集類抄』影印と翻刻」上、「侍従」、三九〇頁）

また、紫上は諸本に「八条の式部卿の御ほう」を伝えたとされるが、追加で調合した「梅花」の方も同じ親王を源流とするかどうかは明記されていない。鎌倉後期以降の源氏学諸家は、その時々に伝存した薫物の伝承と対比させながら、物語の本文の妥当性や解釈をめぐり、思案を重ねることとなった。

2　鎌倉期以降の代表的な古注釈書に見る薫物関係箇所の考証

・『紫明抄』の説

紫上が調合した薫物方「八条の式部卿の御ほう」について、河内守源親行弟素寂の『紫明抄』は、仁明皇子八条式部卿宮本康親王の薫物方と勘えている。

　八条の式部卿の宮
・本康親王（仁明天皇第七御子、母従四位下紀種子、名虎女 一品式部卿、号八条式部卿宮、延喜元年薨、）
　・このみこ七十賀し給けるにうしろの屏風によみてかきける　紀貫之
・春くれはやとにまつさくく梅の花君かちとせのかさしとそみる　古今[13]

本康親王は、中古の薫物名家として有名な人物であるが、『紫明抄』はその点に一切ふれていない。『紫明抄』に引かれた親王の伝も、史実や薫物書に伝わる説より歌人伝に近い内容となっている[14]。ただし、素寂は薫物の説や伝承に無知、無関心だったわけではなかったらしい。明石上が調合した薫物方の由緒に関して名前のあがる「公忠朝臣」についての注の末尾には、公忠を「高名薫物合」と評する説が引かれている[15]。『紫明抄』の人物比定には、歌人伝だけでなく、薫物の伝承も影響を与えた可能性が考えられる。

『紫明抄』は、梅枝巻の薫物の銘や特徴に関しても、次のような注釈を行っている。

たき物の方
・梅花春方・荷葉夏方・侍従秋方・黒方冬方・又百歩方・又菊花方秋方也・又薫衣香[*16]

標目の「たき物の方」なる文言は、物語本文に見えず、勘物筆者が便宜上「薫物の種類」という意味で著したものと考えられる。「梅花」を春の、「荷葉」を夏の、「菊花」「侍従」を秋の、そして「黒方」を冬の薫物として位置付けたほか、四季に関らない種類の薫物として、「百歩方（香）」「薫衣香」の二種類を紹介する。説の出典は記されず、内容は、『紫明抄』以前に成立したとされる薫物書『薫集類抄』「焼物調合法」の説に矛盾しない。ここでは、紫上、花散里、光源氏、前斎院の四人が調合した薫物が、それぞれに春夏秋冬の季節感を伴うものであることや、明石上が調合した薫物は「薫衣香」と「百歩方」の二種類で、他の四人の薫物とは異なり季節感を伴う種類ではないことが説かれているらしい。

なお、『紫明抄』説は、『異本紫明抄』と呼び慣らされてきた『光源氏物語抄』を源泉とする可能性が指摘されているが、この『光源氏物語抄』には、初音巻の明石上の薫物について、かなりまとまった分量の薫物方や説が引かれる。そうした方や説の大半は『薫集類抄』に載録されるが、そこに見えない説や細部の文章表現には、管見で知り得た薫物書のうち、河内本と同時期に成立したと伝わる「焼物調合法」のそれらに近いものが見え、例えば、「焼物調合法」は前述の「承和仰言」の方を「王の御いましめ」という物語の文言を取り入れて翻案するが[*17]、同じ記述が『光源氏物語抄』所引の薫物方にも見られる。

『光源氏物語抄』第一冊の奥書によれば、編著者は資料収集を建長四（一二五二）年十二月二十八日に完了し、文永四（一二六七）年二月二十三日より執筆に取り掛かったと云う。これに対し、「焼物調合法」側の同文は、建長四年十月十六日に書写が終えられたと伝わる。『光源氏物語抄』との成立上の関係を推察するにあたって、暗示的な日付である。『光源氏物語抄』の一連の薫物資料には、薫物諸書の同文に照らして誤伝らしき箇所が散見するため、両書の関係については慎重な検討を要すが、鎌倉後期以降に成立、普及した薫物書で、『薫集類抄』や「焼物調合法」によく似た内容のものを出典とし、そこでの記述が『紫明抄』にも受け継がれた可能性の高いことが考えられよう。

・『河海抄』の説

梅枝巻の薫物に関する先学の説に対し、『河海抄』は、例えば光源氏の薫物について、次のような注釈を行っている。

そむ王の御いましめのふたつのほうをいかてか御み、にはつたへ給けん

古本に大略そむ王とあり頗不得其意若そうわを展転書写の誤歟そかきく承和菊といふ説あり此物語にも大乗を大そうとかけり愚案猶そうわの御いましめとかくへき歟

合香秘方曰烏方

沈大四両　丁子二両　白檀大一分　丁香大一両(或大二分加之云々)　麝香大一分　薫陸大一分

拾遺方

沈大四両　丁子大二両　甲香大一両　甘松一両　熟鬱金小(一両一説入麝香一説用黄鬱金)　占唐一分

蜜和研合搗三千杵炮甲香以和蜜塗之令黒黄不得過黒此両種方不伝男耳是承和仰事也延喜六年二月三日故典侍滋野直子朝臣献方也*[18]

冒頭では、『河海抄』が依拠した伝本の「そむ王の御いましめの二の方」という本文について、当時の「古本」の多くに「そむ王」に準ずる表記が行われていたと注記される。『河海抄』は、「そむ王」はもしや「そ

うわ（承和）」の展転書写による誤伝か、との校訂案を示し、光源氏が伝えたとされる「二の方」の準拠として、「承和仰事」の伝わる薫物「烏方」と「拾遺」の二方を引用する。なお、光源氏の伝えた薫物の説が仁明天皇の説を源泉とする可能性については、後文の勘注においても重ねて指摘されている[*19]。『薫集類抄』などの薫物諸書によれば、「烏方」「拾遺」はそれぞれ「黒方」「侍従」の異名であると云う[*20]。また、二方の所有者はいずれも八条宮本康親王とされ、方の末尾には「承和仰事」が伝わり、延喜六年には滋野直子が何処かへ献上したことが同様に記されている。

これまで述べて来たように、「承和仰事」が物語の「王の（御）いましめ」の同義であるとする考えは、光行・親行の時代には既に行われていたらしく、同じ頃に成立したとされる薫物書「焼物調合法」には、同様の理解に基づき翻案された薫物方が載録されていた。『河海抄』は、従来の通説を踏まえて本文の問題を指摘し、古い薫物書の記述に近い形で校訂に及んだと理解できる。

紫上の薫物については、次の二点の勘物が伝わる。

八条の式部卿の御ほうをつたへて

一品式部卿　号八条宮　仁明天皇第七御子

本康親王

母従四位下　紀種子（名虎女）　延喜元年薨高名薫物合也

黒方

沈四両　丁子二両　甲一両　薫二両　鬱金二両

亦侍従

沈四両　丁子二両　甲一両　麝二分　薫陸二分　甘松二分　件二方故八条宮云々

たいのうへの御は三くさある中にはい花のはなやかにいまめかしくすこしはやき心しらひをそへてめつらしきかほりくはゝれり

梅花方

沈香八両二分　占唐一分三朱　甲香三両一分　甘松一分　白檀二分三朱　丁子二両二分　麝香二分　薫陸一分

已上小十五両三分[*21]

みくさとは黒方侍従の外に梅花をかゝれたる也心しらひをそへてかほりくはゝれりとは寛教説云春は丁子加増あるへしと見たれはか様の香をのこされたる歟

『紫明抄』は、「八条の式部卿」を仁明皇子本康親王と考えていた。右の第一の勘物では、『紫明抄』所引の本康親王伝に薫物名家としての業績が加わっているほか、この宮の方と伝わる薫物「黒方」「侍従」の二方が何処からか引用され、紫上が巻の冒頭で調合していた薫物方の準拠として示されている。

第二の勘物では、八両合の梅花方を由緒を記さずに引用するとともに、「三くさ」が前掲の「黒方」「侍従」の二種類に「梅花」を加えたものであったとの説が示される。『河海抄』は、紫上と光源氏の薫物が、由緒と種類の両面で大変近い関係にあるとの説を、古注釈書として初めて明記したことになる。また、「心しらひをそへてめつらしきかほりくはゝれり」との一文について、「春は丁子加増あるへし」との「寛教説」を引き、丁子の香りを残すようにして調合したか、との解釈を示している。「寛教説」の同文は、後文の勘物にも引用され、出典「合香古方」と見える[*22]が、管見に同じ書名で伝わる薫物書は知れない。

『河海抄』が引用した、出典・由緒の明らかでない「梅花」方は、近現代の研究において、『薫集類抄』に伝わる本康親王の「梅花」方[*23]に相当するものとして扱われている。八条宮の「梅花」方と『河海抄』の「梅花」方とは、確かによく似た処方ではあるが、細かい異同が散見する。『河海抄』に引かれた方が、前注の「黒方」「侍従」の場合と異なり本康親王の方と明記されないことを勘案しても、従来の見方には疑問を感じざるを得ない。

管見によれば、武田科学振興財団杏雨書屋と賀茂別雷社三手文庫に伝本を蔵する『香秘書』[*24]は、『河海抄』所引の梅花方に近似した方を、次のように伝えている。

又梅花方故皇后宮方
沈八両二分（割注・或本云二分八可㆔任㆓意㆒也）せむたう一分三朱　甲香三両一分或本二分　甘松一分　白檀二分三朱　丁子二両二分　麝香二分　薫陸一分
已上小十五両三分

右の方は、「故皇后宮」なる人物ゆかりの梅花方で、『河海抄』の方に比べてみると、香薬の処方と並びが等しいほか、方の総量を「已上小十五両三分」とする点も同じである。

「故皇后宮」の方は、『薫集類抄』に伝わる梅花方のうち、三条天皇后で小一条院敦明親王の生母、小一条大将藤原済時女娍子（応和二〈九六二〉年−万寿二年〈一〇二五〉年）の方に、概ね一致する。[*25]『栄花物語』に、立后以後の娍子が「皇后宮」と呼び馴らされていることを鑑みても、「故皇后宮」が娍子を意味した可能性は検討に値するかと考える。

『薫集類抄』載録の娍子の「梅花」方は、記載された総量が他書とは異なり、「已上小十六両二分大五両二分」とされる。計算上はこちらが正しく[26]、分量の加減に関する秘説が脱落したとも考えられるが、いずれにしても、『河海抄』所引の「梅花」方は、平安後期に成立したとされる『薫集類抄』の方よりも、鎌倉期以降に成立したとされる『香秘書』に伝わる娍子の方に、近いことになる。

『香秘書』には、娍子らしき「故皇后宮」の薫物「薫衣香」方が載録されるが、末尾には、『河海抄』が紫上の薫物に関する勘注で依拠した「寛教説」の同文が伝わる。

　薫衣小半

沈二両一分　丁子二分　甲香一両一分　鬱金三朱　白檀二分　蘇合一両三朱　占唐一分　青木二分

　已上小五両三分　故皇后宮方也

　寛教大僧都説云

　　春ニ丁子　夏秋ニ沈随レ季三朱許可ニ加一歟

寛教大僧都は、源公忠四男で、天暦二（九四八）年九月二十日に比叡山で得度受戒した信輔、法名「観教」と同一人物と見られている。[27]寛教は、寛弘九年（長和元年、一〇一二）、七十九歳の時、東宮時代の三条天皇護持僧の労を賞して大僧都に任ぜられている。

『栄花物語』は、娍子が薫物調合に力を入れていたとの逸話を伝えている。[28]寛教が公忠から薫物の方や説を伝えたとすれば、東宮時代の三条天皇周辺に開示して不思議は無く、娍子は大いに関心を寄せたことであろう。寛教大僧都の説が娍子の方に付随して後世に伝来することには、少なからず蓋然性が認められる。『河海抄』所引の「梅花」方は、本康親王の方ではなく、「故皇后宮」こと小一条皇后藤原娍子の方であったかと考える。

娍子は本康親王の薫物方にもよく学んでいた可能性がある。有職故実書『類聚雑要抄』は、『香秘書』の同文を多く伝えるが、[29]同書に伝わる「黒方」調合法の由緒によれば、娍子らしき「故皇后宮」の説であって、本康親王の説とも同じである、と云う。[30]『香秘書』は、「黒方」方の全てと「侍従」方数点とを記載した冒頭数紙が脱落したらしく、古くは『類聚雑要抄』記事の同文を載録した可能性がある。[31]『河海抄』が『香秘書』によく似た薫物書を典拠資料として参照したとすれば、娍子が本康親王の薫物の説を伝えたとされる伝承にも、目を通したはずである。

『河海抄』は、紫上が本康親王の「梅花」の方に学んだとして、この方に忠実に調合したのではなく、娍子がこの親王の方と寛教の説とを学んだ、その素養をもって、親王の方に似て非なるものを編み出したと伝わるように、分量に独自の手心を加えて調合した、との解釈を示したかったのではないか。物語の薫物、特に紫上の「梅花」の芳香は、この女君の美質や才覚をおおいに反映し、物語独自の特徴を見せているはずだが、『河海抄』は、物語独自の薫物のあり方にも、伝承からの裏付けを求めたのであろう。

なお、娍子の名前が意図的に伏せられたとすれば、その原因は、物語の薫物比べの場面に見える実在の薫物名家らと娍子との生きた時代がかけはなれている点にあったかと考える。公忠子息で一条天皇皇子の護持僧を勤めた寛教ならまだしも、娍子は三条朝に活躍した人として知られることを考慮したのであろう。また、本稿では考察の対象としなかったが、明石上の薫物に対する勘物には、資料の記述を物語本文に添うような形に巧みに操作した跡がある。[32]紫上の「梅花」についても、時代性まで一致するような伝承に行き当たらず、不都合な点から読者の視線をそらすような形での注釈に及んだものかと考える。

3　紫上の「梅花」と作者の企図

紫上は、本康親王の「黒方」「侍従」の方を伝えながら、前斎院と光源氏の調合した同じ種類の薫物には及ばなかった。光源氏の薫物とは由緒が非常に近く、光源氏よりも正統な形でこれらの方を伝えたはずである。また、前斎院の「侍従」は実在の薫物名家との繋がりには言及が無く、由緒の面では紫上の処方のほうが優れているとも考えられよう。にもかかわらず、紫上がこれら両種の薫物によって自身の本領を発揮できずにいたのは、六条院の春の御方として位置付けられた紫上が、梅花の美を体現した人物として描かれることに加え、特に光源氏と前斎院に対する社会的地位の格差というものが反映されたかと考えるが、そうした私見を論じる前に、物語成立現在の宮廷社会における、「黒方」「侍従」の薫物としての位置付けについて、既存の伝承から明らかにしておかねばならない。[33]

種々の薫物のうち、「梅花」「荷葉」「菊花」「落葉」の四種類は、銘が自然の景物に由来することから、それぞれの景物の季節感も継承したと見られ、『薫集類抄』などの薫物諸書にもそのような解釈が伝わる。一方で、「侍従」を秋の、「黒方」を冬の方とする説については、後者の銘が五行説に照らして冬に相当する色を冠する為と伝わるほかに、銘と季節感との関係は説かれていない。『薫集類抄』は、この両種について、芳香の特徴がそれぞれの季節に相応しいものであると説く。伝平忠盛著「香之書」によれば、忠盛後裔は「侍従」を八月に、「黒方」を十月に調合したと云う。「焼物調合法」や『河海抄』所引「合香古方」の説は、『薫集類抄』説に準ずる内容となっている。院政期以降の宮廷社会では、両種の薫物が秋、冬の季節感を伴うものとして一般に理解されていた可能性が考えられる。[34][35]

ただし、一条朝前後の宮廷社会では、「黒方」「侍従」の調合や使用について、季節の制約は特に無かったことが、薫物書や歌書の記述から知られる。平安中期の醍醐朝から一条朝にかけて、両種の方は同時に調合、献上される場合があったらしい。これらの献上は晩春や初夏に行われたと伝わるほか、「黒方」「侍従」の四季を通じての調合法も残されている。[*36] 調合されれば程無く献上、使用が為されたであろう。また、天徳四（九六〇）年三月三十日に催された内裏歌合では、南側に座した左方は「崑崙方（＝黒方）」を、北側に座した右方は「侍従」を薫き匂わせている。[*37] 平安中期の宮廷社会において、「黒方」「侍従」の季節的な位置付けは、院政期ほど確定していなかった可能性が考えられる。

また、同じ時代の伝承によれば、「黒方」は、他の種類の薫物よりも高く評価されていたと云う。『薫集類抄』に伝わる伝承によれば、藤原公任姉で円融院皇太后の四条宮遵子（天徳元〈九五七〉年 - 寛仁元〈一〇一七〉年）の時代には、「黒方」「侍従」に「梅花」を併せた三種類が比較的高く評価されたらしいが、遵子は特に「黒方」が優れていると考えていたことが伝えられている。[*38] なお、前述の天徳四年内裏歌合では、皇統寄りの左方が「黒方」を使用していた。芳香だけでなく、薫物としての格も高いと見なされたのかもしれない。

梅枝巻の薫物比べでは、「黒方」「侍従」の二種類が他の種類に先んじて判定される。これらの二種を調合したのは、薫物比べの参加者の中で最も高い位にあった、前斎院と光源氏であった。宮家の姫君と前帝の御子の本領が発揮される薫物として、薫物の中でも評価の高いとされる「黒方」、皇族のご禁制の伝わる「侍従」の二種類が選ばれたのは、それぞれの薫物を調合した人物と、これらの薫物の季節感ならぬ格式との釣り合いが考慮された結果とも考えられよう。かたや紫上は、宮家の姫君として認知をされはしたが、母方に頼もしい後見人を持たず、父宮や北の方から姫君に相応しい形での養育を受けることも叶わず、宮廷社会で確たる社会的地位を得られぬまま成長し、果ては女三宮の降嫁によって六条院に居場所を失う。この女君が、本康親王という高貴な薫物名家にゆかりの優れた薫物方を伝え、それらを調合しておきながら、蛍兵部卿宮に評価されなかったところには、紫上という女君が、血脈や伝統、格式により社会的地位を保証され難く、そうしたものでは自身の本領を発揮できない人物であることが、反映しているのではないだろうか。

それでは、紫上の「梅花」はどのような点で優れていたのであろうか。作者は紫上の「梅花」の由緒を物語に明記しないまでも、本康親王との関係を窺がわせる書き方をしている。本康親王は、桐壺朝の前時代として物語られる宇多朝を中心に活躍した人物である。宇多朝は、桐壺巻に「亭子院のか、せ給て、伊勢、貫之に詠ませたまへる、大和言の葉[*39]」と見えるように、この物語の前時代として位置付けられている。梅枝巻には、物語現在の宮廷社会における薫物方のあり方として、「同じうこそはいづくにも散り広ごるべかめる」、同じような処方はどこの家にも散り広がっているはず、と物語られる。紫上が「梅花」についても本康親王の方を伝えたとして、本康親王の方や説に可能な限り忠実に調合したとすれば、出来上がった「梅花」の芳香は、いささか古めかしく、ありきたりな印象を与えたはずが、そうではなかった。紫上の梅花には、「いまめかしさ」と「めづらしさ」、現代的で斬新な、珍重すべき芳香が加わっている、と評されたのである。

『河海抄』が紫上の「梅花」方の準拠として、由緒を明かさず引用した小一条皇后藤原娀子の方を、あえて正面から援用するとすれば、「梅花」調合に際して紫上が行った工夫は、物語の成立から少し後の時代の、実在の薫物名家の工夫を先取りしたものとして、或いは、物語の成立とともに実際の薫物文化に素早く影響を与えたものとして、位置付けられるのではないだろうか[*40]。

時代を問わず、物語の語り手や登場人物の言動の中には、社会全般に対する物語作者自身の理想や解釈を反映すると見られる場合がままある。物語の作者は、実在する本康親王の名方を紫上に伝えさせ、その素養をもって調えさせた「梅花」の芳香を、物語の蛍兵部卿宮の美意識にことよせて絶賛するという形をとり、現実世界の読者に向け、「梅花」という薫物の理想とされるべき新たな芳香のあり方を提起したと解釈されよう。『河海抄』は、実在の三条天皇后が、本康親王の方に学びながら、本康親王よりも新しい薫物名家による、香薬の配合に関する説も参考にしたと伝わることに対して、紫上が本康親王の方に自ら工夫して「いまめかし」く「めづらし」い芳香に仕立てた、と読めることとの類似性を見出したらしい。この説に則った場合、物語の作者は、既存の薫物の方や説を踏まえてそれまでに無かった新しい方のあり方を案出し、それが同時代から少し後の時代にかけて薫物名家に影響を与えた、或いは、実際の薫物文化の新しい動きに先行するような格好となった、と理解できるのである。物語の薫物に、その程度の独自性を認めることは、物語の構想のすみずみにまで準拠が行き渡ると考えるよりも、はるかに自然なことのように思われる。

結

河内守源親行弟の素寂は、薫物の習伝や調合に専門的に取り組む側が伝えた薫物名家の伝承や各種薫物の説を、源氏学の研究資料としていち早く取り入れたと見られる。こうした新たな注釈態度は、当時の源氏学諸家にたちまち影響を与えたらしく、後世の諸家は、『紫明抄』の説や注釈態度を踏襲した勘物を著し始める。『河海抄』は、薫物の側の資料や成果を源氏学の側に取り入れ、「孫王」云々の従来の本文や、それに即した古くからの説の妥当性に不審を呈し、独自の校訂や解釈に取り組んでいた。『河海抄』による校訂本文と諸説は今日まで踏襲され、解釈や研究が為されている。本稿では、『河海抄』が、平安中期薫物名家の方や説の典拠として、鎌倉以降の新しい薫物の解釈に基づき類纂された薫物書を用いたらしきことを指摘した。こうした資料が平安中期の薫物の伝承のあり方をどれほど反映したものであったのか、検証が必要であろうかと考える。また、紫上の薫物に関する『河海抄』の注釈態度には、資料の記述を巧みに操作し、有利な形で私見を提示するような場合が見られた。こうした手法で導かれた説の信憑性についても、論拠と論理の両面から検討し直す必要がある。試みとして『河海抄』が「梅花」方の準拠として引用した資料の同文を探究し、説の出典や内容を分析したところ、紫上の薫物に対し、従来の説とは異なる位置付けが可能となった。まず、紫上が本康親王の「黒方」「侍従」を調合することによって光源氏や前斎院に及ばなかったことは、この女君が、伝統や格式によって社会的地位を保証されず、自身の美質や才覚といった本領も発揮できない人物として位置付けられていることとの反映と考えられた。これに対し、紫上が「梅花」によって本領を発揮し、その芳香を素晴らしいものとして評価されたのは、この女君が六条院の春の御方として位置付けられていることの反映であると同時に、本康親王の「黒方」「侍従」の方により評価されなかったことの裏返しであって、物語の作者は、「梅花」の芳香のあり方に新たな理想を示し、それを実現するための方法として、伝統的な薫物方を新しい時代の説を取り入れて工夫し直すことを、現実世界の読者に向けて提案している、とも考えられた。

薫物書は、古代人の解釈や薫物文化の実際を出来る限り明らかにし、『源氏物語』の場面や人物造型に、従来の研究方法では気付かれなかった解釈を模索するにあたって、少なからず有益な伝承を伝えている。しかしながら、資料研究の成果はあまりにも乏しい。この方面の研究が活発なものとなり、物語を始めとする古典文学作品に描かれた薫物の位置付けが解明されれば、日々遠ざかる古代人の〈読み〉に対し、現代人として一歩なりとも近づくための、新たな拠り所とされるに違いない。

注

＊1　梅枝巻の薫物を考察した近現代の主要な注釈、著作、研究論文は左記の通り。
池田亀鑑編『源氏物語事典』上（東京堂、昭和41年）
玉上琢弥著『源氏物語評釈』第六巻（角川書店、昭和43年再版）
石田穣二・清水好子校注、新潮日本古典集成23『源氏物語四』（新潮社、昭和54年）
尾崎左永子著『源氏の薫り』（朝日新聞社、平成4年）
三田村雅子著『源氏物語　感覚の論理』（有精堂、平成8年）
畑正高著『香三才　香と日本人のものがたり』（東京書籍、平成16年）
石田穣二「くのえ香―明石の上のこと―」（『源氏物語論集』桜楓社、昭和46年。平成9年クレス出版より復刻）
三田村雅子「梅花の美」（『講座源氏物語の世界』第六集、有斐閣、昭和56年。のちに「梅花の美―回想の香―」と改め前掲『源氏物語　感覚の論理』に載録）
加納重文「薫物と手本」（同右『講座源氏物語の世界』第六集）
瀬戸宏太「源氏物語の薫香―末摘花と紫上をめぐって―」（『国語と国文学』、平成4年9月）
藤河家利昭「八条の式部卿について」（『広島女学院大学国語国文学誌』、平成9年3月）
同「梅枝巻の薫物合せと仁明帝」（『広島女学院大学大学院言語文化論叢』、平成11年3月）

＊2　文化十五年（一八一八　文政元年）二月に藤原明恒が撰集したとされる『源氏薫香考』は、『源氏物語』絵合、梅枝両巻に見える薫物や芳香に対する『河海抄』から『細流抄』までの勘物を集成し、『薫集類抄』などの他書に載録される薫物の方や説の内容に照らして校訂を試みている。撰者明恒は未詳。『源氏物語』と薫物の故実に通じた人物と見られている。諸本は原本が東北大学図書館狩野文庫に蔵されるほか、九曜文庫に関根只誠自筆の写本が納められる。九曜

文庫本の解題と翻刻は、中野幸一「〈翻〉資料紹介『源氏薫香考』」（『早稲田大学教育学部学術研究（国語・国文学）』41号、平成5年）に、影印は『九曜文庫蔵源氏物語享受資料影印叢書』第10巻（勉誠出版、平成19年）に掲載。なお、『源氏薫香考』と同様の趣旨と内容の典籍として、管見では静嘉堂文庫所蔵「薫物古説考証」（鈴木一保撰、写本、一冊、整理番号540-22-25770）を確認している。

＊3　（前略）本文、河内本をはじめとして「そんわう」の異文多く、たとえば、『原中最秘抄』は孫王と考えて適解を得るのに苦しんでいる。『河海抄』に「そうわ」（承和）の誤写説を出し、以後踏襲されたが従うべきである。（中略）「二つの方」はこの『河海』に引く『合香秘方』によれば黒方と侍従である。後文に「侍従は、おとどの御、すぐれてなまめかしうなつかしき香なり、と定め給ふ。」と見える。ただし『薫集類抄』の、侍従の八条の宮（仁明天皇第五皇子、本康親王）の方を記すところに（中略）よれば、侍従の二種の方をいうもののごとくである。しかしまた同書、（中略）侍従と黒方と二種、同時に献ぜられたと解せられる伝えもある。『薫集類抄』の記載の不備ないし錯誤であり、『源氏』本文によるも、『河海』の伝えを正しとすべきである。（後略）（傍線は稿者記入。池田亀鑑編『源氏物語事典』上（東京堂、昭和41年）、石田穣二執筆「そうわ（承和）」項、286・287頁）

＊4　拙稿「西園寺文庫所蔵『薫集類抄』翻刻と校異」上・下（『広島女学院大学大学院言語文化論叢』第7・8号、平成16・17年3月）
同「恩頼堂文庫所蔵『薫集類抄』裏書勘物の翻刻と校異」（同誌第9号、平成18年3月）
同「『薫集類抄』園林文庫旧蔵恩頼堂文庫本の研究」（『文学・語学』第183号、平成18年1月）
同「国立国会図書館所蔵『薫集類抄』影印と翻刻」上・下（同誌第9・10号、平成18・19年3月）。

＊5　前注所掲の拙稿「国立国会図書館所蔵『薫集類抄』影印と翻刻」下の附論にて考察。

＊6　拙稿「平忠盛家の薫物と「香之書」」（『文学・語学』第188号、平成19年7月）
同「菊亭文庫所蔵「薫物故書」翻刻と校異」上・下（『藝能史研究』第175・177号、平成18年10月・同19年4月）
同「名古屋市蓬左文庫所蔵「焼物調合法」翻刻と注記」（同誌第180号、平成20年1月）

同「『香秘書』の研究」（『杏雨』第11号、平成20年4月発行予定）

＊7 おとゞは、寝殿に離れおはしまして、承和の御いましめの二つのほうを、いかでか御耳には伝へ給けん、心にしめて合はせ給。上は、東の中の放出に、御しつらひことに深うしなさせ給て、八条の式部卿の御ほうを伝へて、かたみにいどみ合せ給ほど、いみじう秘し給へば、「匂ひの深さ浅さも、勝ち負けの定めあるべし」と、おとゞの給、人の御親げなき御争ひ心なり。いづ方にも、御前にさぶらふ人あまたならず。

（新日本古典文学大系21『源氏物語三』〈岩波書店、平成7年〉梅枝巻、153頁）

＊8 さらにいづれともなきなかに、斎院の御黒ぼう、さ言へども、心にくゝしづやかなる匂ひことなり。侍従は、おとゞの御は、すぐれてなまめかしうなつかしき香なり、と定め給。（同右、156頁）

＊9 対の上の御は、三種あるなかに、梅花はなやかにいまめかしう、すこしはやき心しらひを添へて、めづらしきかほり加はれり。「このごろの風にたぐへんには、さらにこれにまさる匂ひあらじ」とめで給（同右）

＊10 夏の御方には、人々のかう心くにいどみ給なる中に、数くにも立ち出でずやと、煙をさへ思ひ消え給へる御心にて、たゞ荷葉を一種合はせ給へり。さま変はり、しめやかなる香して、あはれになつかし。（同右）

＊11 冬の御方にも、ときときによれる匂ひの定まれるに、消たれんもあいなしとおぼして、薫衣香のほうのすぐれたるは、前の朱雀院のをうつさせ給て、公忠の朝臣の、ことに選び仕うまつれりし百歩のほうなど思えて、世に似ずなまめかしさを取り集めたる、心をきてすぐれたり、といづれをも無徳ならず定め給ふを、（同右）

＊12 『河海抄』梅枝巻勘物によれば、「古本に大略そむ王とあり頗不得其意若そうわを展転書写の誤歟そかきく承和菊といふ説あり此物語にも大乗を大そうとかけり愚案猶そうわの御いましめとかくへき歟」と見え、南北朝以前に伝存した諸本は「そむ（孫）王」に相当する本文で行われていたことが知られる。『源氏物語大成』、『源氏物語別本集成』によれば、伝存する諸本のうち、「孫王」の読みに相当する表記を伝えるものは、系統の別に関らず多数確認される。青表紙本系統では、伝藤原定家筆本に「そうわう」と伝わるのをはじめ、「せうわ」「そんわ」「そむ王」など多様な本文が伝わるほか、河内本系統はおおむね「そんわう」、別本系統は「そんわう」ないし「前王」との本文を伝えている。近現

代の研究では、『源氏物語事典』に「本文、河内本をはじめとして「そんわう」の異文多く、たとえば、『原中最秘抄』は孫王と考えて適解を得るのに苦しんでいる。『河海抄』に「そうわ」（承和）の誤写説を出し、以後踏襲されたが従うべきである。」（＊3参照）と総括されたところに従い、青表紙本系統の校訂本文が尊重されている。

＊13　以下の『紫明抄』テキストは、京都大学国語国文資料叢書二十七、三十三『紫明抄』上・下（臨川書店、昭和56・57年）所収の影印参照。下「むめかえ」第六冊10丁オ。

＊14　定家本古今集勘物は、本康親王について次のように記す。

本康　一品式部卿　延喜元薨　号八条宮　母従四位上紀種子（財団法人冷泉家時雨亭文庫編『冷泉家時雨亭叢書第二巻〈朝日新聞社、平成六年〉所収「古今和歌集嘉禄二年本」巻第七、賀歌、55丁ウ影印参照）

右の伝と、諸系図ならびに『源氏物語』古注釈書に見える本康親王伝との異同については＊1所掲の藤河家利昭「八条の式部卿について」に詳しく、それによれば、本康親王生母については諸説あり、『本朝皇胤紹運録』や『一代要記』、『尊卑分脈』といった系図は滋野貞主女縄子と伝えるのに対し、古注釈書の『紫明抄』『河海抄』は紀種子と伝えている。なお、古注釈書の『花鳥余情』には「滋野温子」と見え、誤伝の可能性が指摘されている。

本康親王生母を紀種子とする説は後世の古今集注にも一様に継承されたらしく、例えば寂恵本『古今和歌集』や伝一帖冬良作『古今和歌集注』は、本康親王について次のように記している。

本康、仁明第七、一品式部卿、号八条宮、延喜元年薨、母従四位下紀種子名虎女。

（竹岡正夫『古今和歌集全評釈古注七種集成補訂版』〈右文書院、昭和56年〉352頁）

もとやすのみこの七十の賀

本康、仁明第七、一品式部卿、号八条宮。母従四位下紀種子。

（深津睦夫編『古今集古注釈書集成浄弁注内閣文庫本古今和歌集注（伝冬良作）』〈笠間書院、平成10年〉198頁）

歌集の注釈は、本康親王母を紀種子とするのが一般的である。『紫明抄』はこれに依ったのであろう。ただし、『三代実録』文徳天皇実録巻四・仁寿二年二月八日の滋野貞主卒時伝によれば、貞主女縄子は仁明天皇に入内して本康親王、時子内親王、柔子内親王を生んだとされ、『皇胤紹運録』や『一代要記』などもこれに等しい。『薫集類抄』や後世の薫物書には、こちらの説を踏襲している。

八条宮 本康 一品式部卿 仁明天皇第五親王 母従四位上滋野縄子 貞主女也（＊4拙稿「国立国会図書館所蔵『薫集類抄』影印と翻刻」上、「梅花」、398頁）

＊15 『紫明抄』は、『三十六人歌仙伝』など既存の歌人伝に載録される源公忠の閲歴を抄出したような記事の末尾に「号滋野井高名薫物合也」と続く公忠の伝を載録する。ただし、『光源氏物語抄』は公忠と薫物の関係に言及する資料が引かれていない。

・公忠朝臣 大蔵卿国紀子 光孝天皇御子也 延喜十一年三月昇殿十八年正月内蔵権助三月蔵人卅二廿一日修理亮延長二年正月五位三年十月内蔵権助六年正月蔵人民部大輔七年正月右少弁四十一承平三年権右中弁 号滋井弁高名薫物合也

（＊13『紫明抄』下、第六冊「むめかえ」11丁ウ）

＊16 前注『紫明抄』11丁オ。

＊17 八条宮 沈四両 丁子二両 甲香一両巳上大 甘松一両 占唐小一分 異説也 熟欝金巳上小 一説入麝香一説黄欝金

或加占糖等一分合三種和蜜合擣之千杵許

此方王の御いましめあり男にはつたふへからす延喜六年二月三日典侍滋野直子朝臣所献也

（テキストはノートルダム清心女子大学蔵『紫明抄』三、初音巻〈ノートルダム清心女子大学古典叢書刊行会編、ノートルダム清心女子大学古典叢書第二期3所収、福武書店、昭和51年〉65丁オ・ウ影印参照）

八条宮

沈四両大一 丁子二両大二 甲香一両巳上大三 甘松一両小四 占唐一分 熟欝金一両巳上小五

一説入麝香 一説黄欝金 或加占唐小一分六種而此本無之 和蜜合擣三千許杵

此方王のいましめありおとこにはつたふへからす

延喜六年二月三日典侍滋野直子朝臣所献也

（「焼物調合法」テキストは＊6拙稿「名古屋市蓬左文庫所蔵「焼物調合法」翻刻と注記」掲載予定）

＊18　以下の『河海抄』テキストは天理図書館善本叢書第70巻『河海抄1』（八木書店、昭和60年）掲載の伝兼良筆本梅枝巻影印を参照。巻第十二「梅枝」33丁ウ、34丁オ。

＊19　梅枝巻の後文において、光源氏が調合した薫物を醸成させるために埋めた場所として、「右近陣のみかは水のほとりになそらへて西のわたとの、したよりいつるみきはちかう、うつませ給へる」と物語られることについて、『河海抄』は仁明天皇の時代の秘説とされるものから類文を引くとともに、薫物を埋める事についての内外の諸説も併せて引用している。

＊20　『薫集類抄』（＊4）諸本は、『河海抄』載録の薫物「烏方」「拾遺」の処方と同じものを、それぞれ「黒方」「侍従」の項に載録し（「侍従」方は本稿5頁に引用、「黒方」は＊4拙稿「国立国会図書館所蔵『薫集類抄』影印と翻刻」上、384頁に掲載）、「黒方」には「烏」との傍書が、「侍従」には「亦名拾遺　補闕」との割注が為される（諸本の傍書は＊4拙稿「西園寺文庫所蔵『薫集類抄』翻刻と校異」上、110頁、脚注115に集成）。こうした記述は同時代のその他の薫物書や『類聚雑要抄』などの有職故実書にも確認され、例えば「香之書」には、「拾遺方」の銘に対して「侍従」との注記が見える（＊6拙稿「平忠盛家の薫物と「香之書」」30頁）。

＊21　＊18『河海抄』34丁オ・ウ。

＊22　夏は荷葉方　花散里上夏御方合之　秋は菊花方　又侍従　冬は落葉方　又黒方　寛教大僧都説云春之丁子夏秋之沈冬之薫陸随季三朱許可加歟合香古方

（＊18『河海抄』巻第十二「梅枝」37丁オ）

＊23　八条宮本康　一品式部卿　仁明天皇第五親王　母従四位上滋野縄子　貞主女也

沈八両二分　占唐一分三朱　甲香三両二分　甘松一分　白檀二分三朱　丁子二両三分　麝香二分　薫陸一分

（＊4拙稿「国立国会図書館所蔵『薫集類抄』影印と翻刻」上、「梅花」、398頁）

＊24　杏雨書屋の一本は書目「香秘書」、一巻、鎌倉期写、請求記号研1469。三手文庫の一本は書目「香秘記」、国文学研究資料館所蔵マイクロフィルム請求記号40-36-7, R81。

＊25　小一条皇后娍子 三条院女御 小一条大将済時一女 大納言公任同用之
沈八両二分　占唐一分三朱　貝香三両二分　甘松一分　白檀二分三朱　丁子二両二分　薫陸一分　麝香二分已上小十六両
二分　大五両二分
（同右、395頁）

＊26　『薫集類抄』上巻・四条宮遵子の薫物「黒方」に伝わる左記の斤目の説に依拠して計算した。
十六両を小の一斤とす卅（卌カ）八両を大の一斤とす小の三両を大の一両とす小の三分を大の一分とす（同右、381頁）

＊27　『薫集類抄』上巻に、薫物名家「観教大僧都」は「延暦寺　公忠弁息　三条院御持僧」と見える（同右、381頁）。この「観教」説の同文が、＊22所掲の『河海抄』説や本稿11、12頁に引用した『香秘書』説には「寛教」説として伝わる。『僧綱補任次第』『護持僧補任』によれば、右大弁源公忠子息観教、俗名信輔は天台宗延暦寺僧。天暦二（九四八）年九月二十日得度受戒した後、永祚元（九八九）年九月十八日に法橋上人、長保元（九九九）年十二月二十九日に阿闍梨、同五（一〇〇四）年十二月十九日に法眼に叙され、寛弘九年（一〇一二・長和元年）三月十四日、七十九歳の時、護持僧の賞により数輩を超越して権大僧都に任ぜられるも、同年十一月二十六日に入滅、御願寺僧都と号す。『拾遺和歌集』『新続古今和歌集』に詠歌が入集。『袋草紙』に、弟の寛祐姿弥ともども父公忠を歌の道の師と仰いだとの逸話が、『古今著聞集』に秘蔵の守刀を猫に奪われた逸話が知られる。

＊28　宣耀殿には、他人も近きも、「いかに思しめすらん。やすくは大殿籠るらんや」など聞ゆれば、「年ごろかかべいことのかからざりつれば、宮の御ためにいと心苦しく見たてまつれば、今なん、心やすく見たてまつる」などのたまはせて、御装束を明暮めでたうしたてさせたまひ、御薫物などつねに合せつつ奉らせたまひける。宮はただ母后などぞ思ひきこえさせたまへるも、げにとのみ見えさせたまふ。殿の上は、中宮とこの女御殿とを、おぼつかなからず渡りまゐらせたまふほども、いとあらまほしうなん。
（新編日本古典文学全集31『栄花物語1』〈小学館、平成5年〉巻第八、はつはな、447頁）

＊29　＊6拙稿「『香秘書』の研究」掲載の附表「薫物方載録状況対照表」参照。

＊30『類聚雑要抄』は、「黒方」数方に続けて次のように記す。

或説先和沈丁子次合甲香次白檀最後和麝香薫陸一度合之云々　尚自小可及為令決和合也

皇后宮御方但八条式部卿宮方同之

（川本重雄ほか編『類聚雑要抄指図巻』〈中央公論美術出版、平成10年〉216頁）

＊31 ＊6拙稿「『香秘書』の研究」で考察。

＊32 明石上の調合した薫物について、物語本文には「薫衣香のほうのすぐれたるは、前の朱雀院のをうつさせ給て、公忠の朝臣の、ことに選ひ仕うまつれりし百歩のほうなど」と記される。『河海抄』は、「四条大納言家」から出て大江千古がいずこかに奉ったことがあるという「承和百歩香」なる薫物の方と、「朱雀院御方」とされる無銘の薫物方二点、ならびに「薫衣香　一名黒方」「百和香　字侍従」なる二種類の薫物方を引用する。『薫集類抄』などの薫物諸書は、無銘の二方に同じものを、実在の朱雀天皇ゆかりの「黒方」「侍従」として載録する。『河海抄』は、「前の朱雀院」が実在の朱雀天皇であって、この天皇がお写しになり「公忠朝臣」が特別に工夫して調えた「百歩のほう」は、「百和香」であるはずのところが誤って、或いは改変されて物語に取り入れられた可能性を指摘したことになる。物語に現れる銘とは異なる「朱雀院御方」二方の銘を、意図的に伏せたことが考えられる。

＊33 ＊1三田村雅子論著に詳述。

＊34『類聚雑要抄』、『後伏見院宸翰薫物方』などに見える。

＊35 ＊22参照。

＊36 八条宮（処方二点中略）一説入麝香一説黄欝金　或加占唐小一分合六種而此本無之和蜜合擣三千許杵此二方者不伝男
是承和仰事也延喜六年二月三日典侍滋野直子朝臣所献也

（＊4拙稿「国立国会図書館所蔵『薫集類抄』影印と翻刻」上、「侍従」、390頁）

八条宮（処方略）或云至要方也延喜六年二月三日典侍滋野直子朝臣所献也

（同右、「黒方」、384頁）

治暦四年四月六日被合侍従一臍小香七両二分四朱　（同右、「侍従」、二条関白、387頁）

治暦四年四月六日被合一臍　（同右、「黒方」、二条関白、380頁）

黒方侍従春秋五日夏三日冬七日埋之梅樹下

（同右、下、「埋日数付埋所」、公忠朝臣、436頁）

＊37　御座より南には左の人候ふ。北には右の人候ふ。後涼殿の渡殿に、御座を女房方によそはせ給ふ。御座より南には左の人候ふ。北には右の人候ふ。左も右もわづらふ事ありとて上らず。左の方は、典侍赤色に桜襲の唐衣・薄ものの摺裳、命婦・蔵人は赤色に桜襲・紫の裾濃の裳みな着たり。薫物は崑崙方を炷く。右は、青色のあをき、裳はおなじ紫の裾濃なり。薫物は侍従を炷く。

（萩谷朴『平安時代歌合大成　増補新訂』第五巻〈同朋社出版、平成7年〉3213頁）

＊38　あはする次第まつ沈と丁子とをあわせて次に甲香次に白檀次麝香次に薫陸さてひとつにひちくりてあはするかよきなり六朱を一分とす四分を一両とす十六両を小の一斤とす卅八両を大の一斤とす小の三両を大の一両とす小の三分を大の一分とすもすこしあはせんとおもは、これらをつもりてあはすへきなり侍従梅花をかしうかをりたれともたきものともおほえすすこしなりともくろほうをもちゐるへきなり

（＊4拙稿「国立国会図書館所蔵『薫集類抄』影印と翻刻」上、「黒方」、四条宮、381頁）

＊39　新日本古典文学大系19『源氏物語一』（岩波書店、平成5年）15頁。

＊40　物語が後世に与えた影響の程は、源氏香の例を持ち出すまでもなく、鎌倉以降に成立したと伝わる「焼物調合法」（テキストは＊6参照）にも現れている。そこでは、物語の薫物の描写を取り入れた、初心者にも親しみやすく分かり易い表現によって、それぞれの薫物の理想的な芳香が解説されている。

「身体が匂う」ということ

——薫の体香の再考へ向けて

吉村晶子

はじめに

匂いが、身体と分かちがたく結び付くものであるということは、いまあらためて指摘するまでもないだろう。「身体は匂うものである」といったとき、身体が匂いを嗅ぎ取る「器官」であるというのと同時に、身体そのものもまた匂いを放つものでもある。匂いと身体との関係は、両義的なのだ。匂いは、「嗅ぐ」という身体的な経験をもって初めて知覚される。身体を経由することなしに、匂いがその存在を知られることはない。かつて、メルロ＝ポンティが、世界内存在としての身体を次のように説明したのを思い起こしていただきたい。

自己の身体が世界のなかにある在り方は、ちょうど心臓が生体のなかにある在り方と同様である。すなわち、身体は目に見える光景をたえまなく生かしつづけており、それを生気づけ、それに内部から栄養をあたえ、それと一体になってひとつの系を形づくっている。[*1]

そして、匂いは、長く客観的な（科学的な）判断基準や測定法を持つことがなかった。たとえば、ヒトがどうやって匂いを感知するのかというそのメカニズムが明らかになったのは、ほんの数年前のことであった。[*2]また、私たちは経験的に嗅覚には「慣れ」があって同じ匂いを嗅ぎ続けるとわからなくなってしまうこと（嗅覚疲労）[*3]を知っているし、脳内には、嗅覚を感知する部分と言語中枢との間を繋ぐ直接的なシナプスがなく、匂いをあらわす単語が、ほかの感覚表象に比べ極端に少ないことも考慮に入れるべき問題かもしれない。[*4]

このように、それを言語や数値によって把握しがたい匂いという存在は、色やかたち、音などと比べ、客観性を担保しづらい対象と考えられてきた。いい方を変えれば、それだけ身体と密接であるともいえるだろう。

しかし、それゆえにというべきか、この身体と密接なる匂いというものがいったい何であるのか、身体との関係のなかで積極的に議論してきたという経緯は、日本の古典文学研究においては寡少であったといわざるをえない。本稿は身体と匂いとの関係を、特に宗教体験、信仰活動の面から考察するものであるが、それが『源氏物語』を読むにあたり少しでも意味のあるものとなればと考える。

『源氏物語』が成立したとされる時代、平安京の貴族たちに対して大きな影響力を持っていた思想のひとつに、浄土教信仰がある。しばしば、『源氏物語』の横川僧都は浄土教思想を先導した源信をモデルとするといわれるように、『源氏物語』においても、その影響を軽視できないのは確かである。それでは、この源信を中心とした平安浄土教の身体感覚にとって、匂いとはいかなる意味を持っていたのだろうか。それを考えることで、『源氏物語』の背景にある匂いの世界の一端を明らかにしていきたい。

1　匂いをめぐる研究史

本稿が「匂い」「身体」「宗教」という三つのテーマを軸とすることの研究史上の意義を確認するため、まずは人文科学系の研究領域において匂いがどのように語られてきたのかを概観することからはじめてみたい。

近年の匂いについての研究は、おおまかに言えば、その文化的・社会的な象徴性への関心に集約される。コンスタンス・クラッセンは、『感覚の力』序文に、次のように書いている。

食べものから着るものに至るまで、身体にまつわるさまざまな事象に社会的影響が認められている現在、感覚だけは自然のままであると考えられているのは驚くべきことである。[*5]

これは、知覚を「文化的行為」と捉えるべきと主張する彼女が、知覚は「物理的行為」であるとしがちな西洋思想に対して行った、問題提起である。こうした「原因と効果の倒錯したところにある本質主義[*6]」への疑義は、現在では、むしろ当然のように受け止められることかもしれない。しかし、知覚が「物理的行為」であり、匂いが「自然のまま」に感受されると信じられていた時代には、かなりのインパクトをもって受け止められたはずである。

クラッセンをはじめとして、言語論的転回以降、社会学のアンソニー・シノット[*7]や、彼を含むカナダ・ケベック州の研究者たちの共著[*8]、また人類学を学んだアニック・ル・ゲレ[*9]などによって、知覚が背景となる文化や社会の影響を受けるものであるということが明らかにされてきた。これらの研究においては、匂いを発する「もの」と、嗅覚に感じとられる匂いとの関係性のなかで、娼婦やユダヤ人、下層民などの社会的マイノリティを〈悪臭〉を放つ存在とする言説が紹介され、匂いのスティグマが再生産する権力・権威のシステムの解読がなされてきた。そこでは、本来は同じ匂いであるはずのもの――たとえば、香水や花、食べ物、あるいは排泄物など――が、地域や時代など、背景となる文化ごとに、〈芳香〉になったり、〈悪臭〉になったりもするという、「文化的行為」としての嗅覚の恣意性も示される。現代の日本に住む我われが、「良い匂い！」と感じて胸いっぱいに吸いこむ匂いも、それを嗅ぐ人の生活する時代や場所が変われば、鼻が曲がりそうなほどの〈悪臭〉になってしまう可能性があるのである。繰り返しになるが、このような相対主義の視座は、身体や感覚を所与のもの、自然のものと解釈する旧来の見方に対するアンチテーゼとして、大きな意味を持っていた。

匂いや嗅覚についての言及は、アナール派の歴史学者たちによってもなされた。なかでも、アラン・コルバンによって書かれた『においの歴史――嗅覚と社会的想像力』[*10]は、匂いの表象する意味が時代とともに変化していく様子を、時代や社会の制約を受けるものである人びとの「嗅覚」を通して喚起される「社会的想像力」こそが可変的なのだという視点でまとめた点で、特に重要な仕事であった。

こうした表象と知覚の問題は、もちろん何も嗅覚だけに特化して論じられてきたわけではない。けれども、あらためて、嗅覚、匂いについての研究史に立ち返ったならば、ここであげたような相対主義的な立場からの議論は、非常に少なかったと言って良いだろう。そのいちばんの理由は、やはり匂いというものの捉えようのなさにあると考えられる。数値化も言語化もしづらい匂いという表象は、容易にその全貌を我われの前に現してはくれないのである。

筆者は、これまで一〇世紀から一二世紀頃の日本において「匂い」とは何であったか、という問題の考察を行ってきた。[*11] このような問題に取り組むばあい、もちろん、前述の先行研究が指摘してきたように、筆者が生きる「いま、ここ」の価値観、感覚を排除し、相対主義的な立場をとることが求められる。

さて、本稿は、こうした歴史学や人類学の分野などで展開されてきた先行研究の視座を引き継ぎつつそれらの多くが対象としてきた、権力構造や衛生観念などと匂いとの関係ではなく、宗教と匂いというテーマを身体論的に考えてみることとしたい。

宗教儀礼の場において、しばしば香が焚かれることはよく知られている。我われに身近な仏教はもちろんのこと、カトリックや英国国教会などの多くのキリスト教各宗派、イスラム教、ヒンドゥー教、道教など世界中のさまざまな宗教における儀礼で「聖なる匂い」を放つ香が用いられてきたのである。また、このような伝統宗教のみならず、民間信仰、民俗宗教などの場においても、しばしば特権化された「聖なる匂い」の機能が重用されてきた。このとき、[香の匂い＝聖なる匂い＝芳香］というラインは普遍的ともいえる。

しかし、「聖なる匂い」と感じられる「芳香」は、必ずしも香からのみ立ち上るわけではない。ときには聖人の身体そのものが放つこともあるし、聖なる空間へどこからともなく漂い来ることもある。あえて「科学的」な言い方をするなら、実体を伴わない「幻臭」となるだろうか。先に匂いは捉えがたいものであると書いたが、これら「幻臭」は匂いのもっとも捉えがたい一面ともいえるであろう。

匂いは身体を経由しなければ、存在を主張しえない。とすれば、その匂いが実体を伴うか否かということは問題ではない。むしろ、あるかなきかも定かでない匂いを知覚してしまう身体こそが検討されるべきである。聖なるものと接触する場においては、うつつとも幻ともつかない匂いが、唐突に感知されることがある。ゆえに、匂いをめぐる宗教的な言説を考えることは、身体と結びついた匂いの問題を考えるうえで、きわめて有効な方法となると考えられる。

そして、身体へ着目したなら、「聖なる匂い」「芳香」と感じられることによって、その匂いを放つものじたいが遡及的に聖なるものへと昇華させられるということに気づかされる。芳香は、宗教的文脈において、その匂いの元となるものを聖別する一方で、対象が何であれ、匂いを嗅ぐ身体それじたいを作り変えることによって、匂いの元となるものの意味を転換可能にする。宗教的な身体の獲得という契機が、嗅覚世界にいかなる変転をもたらすのか。このような視座から、平安浄土教の宗教体験と身体、匂いの問題を考えてゆく。

2 薫の体香と宗教体験する身体

『源氏物語』に登場する薫は、身体からえもいわれぬ芳香を漂わせているとされる。その薫の身体の匂いについて、それが彼の道心を表すものであるのか、それとも愛欲の象徴なのか、これまで議論が重ねられてきた。*12

もとより薫は、自らの出生に対する疑念を抱えており、それによって強くされた厭世の思いが、彼の「道心」として彼じしんを特徴づけていくと考えてられている。本文中でも、薫の体香は「香のこうばしさぞ、この世の匂いならず」(匂兵部卿)*13と述べられる。そして、この「この世の匂いなら」ざる匂いを放つ薫の身体とは、そのままに彼が「仮に宿れるかとも見ゆる」(同)ものとされるのである。

仏の化身とも感じさせる匂いによって彼のその「道心」が担保されるといったとき、これまでなされてきた読みの多くは、『法華経』『維摩経』『観無量寿経疏』といった経文・注疏と『源氏物語』本文との突き合わせのなかで、薫という登場人物の造型を探ろうという試みであった。一方、兵藤裕己は、薫の様子を褒めそやす中の君方の女房によって、

経などを読みて、功徳のすぐれたることあめるにも、香のかうばしきをやむごとなきことに、仏のたまひおきけるもことわりなりや。薬王品などにとりわきてのたまへる牛頭栴檀とかや、おどろおどろしきものの名なれど、まづかの殿の近くふるまひたまへば、仏はまことしたまひけりとこそおぼゆれ。(東屋)

とも述べられる薫の身体の放つ芳香と、当時かなりの衆目を集めた焼身往生という実践行のインパクトとの関連を指摘した[*14]。いわば、前者がエクリチュールのうえで『源氏物語』と仏典とに登場する人物間の類似性を論じようとするものであったのに対し、兵藤は『法華経』享受の一態としての焼身往生という身体的実践の流行に着目し、『源氏物語』の同時代の人々の身体感覚の問題として考える立場を示唆しているということになるだろう。もちろん、薫の身体の匂いは、先の引用にみられるように、『法華経』薬王菩薩本事品を典拠とし、彼に聖性を刻印するものである。しかしながら、『日本紀略』などの記事にみえる、花山法王や公卿らが六波羅蜜寺僧覚信の焼身往生を見物した例を鑑みたならば、兵藤の指摘したように、それが『法華経』テクストからの単純な引用などではなく、当時たびたび行われていた焼身往生という実践行のリアリティとともにあったのだということを看過できないだろう。

他方、薫の体香が彼の道心の象徴なのではなく、彼の愛欲の表出なのだとする考えもある。助川幸逸郎は「〈かをり〉に託された何重もの意味の層のひとつに、『薫の愛欲の象徴』という領域を認知しても錯誤ではあるまい[*15]とし、三田村雅子は「霧に濡れ、八宮の姫君たちを垣間見て深く心を揺すぶられた後の薫の異常な香の強調は、日頃男性としての自己を抑圧し、女性への無関心を標榜してきた薫の表向きの真面目さを裏切る、押さえきれない情念と衝動の露頭に相違ない[*16]」と断言した。たしかに、薫の体香はしばしば彼が女性への関心を高めたときに発露し、愛欲の象徴としての機能を果たしていることは明白である。

仏道を志しながらも幾人もの女性たちに魅かれていくという自家撞着した薫の人物像を表現するとき、「道心」と「愛欲」を二律背反的に捉えたうえで、このような対立的な議論が出されてきたことは理解できる。しかし、ここであえて、そもそも道心と愛欲は対立しないのではないかという視座を提出したい。平安仏教の戒律はたしかに女犯を禁じていた。しかし、それはあくまで教義・教学のうえでの話である。むしろ、宗教実践する者たちの身体レベルにおいては、道心と愛欲が実のところほとんど同義であるかのような身体感覚の獲得こそが、源信浄土教の目指すところであったのではないだろうか。
佐伯順子は、『遊女の文化史』において遊女の美と聖なる世界、それぞれが生み出す恍惚がかつては同じものであったと指摘する。

視覚、嗅覚、聴覚…当時の人びとにとって、聖なる世界の体験とは、五感に訴える美的陶酔に他ならなかった。美しいもの、聖なるもの、そのどちらからももたらされる恍惚感、カタルシス——。両者はいまだ分化していなかった。[*17]

聖なるものと愛欲との重なりをバタイユ的に捉えれば、佐伯のいうように宗教的エクスタシーと性的なエクスタシーとは同根であると考えられる。そして、もちろん両者はともに身体を介して体験されるものである。とすれば、宗教的な身体とは何かという問題にあらためて立ち返る必要もでてくるだろう。たとえば、中沢新一は浄土教信仰者の身体と行について、次のように示している。

密教では、修業者の身体じしんを、間断なく光や音の振動が柔らかく貫いていく意味形成性の場につくり変えていこうとする。そのため、浄土との距離の意識も、慈悲の力で救いあげてくれる阿弥陀仏と自分との差異の意識も、そこではあるともなしとも言えない形成性の「間」でかすかな羽音をたてているにすぎないのだ。

　だが、身体そのものを意味形成性の場に変容するためのテクノロジーを放棄し、自分は存在と言語（ラング）の世界にそのままとどまりながら、阿弥陀仏の救済をうけようとする念仏者の決意が生れたとたんに、阿弥陀仏と念仏者の間には無限の距離が横たわるようになる[*18]。

　中沢は、浄土教の信仰者と阿弥陀仏との関係を「愛の関係」と呼ぶ。法然以降のこの「愛の関係」は、恋い慕う対象（阿弥陀仏）に呼びかける言語の関係（称名念仏）であり、その名を呼ぶ行為によって対象との距離は自覚され、主体（念仏者）はさらなる渇きを感じずにはいられないのだという。そして、中沢いわく、こうした「欠如の意識と『想像界』の無限の消費」によって成り立つ恋愛のディスクールの関係が、「恋愛の対象との肉体的合一、つまりは性行為そのもの」を「最大の敵」とするように、浄土教においても念仏主体の「想像界」（法然・親鸞の称名念仏の思想）と、「肉体を媒体にして浄土と合一しようとする思想」（観想念仏の思想）とは共存しえない。より簡明に言い換えるなら、観想念仏とは愛欲にも似て、対象とのエロティックな合一を求める身体的な実践行であったのだ。

　それゆえ、仏相のひとつである身体の芳香の獲得も目指されてくる。後に詳しく述べるが、往生伝において、多く死体の芳香が往生の瑞相として語られることも、あるいは、香炉を手に捧げたままの入滅をことさらに書き立てられるのも、同じ文脈にあると考えられるだろう。つまり、教義・教学のうえでは対立し共存しえない、道心と愛欲というふたつの要素が、観想念仏の主体の身体レベルにおいては、矛盾せず存在しうる。むしろ、道心と愛欲が内実としてほぼ同義であるような身体感覚の獲得こそが、観想念仏の実践行の究極の目的であったと考えられるであろう。

『源氏物語』の時代、そして源信浄土教の時代は、顕密仏教から法然浄土教へと移行する過渡期にあったともいえる。もちろん、源信浄土教のみをもって、この時代の仏教を代表させることは危険でもあるが、大きな一潮流をなした思想として無視することはできないだろう。

3 源信浄土教の身体

平安浄土教と匂いとの問題を論じようとするとき、それは、当時の宗教者や帰依者たちの身体の問題と不可分に結びついているといえる。よって、宗教的な身体とはいかに形づくられるのか、という問いを、宗教体験との関わりのなかで考察する必要があるだろう。

信仰とは、一面で宗教的記憶を身体化していく行為であるといえる。宗教的実践として行なわれるあらゆる儀式、活動、教育は、宗教的な記憶を帰依者の身体に植えつけてゆくのだ。儀式における厳粛な雰囲気、ラファエロの絵画や、パイプオルガンの奏でる音楽、コーランを唱える声、禊の水の冷たさ、直会における神饌の味など、さまざまな行いが、そこに居合わせた宗教者や信者たちの昂揚感とともに、記憶となって刻まれてゆく。

当然ながら、平安浄土教においても、さまざまな儀式・儀礼が執り行なわれており、程度の差こそあれ、それによって人びとは平安浄土教的な身体を獲得していった。源信によって導かれ広まった平安浄土教は、極楽浄土や阿弥陀仏のありさま、来迎の様子を観想することで、何とか極楽往生を遂げたいと願う信仰である。源信は、『往生要集』のなかで、浄土のありさまを写実的に描き出し（大文第二）、そこへ行くための方途を細微にわたって指南している。そこで語られるのは、ひたすらに美しく心地よい、五感的な快楽の地としての浄土であり、香や花を用いることで浄土や来迎をイメージさせる観想念仏の具体的な方法論である。また、こうして説かれた浄土や阿弥陀仏のイメージを現前化せんとして、寺院が建立され、浄土教的な美術が発展した。そこを舞台に行なわれた迎講などの儀礼も、同様に来迎の可視化としてとらえることができるだろう。[*19]このように、平安浄土教のもとで繰り返される宗教的実践は、帰依者の身体レベルにおいては宗教体験の堆積なのであり、つまりは、浄土や弥陀、来迎の記憶を身体化していく試みであったのだといいかえられる。

だからこそ、平安浄土教的な身体を問題にするとき、平安浄土教的な体験とは何か、という問題から論じる必要があるのだ。平安浄土教的な信仰の場において、しばしば香が焚かれるのは、前述したとおりである。いわゆる唐物[*20]である香は、日本列島にはじめて渡ってきたときから、仏教との繋がりがあったといわれている。[*21]香そのものが、元来仏教とは不可分の関係にあったわけであるが、一〇世紀に入って、源信浄土教のもとで、よりいっそう明確な役割を与えられ、使用されるようになったのではないだろうか。そこに関わるのが、源信浄土教的「観想念仏」の功徳であり、それを広め、行なう人びとの「身体」や「記憶」といったものなのである。

ところで、しばしば、宗教的な神秘体験を重視する宗教においては、非日常性を根拠に支配するカリスマ[*22]（教祖など）と信者とを結ぶメディアとして、宗教体験をめぐるナラティブが機能する。

現代宗教学においては、新宗教は、伝統宗教に対して、より実践的・身体的な宗教である傾向が強いといわれるが、ひとりの絶対的カリスマの求心力によって成立し得る比較的新しい宗教において、カリスマの非日常性という性格が、その宗教の特質へと影響するのは当然のなりゆきといえるかもしれない。ゆえに、ときを経て、習慣化・形骸化することの多い伝統宗教よりも、強いカリスマの求心力の影響下にある新しい宗教ほど、宗教体験の語りを重要視する傾向にあると考えられる。

このような新しい宗教集団が形成されていく初期段階としてのありように、一〇世紀、一一世紀の源信浄土教との類似性を見るのは、いささか突飛な見かたであろうか。日本においては一〇世紀頃から体系化され、制度化されはじめた源信らによる浄土教の実践は、いわば当時の仏教社会における新興勢力であり、いうなれば「平安の新宗教」とも呼べる面を持っていたと考えられる。そして、一〇世紀から一二世紀にかけて編纂された往生伝などの説話類が収録していたのは、宗教的により上位にある信者から下位の者へ向けた、まさに「体験談」そのものであったのだ。

そのなかに、『源氏物語』の薫と同じように、身体から芳香を放つ人びとが登場する。

4 往生伝の異香

一〇世紀末から一二世紀中葉にかけて、六つの往生伝が編纂されている。『日本往生極楽記』（慶滋保胤撰、九八五年頃）、『続本朝往生伝』（大江匡房撰、一一〇一年以後）、『拾遺往生伝』（三善為康撰、一一一一年頃）、『後拾遺往生伝』（三善為康撰、一一三七年以後）、『三外往生伝』（沙弥蓮禅《藤原資基》撰、一一三九年以後）、『本朝新修往生伝』（藤原宗友撰、一一五一年）がそれである。[*23]

阿弥陀聖空也が諸国行脚から平安京へ戻り、都で念仏を説きはじめたのが天暦元年（九三八）。この空也の念仏思想に影響されて、康保元年（九六四）頃、のちに『日本往生極楽記』を撰述することとなる慶滋保胤をはじめとした数人の文人貴族が集い「勧学会」[*24]が組織された。その後、天禄三年（九七二）に空也が東山東光院において入滅すると、翌年（天延元）には、比叡山で修業中であった源信が法華会の広学竪義に預かり、その才能を発揮。一躍、都人の注目を集める存在となる。こうして、空也と入れ替わるようにして「歴史」に登場した源信は、摂関期以後の浄土教思想に大きな影響を与えたといわれる彼の代表的著作『往生要集』を、その跋文によれば永観二年（九八四）十一月から翌年四月までのわずか半年間で完成させた。[*25]

「六往生伝」の嚆矢である『日本往生極楽記』が編纂されたのは、このように平安京の宗教的思想状況がいっそう浄土信仰的色彩を濃くしてゆくただなかのことであった。『往生要集』の重視する臨終の様子、彼らが本当に往生できたのか否かといった問題に、大きな関心が寄せられていた時期のことである。

往生伝には、天皇・高僧から、僧尼、優婆塞・優婆夷、子供や果ては動物に至るまで、実に多岐にわたる人びとが往生へいたるありさまが集められている。共通項といえば、それらの主人公がすべて「往生者」であるという、ただ一点のみとしかいいようがないかもしれない。ある者はひたすらに来世の往生を願って清廉な日々を暮らし、ある者は殺生・肉食・妻帯を行なった罪深き悪人であった。財を費やして作善を重ねた者や、文字どおり血の滲むような厳しい修行に勤める者もいた。一方で、ある者は、親族による死後の追善供養の利益によって、何とか往生を遂げることができたのだった。

それでは、そもそも往生伝とは何なのであろうか。前出の西口は、「浄土に生まれんと願い、臨終に際して端然と、あるいは喜々としてなくなった人の話を、その人の伝記・行業・歿後の情況の三点について簡略に記し」たものが、往生伝であるという。[*26] また、田嶋一夫は、「往生伝とは往生者、往生の証としての奇瑞、それを第三者が確認・共用するという要素があってなりたっている」という。[*27]

簡略にいえば、往生伝とは、往生人が往生したという事実のみを、ただひたすら追及したテクストなのである。往生者の往生についての確信を深め、それを共有するためのもの。これこそが、往生伝の社会的機能であったのだ。往生者の、あるいはそれに立ち会った人びとの宗教体験談として、往生伝は語られ、人びとの憧れと信仰の対象となっていく。

こうして蒐集され、編纂された往生伝の関心は、その「死後の世界を知るただ一つのこされた手がかり*28」である往生の奇瑞・夢告に集中する。往生伝に薫じる異香は、この奇瑞のうちのひとつであり、人びとを死者の往生の確信に導くものであった。中世の死・往生と匂いとの関係にいち早く着目した千々和到は、次のように述べている。

> 人びとが他の世界からきたものの存在を認識する場合に、香りのもつ意味は決定的だった。（中略）場合によっては、香は目に確認できないものを具体的に物語るものとみなされていた。だからこそ、香は一方で異香として、神仏の存在を人びとに教え、他方で死臭として、往生できなかった人の死をも教えることができたのである。*29

異香についてのこのような千々和の見解に異論を差しはさむ余地はない。たしかに、その匂いが発せられるもとの明らかでない不可思議な異香は、ただちに他界の象徴として理解されたであろうし、その匂いが死にゆく者、あるいは周囲の者にとって〈良い〉と感じられるものであれば、その他界とは浄土教思想のもとでは「浄土」にほかならないであろう。そして、そうであれば臨終に際して感ぜられた異香とは、すなわち往生のしるしなのである。このように、往生伝の異香は「往生」という出来事を不確定事項から、確定事項へとシフトさせる機能を担っていた。そして「往生伝」を形成させ、人びとの共通理解を形づくるひとつの装置であったのだ。

この異香は、多くの場合、「異香薫室」「奇香満室」などと書かれ、臨終や荼毘に際し、どこからともなく往生人の周囲に立ちこめるものとされる。いっぽんに、このような正体不明の匂い、発生源のわからない香りを、異香と呼ぶイメージがある。しかし、往生伝には、往生人の身体そのものから芳香が立ち上るケースもある。

往生伝においては、基本的に、往生人の死体は朽ちてはならない。「死体不爛壊」「容顔不変」などといったことばで、死体が生前のままの姿を保っていることが示され、往生が決定されるのである。朽ちてはならない死体は、むろん腐臭を漂わすわけにもいかない。ゆえに、往生伝では、死体の匂いにも大きな関心が注がれる。

しかし、『日本往生極楽記』とほぼ同時期に成立し、思想的な近しさも指摘される、源信の『往生要集』では、人間の死体のその後は次のように書かれていた。

いはんやまた命終の後は、塚の間に捐捨すれば、一二日乃至七日を経るに、その身膖れ脹れ、色は青瘀に変じて、臭く爛れ、皮は穿けて、膿血流れ出づ。鵰・鷲・鵄・梟・野干・狗等、種々の禽獣、擅み掣ひて食ひ噉む。禽獣食ひ已りて、不浄潰れ爛るれば、無量種の虫蛆ありて、臭き処に雑はり出づ。悪むべきこと、死せる狗よりも過ぎたり。乃至、白骨と成り已れば、支節分散し、手足・髑髏、おのおの異る処にあり。風吹き、日曝し、雨灌ぎ、霜封み、積むこと歳年あれば、色相変異し、遂に腐れ朽ち、砕末となりて、塵土と相和す。〈已上は、究竟の不浄なり。大般若・止観等に見ゆ〉

当に知るべし、この身は始終不浄なることを。愛する所の男女も皆またかくの如し。誰か智ある者、更に楽著を生ぜん。

（大文第一　厭離穢土、第五　人間道）[*30]

このように、人間の身体は「始終不浄」なるものであり、臭く爛れ、崩壊していく末路をたどるとする『往生要集』の身体観に反し、往生伝[*31]では、往生者の死体は無臭のままあり続けなければならず、決して朽ちることはない。そのうえ、ときに香気をも漂わせてしまう。

①太子ならびに妃、その容生きたるがごとく、その身太だ香し。その両の屍を挙ぐるに、軽きこと衣服のごとし。（『日本往生極楽記』第一話）

②顔色眠るがごとく、衣襟に薫あり。（中略）七箇日を経るに、顔色変ずることなく、身体爛れず。葬り埋むる時まで、和風東より来たる。香煙西に聳く。（『後拾遺往生伝』上、第七話）

③その入滅の後三箇日、身暖きこと生ける時のごとし。顔和やかで微咲するに似たり。棺を斂むる時、軽きこと一紙のごとし。衣襟の間、馥ること百和のごとし。（『後拾遺往生伝』中、第一九話）

④瞑目の後七日、貌爛壊せず。衣に奇香あり。（『後拾遺往生伝』下、第一七話）

⑤気絶の後、数日といへども、容貌変ぜず、身体甚だ軽し。時々異香あり。（『三外往生伝』第五〇話）

⑥没後三箇日、気暖かきこと平生のごとし。身体に薫香あり。しからば則ち生前にこれしかり。滅後の瑞、あに往生人にあらずや。（『本朝新修往生伝』第二二話）

これらがすべての用例ではなく、主なもののみ取り上げたが、このように朽ちるはずの死体が腐らないという奇跡が、往生伝では芳香をも放ちうる聖なる存在として書かれるのである。

つまり、知覚された匂いによって、「始終不浄」であったはずの死体は、聖なるものへと転化してしまった。死体の芳香を知覚したのは、むろん往生者と同様の信仰をもつ人びとである。浄土教に帰依する人びととの身体を介して、不浄であるはずの死体が浄なるものと定義される。しかも、往生伝ときわめて近い関係にあり、影響を強く受けていた『往生要集』の理論を真っ向から否定するかたちで、である。

山折哲雄は『日本人の霊魂観』で、源信的な観想念仏について次のように指摘した。

> 「不浄」に包まれている自分の身体は、見られるものであると同時に、不浄なるものとして見るものであり、いわばこの認識の二重性を主体的に生きるところに、仏教的修業における「観想」の真の意味が開示されている。見る行為と、見られているという自意識とは、かくして修行者自体の「身体」を唯一の、そして絶対不可避の回路としているのである。[*32]（傍点ママ）

源信浄土教が前提とする身体（死体）の不浄観と、往生伝において聖化された死体との相克が、源信じしんの目指した観想念仏によってなされた、観者の「生体処理」[*33]の結実したところに生まれたとすれば、それはきわめて皮肉なことであったといわねばならないかもしれない。

こうした身体観という点において観想念仏の実践のために生じる、『往生要集』のテクスト上の理念との間の齟齬は、生前から芳しき香りを漂わせる人物の存在にこそ、顕著に見ることができる。『源氏物語』の薫もむろんこのひとりであるが、聖徳太子もまたそうであった。

『日本往生極楽記』において、聖徳太子は、生前から身体に芳香をまとっていたといされる。身体から漂わされる芳香は、いうまでもなく諸経典にみられる仏の三十二相のうち「一一孔一毛相」と連なるものであろう。しかも『聖徳太子伝暦』はその芳香が、太子を抱く人に移り、数ヶ月も消えないとさえ語っている。[*34]

こうした清浄なる身体という考えは、たとえば『栄花物語』で藤原道長が、「殿の御前の御心の中にここらの仏の現れさせたまへるに」[*35]（巻十八）などと、くりかえし心中に仏や浄土を蔵する「聖なる仏教者」[*36]とされるのと同列の身体観に依拠しているだろう。『栄花物語』は、本文に『往生要集』を引用して法成寺の様相を伝えたり、道長往生の場面を同書の臨終行儀に則って記述したりと、源信の思想を色濃く受けたテクストである。[*37]にもかかわらず、いかに道長を聖者として造型するにしても、心中に仏や浄土をもつという仏性を道長に付与することとじたい、本来ならば『往生要集』の説く人間の不浄観と矛盾するものであったはずである。源信がもっとも忌避していたはずである自性清浄の思想の介入が、そこには垣間見える。

このような『往生要集』の説いた観想念仏の実践の果てに、本来、テクストが目指した理念と背反するかたちで現れてしまった身体観という問題は、当時の思想状況の多様性と混沌を考慮しつつ、さらに考えていかなければならない課題でもある。しかし、少なくとも『往生要集』ときわめて近い系譜上に位置する往生伝などのテクストにおいても、そのずれが指摘できること、また、山折的な観想念仏論を介して考えれば、源信の追及した観想念仏という行じたいに、そうした身体観の錯誤を生じさせる原因が潜んでいたということは間違いなさそうである。

おわりに

総角巻で大君が死をむかえたとき、その髪は芳香を放っていたという。

今はのことどもするに、御髪をかきやるに、さとうち匂ひたる、ただありしながらの匂ひになつかしうかうばしきも……（総角）

この前後の大君死去の場面を、神田龍身は「『源氏物語』中最高にエロティックな場面」と表現した。薫と大君の「二人のエクスタシーが、肉体的交わりを断止した不能的愛にあ[38]」ったとき、匂い立った大君の髪の香り。これはいったい何なのだろうか。

神田は匂い立つ髪の官能性を指摘し、この匂いを放つ「屍体のもつ官能性、それは『源氏物語』が宇治十帖にいたって発見したエロスであり、また薫の嗜虐的なオブジェ嗜好は人形愛とも屍体愛とも言えるものである」とする[39]。しかし、このようにエロティックな匂いを放つ大君の死体は、一方で、往生伝等に描かれた往生者の死体の異香をも連想させる。これまで述べてきたように、薫のみならず、死体およびその匂いは、当時の人々の高い宗教的関心の的であった。現世において実質的な肉体関係をもたなかったふたりの愛が、大君の死をもって終局をむかえたとき、つまりはディスクールを喪失したとき、大君の髪から芳香が香る。それは、あるいは薫からの移り香のようにも受け止められたかもしれない。

薫が「道心／愛欲」という教義・教学における二分法のうえで、どっちつかずに彷徨っているのと同じように、この場面における大君の死体の匂いもまた、往生とも非往生ともつかない曖昧さをもって受け止められる。薫の「嗜虐的愛」（神田）の対象として消費されていくのか、それとも、薬王菩薩でさえある薫によって救済された証なのか。源信浄土教的な心性、身体感覚と響きあいながら、大君の髪の匂いも、薫の身体が放つ香も、さらなる混迷をきわめていく。

また、「濡れ場ならずの濡れ場」、まさに「不能的愛」（神田）の一局面といわれる薫と中君の逢瀬でも、中君は、薫の移り香という身体的な違和を抱え込まされていた。源信浄土教の観想念仏において、匂いをも含む仏相の獲得、阿弥陀仏とのエロティックな合一が究極目標であったならば、中君に移った薫の匂いは、薫による中君に対する犯しを意味している。実事には至らないながら、薫は観念的には中君の心身を犯し、匂宮が胎児という違和を植えつけたように、薫もまた中君に移り香という違和を抱えこませてしまったのである。

ここでもまた、薫の身体の匂いは、道心と愛欲とが折り重なるようにして、読み手に届いてくる。浄土教帰依者の身体のレベルにおいて、「道心／愛欲」という理念型は、簡単に無化されてしまうものであった。こうした同時代的な読者の身体感覚と反照させつつ、物語を読む試みも、可能なのではないだろうか。

これまでの検討をもって、薫の身体からただよう匂いが何であるのかを言い当てることはできないが、本稿は、それを考えるうえで少なくとも一助とはなるであろう、「身体」と「匂い」との密接な関係を、平安浄土教の宗教体験、信仰活動の面から、どのように考えることができるのかを述べてきた。

冒頭で示したように、身体は、それじたい匂いを放つものでありながら、匂いを嗅ぐ器官でもある。こうした二重性のなかで捉えていくのでなくては、結局、「身体」にも「匂い」にも辿りつくことはできないのではないだろうか。最後に、筆者も含め、まだ「匂い」それじたいへの到達を果たせていない研究状況において、『源氏物語』を薫りで読むことの困難さと、未開拓ゆえの広がりの可能性をあらためて指摘しておきたい。

注

＊1　M・メルロ＝ポンティ『知覚の現象学2』、竹内芳郎・小木貞孝訳、みすず書房、一九七四年。
＊2　一九八〇年代から嗅覚の機構についてしだいに明らかにされてきた。その成果として、二〇〇四年、アメリカの生理学者ふたりがノーベル生理・医学賞を受賞したことは記憶に新しい。
＊3　T・エンゲン『匂いの心理学』、吉田正昭訳、西村書店、一九九〇年。
＊4　長滝祥司『知覚とことば――現象学とエコロジカル・リアリズムへの誘い』、ナカニシヤ出版、一九九九年。
＊5　コンスタンス・クラッセン『感覚の力』、陽美保子、工作舎、一九九八年。
＊6　上野千鶴子「はじめに」、同編『構築主義とは何か』、勁草書房、二〇〇一年。
＊7　マンソニー・シノット『ボディ・ソシアル――身体と感覚の社会学』、高橋勇夫訳、筑摩書房、一九九七年。
＊8　コンスタンス・クラッセン、デイヴィッド・ハウズ、アンソニー・シノット『アローマ――においの文化誌』、時田正博訳、筑摩書房、一九九七年。
＊9　アリック・ル・ゲレ『匂いの魔力――香りと臭いの文化誌』、今泉敦子訳、工作舎、二〇〇〇年。
＊10　アラン・コルバン『においの歴史――嗅覚と社会的想像力』、藤原書店、一九八八年。
＊11　拙稿「香炉から往生へ――『栄花物語』道長往生の夢告譚と源信浄土教の身体感覚」（『学習院大学国語国文学会誌』五〇、二〇〇七年三月）、拙稿「往生伝における匂いと身体」（『宗教研究』三五五、二〇〇八年三月）。
＊12　薫の体香をめぐる研究史については、鈴木裕子「薫をめぐる研究の状況」（室伏信助監修『人物で読む源氏物語一七薫』、勉誠出版、二〇〇六年）参照のこと。
＊13　『源氏物語』本文引用は、すべて『新編古典文学全集』（小学館）による。
＊14　兵藤裕己「物語の語り手と性――浮舟の物語から」、『物語・オーラリティ・共同体』、ひつじ書房、二〇〇二年。
＊15　助川幸逸郎「薫の〈かをり〉について――愛欲とのかかわりを中心に」、『中古文学論攷』一二、早稲田大学大学院中古文学研究会、一九九二年。

＊16　三田村雅子「濡れる身体の宇治――水の感覚・水の風景」、『源氏研究』二、翰林書房、一九九七年。
＊17　佐伯順子『遊女の文化史』、文春文庫、一九八七年。
＊18　中沢新一「極楽論」、『チベットのモーツァルト』、講談社、二〇〇三年。
＊19　大串純夫『来迎芸術』、法蔵館、一九八三年。
＊20　唐物の概念については、河添房江『源氏物語時空論』（東京大学出版会、二〇〇五年）、皆川雅樹「九世紀日本における『唐物』の史的意義」（『専修史学』第三四号、二〇〇三年三月）に詳しい。
＊21　香についての初見は『日本書紀』の推古天皇三年（五九五年）の記事であるが、それ以前の仏教伝来とともに、香も日本に入ってきたと考えるのが一般的である。（山田憲太郎『香料――日本のにおい』、淡交社、一九三三年）
＊22　カリスマについては、川村邦光「カリスマの磁場をめぐって――カリスマ論の一考察」（宗教社会学研究会編『宗教の意味世界』、雄山閣出版、一九八〇年）が参考になる。
＊23　往生伝についてまとめるにあたり参照した主な文献は、石田瑞麿・大曽根章彦校注『日本思想大系七　往生伝・法華験記』の解説のほか、古典遺産の会編『往生伝の研究』（新読書社、一九六八年）、小原仁『文人貴族の系譜』（吉川弘文館、一九八七年）、平林盛得「大陸渡来の往生伝と慶滋保胤」（『芳賀幸四郎先生古稀記念　日本文化史研究』、笠間書院、一九八〇年）、速水侑「往生伝」（『岩波講座日本文学と仏教三　現世と来世』、岩波書店、一九九四年）など。
＊24　勧学会の具体的な結衆やその推移については、小原仁『文人貴族の系譜』第三章第一節「勧学会結衆」に詳しい。
＊25　平安浄土教の隆盛、浸透についての流れは、速水侑『平安貴族社会と仏教』（吉川弘文館、一九七五年）、井上光貞『新訂版　日本浄土教成立史の研究』（山川出版社、一九七五年）などを参考にまとめた。
＊26　西口順子「浄土願生者の苦悩――往生伝における奇瑞と夢告」、『往生伝の研究』一九八六年。
＊27　田嶋一夫「往生伝」、伊藤博之ほか編『仏教文学講座六　僧伝・寺社縁起・絵巻・絵伝』、勉誠社、一九九五年。
＊28　西口前掲論文。
＊29　千々和到「仕草と作法――死と往生をめぐって」、吉田孝ほか『日本の社会史八　生活感覚と社会』、岩波書店、一九

八七年。

＊30　『往生要集』本文の引用は日本思想大系の書き下し文による。

＊31　以下、六往生伝の本文引用は、すべて日本思想大系による。『日本往生極楽記』は、同書収載の書き下し文を使用し、それ以外は私に訓読した。

＊32　山折哲雄『日本人の霊魂観――鎮魂と禁欲の精神史』、河出書房新社、一九七六年。

＊33　山折哲雄『霊と肉』、講談社、一九九八年。

＊34　生前からの太子の身体の芳香について語るのは、『日本往生極楽記』のほかには、『聖徳太子伝暦』、『上宮聖徳太子伝補闕記』、『大日本法華経験記』、『本朝神仙伝』など。これらは、いずれも太子の体香がほかの者たちへも移り、それがなかなか消えることがなかったとする。

＊35　『栄花物語』本文引用は、『新編日本古典文学全集』（小学館）による。

＊36　曽根正人『古代仏教界と往生社会』、吉川弘文館、二〇〇〇年。

＊37　『栄花物語』と『往生要集』の関係については、前掲拙稿「香炉から往生へ――『栄花物語』道長往生の夢告譚と源信浄土教の身体感覚」。

＊38　神田龍身『源氏物語＝性の迷宮へ』、講談社、二〇〇一年。

＊39　神田前掲書。

〈見えるかをり〉／〈匂うかをり〉

―薫の〈かをり〉が表象するもの―

助川幸逸郎

はじめに

私は以前、薫の体香について網羅的に考察したことがある。[*1] そのとき明らかになったのは、薫の体香が描かれるのは、彼の愛欲に関わる場面であるということだった。

だが、周知のとおり、「かをり」・「かをる」という古語は、嗅覚的な意味だけでなく、視覚的な意味――ほのぼのとした美しさ――を表わす場合もある。[*2] 薫は、幼時には視覚的な〈かをり〉を湛えていた反面、体香についてはまったく言及されていない。そして成人後の薫は、体香についてはしきりに描写されるものの、視覚的な〈かをり〉が備わっているとはひと言も言われない。

薫における、視覚的な〈かをり〉と嗅覚的な〈かをり〉のこの逆転現象について、前稿ではまったく考察しなかった。また、この現象の意味するところを分析した他の論考も、管見に入る限り存在しない。本稿では、〈見えるかをり〉を失った薫が、その代償として〈匂うかをり〉を身にまとうようになったのではないか、という観点から、薫の〈かをり〉についてもう一度考えてみることにしたい。

1　幼な子薫に注ぐ二つのまなざし

まずは、〈見えるかをり〉を湛えた幼時の薫の描写から見ていくことにしたい。

（一）「あはれ、残り少なき世に、生ひ出づるべき人にこそ」とて、（源氏が薫を）抱き取りたまへば、いと心やすくうち笑みて、つぶつぶと肥えて白ううつくし。大将などのちご生ひ、ほのかにおぼし出づるには似たまはず。女御の宮たちはた、父帝の御方ざまに王気づきて、気高うこそおはしませ、ことにすぐれてめでたうしもおはせず。この君、いとあてなるに添へて、まみのかをりて、笑がちなるなどを、いとあはれと見たまふ。思ひなしにや、なほいとようおぼえたりかし。ただ今ながら、眼居ののどかにはづかしきさまも、やうはなれて、かをりおかしき顔ざまなり。宮はさしもおぼし分かず、人はた、さらに知らぬことなれば、ただ一所の御心のうちのみぞ、あはれ、はかなかりける人の契りかな、と見たまふに……

（柏木 ⑤—二九九）*3

光源氏が、生まれたばかりの薫を抱く場面からの引用である。ここでの薫の描写は、光源氏の視点を通してのものになっている。光源氏の目から見た薫は、明石女御と今上帝のあいだの皇子たちを圧倒して美しい。そんな薫を特徴づけるのが、二度にわたって用いられている〈かをり〉である。そして光源氏は、〈かをり〉を帯びている目つきを見て、薫と柏木との類似に思いを致している。〈見えるかをり〉は、薫が柏木の子であることを証立ててもいるのだった。

（二）若君は、乳母のもとに寝たまへりける、起きて這ひ出でたまひて、（源氏の）御袖を引きまつはれたてまつりたまふさま、いとうつくし。（中略）頭は露草してことさらに色どりたらむここちして、口つきのうつくしうにほひ、まみののびらかに、はづかしうかをりたるなどは、なほいとよく思ひ出らるれど、かれは、いとかように際離れたるきよらはなかりしものを、いかでかからむ、宮にも似たてまつらず、今より気高くものしう、さま異に見えたまへるけしきなどは、わが御鏡の影にも似げなからず見なされたまふ。

（横笛 ⑤—三三二〜三三三）

右も、光源氏の眼差しを通した薫の描写である。薫に圧倒的な美しさがあること、〈見えるかをり〉が柏木を連想させることなど、（一）で述べられていたことがほぼくり返されている。さらにここでは、薫に「際離れたきよら」があると言われ、「わが御鏡の影＝鏡に映った光源氏自身の姿」に比べても、実の子というにふさわしいとも語られる。「きよら」とは、皇族か物語の主人公だけに許される形容語である。[*4] このくだりはあたかも、光源氏から薫へ、「主人公」の座が受け渡される場面のようにも読むことが出来る。

幼な子薫に眼差しを注ぐもう一人、夕霧の目に映った薫も、光源氏から見た薫と酷似している。

(三) 二藍の直衣の限りを着て、いみじう白ううつくしきこと、皇子たちよりもこまかにをかしげにて、つぶつぶときよらなり。なま目とまる心も添ひて見ればにや、眼居など、これは今すこしかどあるさままさりたれど、まじりのとぢめをかしうかをれるけしきなど、いとよくおぼえたまへり。

（横笛 ⑤—三三七）

夕霧もまた、〈見えるかをり〉を薫の目つきに見出し、そこに柏木との類似を認めている。明石女御腹の皇子たちよりも薫の方が美しいと感じていること、薫に「きよら」さが備わっていると見ていることなど、光源氏が薫から受けた印象と同じことが繰り返されている。

(一) から (三) までの引用文に描かれた薫は、〈見えるかをり〉によって柏木との類似を感じさせる一方で、「きよら」と言われるほど美しかった。しかし成人後の薫は、〈見えるかをり〉も、そこから連想される柏木との類似も、そして「きよら」な美しさも、すべて失くしてしまっている。

(四) 顔容貌も、そこはかと、いづこなむすぐれたる、あなきよら、と見ゆるところもなきが、ただいとなまめかしうはづかしげに、心の奥多かりげなるけはひの、人に似ぬなりけり。

香のかうばしさぞ、この世の匂ひならずあやしきまで、うちふるまひたまへるあたり、遠く隔たるほどの追風も、まことに百歩のほかも薫りぬべきここちしける。

（匂兵部卿 ⑥—一七〇）

ここには、薫の視覚的な〈かをり〉に関する叙述はない。先にのべたとおり、『源氏物語』続編全体を通じても、薫に〈見えるかをり〉が備わっていると語られる箇所はなく、したがって、〈見えるかをり〉を糸口に柏木との類似が示されるくだりも存在しない。あたかも〈見えるかをり〉に代るように、薫の特質として述べられるのが「香のかうばしさ」（＝〈匂うかをり〉）である。それは、（一）～（三）の引用文からも分かるとおり、幼時の薫にはまったく備わらない特質であった。

ちなみに、薫と柏木の類似が、続編の中でまったく語られないわけではない。竹河巻に、薫を前にした玉鬘が「おほかたこの君は、あやしう故大納言の御ありさまに、いとようおぼえ、琴の音など、ただそれとこそおぼえつれ」と感じる場面がある（⑥―二一二）。ここで柏木と薫の類似を連想させる具体的な特質は「琴の音」である。椎本巻にも、おそらく薫と推測される笛の音を耳にした宇治八宮が、「笛をいとをかしうも吹きとほしたるかな。誰ならむ。昔の六条の院の御笛の音を聞きしは、いとをかしげに愛敬づきたる音にこそ吹きたまひしか。これは澄みのぼりて、ことことしき気の添ひたるは、致仕の大臣（＝頭中将）の御族の笛の音にこそ似たなれ」と考えるくだりがある。頭中将の血を薫が引いていることが、「笛の音」を通じて感知されている。続編世界では、薫と柏木の類似を視覚的に裏付ける特質は描かれず、変わって「楽音」がそれを物語るのだった。

柏木との視覚的な類似が「楽音」の類似に転移していることから推して、薫の〈匂うかをり〉も〈見えるかをり〉が転移したものと考えられないだろうか。そしてこの問題は、薫が「きよら」でないことを物語がことさら示している（傍線部参照）のと、同じ原因によると思われる。

明石中宮腹の皇子たち――匂宮を含む――を圧倒する美しさを持った「きよら」な薫が、成人後はそれほど美貌でなくなることは、古くから矛盾とされてきた。この矛盾は、「罪の子として薫を眼差す存在が続編世界にはいないこと」から生じたとする説が、最近では有力になっている。[*5]たしかに光源氏も夕霧も、柏木と女三宮の密通の子であるという先入観をもって薫を見ている。（〈見えるかをり〉から柏木との類似を連想することに対し、「思ひなし」（引用文（一））や「なめ目とまる心」（引用文（三））が働いているという留保が示されているのは見逃せない。）光源氏は、続編の段階では既にこの世を去っており、夕霧も成人後の薫に対しては、出生の疑惑をまったく気にかけずに接する。薫を柏木の子ではないかと疑いつつ見る者は続編世界にはいない。そしておそらく、罪の子であるという「思ひなし」を外して描かれた薫が、引用文（四）の「きよら」ならざる薫というわけである。

だとすれば、柏木の血の刻印である〈見えるかをり〉も、薫に注がれる眼差しの変質のために失われたと見るのが自然だろう。柏木の子であるという「思ひなし」を持たない者からは、薫は〈見えるかをり〉を湛えているようにも、柏木に似ているようにも見えなかったのである。

〈見えるかをり〉の喪失の理由は以上で明らかになった。それでは、〈匂うかをり〉は本当に〈見えるかをり〉が転移したものといえるのか。そのことを確かめるには、出生の秘密を弁が告げる場面を検証しなければならない。

既に指摘されているとおり、[*6]宇治の八宮邸を訪れた薫の前に弁が現れ、出生の真相を仄めかすくだりでは、〈匂うかをり〉が異様に強調されている。

（五）（薫が）よりゐたまへるを（弁が）几帳のそばより見れば、曙、やうやう色分かるるに、げにやつしたまへると見ゆる狩衣姿の、いと濡れしめりたるほど、うたてこの世のほかの匂ひにやと、あやしきま

でに薫り満ちたり。（橋姫　⑥―二八〇）

〈匂うかをり〉をめぐるこの叙述が、弁の視点を通してのものであることは見逃せない。薫が柏木の子であることを知る彼女は、続編世界でただ一人、光源氏やかつての夕霧と同質の眼差しを薫に向けている。とすれば、弁の感じとる〈匂うかをり〉は、幼い日の〈見えるかをり〉に準ずるものと見なせるのではないか。

これより後の部分に、薫の「御けはひ」を弁が、「ただそれかとおぼえたまふ（＝柏木当人かと思うほど似ていらっしゃる）」と感じる場面がある（椎本　⑥―三三四）。薫と柏木の類似の認知の仕方において、弁は、正編における視覚的な認知と、続編世界における楽音よる認知の中間に位置している（「御けはひ」は、その人自身の特質である以上、楽音よりも類似を示すことにおいて直接的といえるが、目つきに顕れた〈見えるかをり〉ほど具体的とは言えない）*7。そのような認知の仕方をする弁が、出生の秘密を初めて薫に告げる場面で、〈匂うかをり〉を嗅ぎあてている。〈匂うかをり〉はやはり、〈見えるかをり〉を代補しているのである。

2　「罪の子」としての生を求めて

ところで、出生の秘密を仄めかされたのと同じ夜に、大君、中君の姉妹を始めて垣間見た薫は、非常に不可解な行動に出る。「三の宮の、かやうに奥まりたらむあたりの、見まさりせむこそをかしかるべけれと、あらましごとにだにのたまふものを、聞こえはげまして、御心騒がしたてまつらむ」（橋姫　⑥―一八八）と考え、わざわざ匂宮のもとに八宮家の姉妹の様子を語りに出向くのである。しかも匂宮に向って「かのわたりは、かくいとも埋もれたる身に、ひき篭めてやむべきけはひにもはべらねば、かならず御覧ぜさせばやと思ひたまふれど、いかでか尋ね寄らせたまふべき。かやすきほどこそ、好かまほしくは、いとよく好きぬべき世にはべりけれ」（橋姫 ⑥—二八九）という言い方をしている。これは、姉妹に対する関心を積極的に煽っていると見なす他ない。にもかかわらず、匂宮とのやりとりの最後には「かの古人のほのめかし筋などの、いとどうちおどろかれてものあはれなるに、をかしと見ることも、めやすしと聞くあたりも、何ばかり心にもとまらざりけり」（⑥—二八九～二九〇）という心中が示される。後段には更に、大君も中君も自分の出生の真相を知っているに違いないから、秘密を漏らさないためには姉妹と結婚しなければ、と考えている場面もある（⑥—三三五）。

八宮家の姉妹に対する関心より、出生の秘密のことを気にしているのであれば、どうして姉妹の存在を知りもしない匂宮の関心をわざわざ掻き立てたのか。匂宮と姉妹のいずれかが結婚するようなことになれば——現にそうなったのだが——秘密が広まる危険が増えるのは明らかである。いったい薫は、秘密を守りたいのか、露見させたいのか。

おそらく薫は、出生の秘密を守ろうと望む一方で、それが露見することをも同時に欲していた。二つの矛盾する思いの狭間で揺れ動いていた。それが私の見方である。

薫が秘密の露見を恐れていたことは、説明するまでもないだろう。だが、出生の秘密が漏れることを敢えて望んでいたという見解は、奇怪に聞こえるかもしれない。この点について賛同を求めるには、引用文（二）を振りかえる必要がある。

このくだりで、「主人公」の座が光源氏から薫へと受け渡されるように見えると私は書いた。この直後には「この人の出でものしたまふべき契りにて、さる思いのほかのこともあるにこそはありけめ、のがれがたかなるわざぞかしと、すこしはおぼしなほさる」（横笛 ⑥—三二五）という光源氏の感慨が記されている。光源氏は、薫の異常な美しさに感じ入り、この子が生まれるために仕組まれた事件と考えることで、柏木と女三宮の密通を許そうとしている。おそらく、光源氏のこのような発想の背後には、みずからの至上の栄華をもたらしたものが、藤壺との密通であったという事実がある。そもそも光源氏自身、桐壺更衣に対する父帝の、錯乱としか思えない愛によって生まれた子供であった。[*8] 光源氏は、罪と栄華が表裏一体であるという論理に従って生きている。[*9]

いっぽう成人後の薫は、罪の子であることを問われない状況にある。このために〈見えるかをり〉を失い、「きよら」とも言われなくなっている。「きよら」でないとことさらに指摘されてしまう人物は、王朝物語の主人公として欠格者である。[*10] 出生の秘密を他者に知られ、罪の子として眼差されない限り、薫が「主人公らしい主人公」になることはないのである。

ここで確認しておきたいのは、罪がそのまま栄華に繋がるという光源氏的な構図が、薫にとっては存在しないことだ。

(六)（あ）内裏にも、母宮の御方ざまの御心寄せ深くて、いとあはれなるものにおぼされ、（い）后宮はた、もとよりひとつ大殿にて、宮たちもろともに生ひ出で遊びたまひし御もてなし、をさをさあらためたまはず、「末に生まれたまひて、心苦しう、おとなしうもえ見おかぬこと」と、院のおぼしのたまひしを、思ひ出きこえたまひつつ、おろかならず思ひきこえたまへる。（う）右の大臣も、わが御子どもの君たちよりも、この君をば、こまやかにやうごとなくもてなしかしづきたてまつりたまふ。

昔、光君と聞こえしは、（中略）よろづさりげなくて、久しくのどけき御心おきてにこそありしか、（え）この君は、まだしきに世のおぼえいと過ぎて、思ひあがりたること、こよなくぞものしたまふ。（匂兵部

卿 ⑥―一六八～一六九）

傍線（あ）にあるように、たしかに薫に与えられた今上帝の庇護は女三宮の子であることによる。しかし、傍線（い）では、光源氏の晩年の言葉を気に留めた明石中宮が、薫をわが子同然に扱っていたと述べられている。明石中宮は無論、薫を光源氏の実子と思っているからこそ可愛がっているわけである。傍線（う）で示される夕霧による厚遇も、明石中宮に関する記述につづいて「右の大臣も」と語り出される。語り手は明らかに、明石中宮のそれと並列すべきもの（＝差別化する必要のないもの）として、夕霧の態度を語っている。つまりここでの夕霧は、薫を光源氏の子として世話している、と言われていることになる。*11

そんな風に、光源氏の子であるからこそ各方面から優遇され、薫の声望は実質以上のものになっている（傍線（え））。そして、続編開始時点での薫の最大の庇護者・冷泉院も、光源氏との縁故によって薫を顧みているのだった。

（七）二品の宮の若君は、院の聞こえつけたまへりしままに、冷泉院の帝、取り分きておぼしかしづき、后の宮も、皇子たちなどおはせず、心細うおぼさるるままに、うれしき御後見に、まめやかに頼みきこえたまへり。御元服なども、院にてさせたまふ。十四にて、二月に侍従になりたまふ。秋、右近の中将になりて、御たうばりの加階などをさへ、いづこの心もとなきにか、急ぎ加えておとなびさせたまふ。（中略）后の宮の御おぼえの、年月にまさりたまふけはひにこそは、などかさしも、と見るまでになむ。

（匂兵部卿 ⑥―一六五～一六六）

冷泉院が薫を厚遇するのは「院（＝光源氏）の聞こえつけたまへりし」ゆえであったと、物語は明確に語っている。その寵愛ぶりは、傍線部にあるように異常さを感じさせるほどであった。引用文（六）と同じく、このくだりでも、光源氏の子であるために、薫が過剰なほどの名望を得ているさまが描かれている。[*12] たしかに光源氏も、藤壺との密通が公になっていたならば、社会的に葬られたであろう。だが、光源氏には、冷泉院の実父となることで至高の地位と権力を手に入れるという「罪のメリット」があった。これに対し薫には、出生の秘密を負うことで得るものは、権力や名声の点では何一つない。薫は、罪の子であることを問われなければ「きよら」な主人公ではいられないが、それを問われてしまった場合、世俗的栄達を実現できない。「主人公らしい主人公」が世俗的栄達を遂げる──光源氏が生きたような──物語を、薫が生きる途は原理的に閉ざされている。続編物語は、「物語らしい物語（『源氏』正編のような）」が展開することを、事の始めから拒否しているのである。[*13]

ところで、薫の人物を語る時にしばしば論及される「道心」であるが、物語はそれを、出生の秘密と結びつけて次のように語っている。

（八）ことに触れて、わが身につつがあるここちするに、ただならずもの嘆かしく、（中略）（女三宮は）明け暮れ勤めたまふやうなめれど、はかなくおほどきたまへる女の御悟りのほどに、蓮の露も明らかに、玉と磨きたまはむことも難し、五つの何がしも、なほうしろめたきを、われ、この御道をたすけて、同じうは後の世をだに、と思ふ。かの過ぎたまひにけむも、やすからぬ思ひに結ぼほれてや、などおしはかるに、世を変へても対面せまほしき心つきて、元服はもの憂がりたまひにけれど、すまひ果てず、おのづから世の中にもてなされて、まばゆきまではなやかなる御身の飾りも、心につかずのみ、思ひしづまりたまへり。（匂兵部卿　⑥──一六七～一六八）

薫の道心を、出生の秘密とは切り離して考えるべきだ、という意見も、たしかにこれまでに存在する。[*14] だが、「身のつつが」と栄華のギャップに苦しめられ、このような状態にあり続けるよりは、母や亡き父のためにも出家したい、という願う心境は、右の引用文に明らかである。やはり、秘密を守りつつ平穏を装って生きることの耐えがたさから、薫は道心を志向したのである。

光源氏の子として栄華の中に身を置くことに薫は疲れていた。そんな彼が、秘密漏洩の危機をみずから招きよせることによって、苦しい宙吊り状態に終止符を打ちたいと、無意識にせよ望んだとしても不思議はない。さらに言えば、幼い日にそうであったように、罪の子の煌めきに充ちた姿を他者の瞳に映したいと、どこかで薫は願っていたとは考えられないか。「比較的優れた凡人」に過ぎない現在の自分と、畏怖されていた幼時の自分を引きくらべ、幼時に憧れる思いがなかったと言い切れるだろうか。

以上、薫の心理に即して議論を進めて来たが、秘密を隠すことと露わにすることの間で薫が引き裂かれている事実は、物語を展開させるシステムの面から見ても興味深い。秘密が守られた状態に薫が安住することは、物語がなし崩しに「終りなき日常」に埋没することを意味する。そして、薫が罪の子の煌めきを放ちつつ破滅することは、「悲劇」以外の何ものでもない。薫をめぐる物語は、物語そのものの緩慢な死と、「悲劇」との間で揺れ動いているのである。

3　見出された〈見えるかをり〉

弁が〈匂うかをり〉を嗅ぎあてた時、物語は「悲劇」の方に大きく傾いた。

宇治の八宮邸は、薫の出生の問題を浮上させる舞台としていかにもふさわしかった。冷泉院を春宮から廃する動きがあった時、代役に擬せられたのが八宮である。彼はまた、『源氏物語』において王権を象徴する楽器である琴の琴の伝承者でもあった。「もう一人の冷泉院」とも言えるこの人物の住まう邸は、続編世界の「今」を支える秩序から排除されたものが集う亡者の館である。[15]

そんな「亡霊たちの主」たる八宮に、薫は「法の友」として馴れ親しむ。先に確認したように、薫の道心は、秘密を隠したまま生きる困難と結びついていた。だとすれば薫は、出生の問題といかに関わるかについて、八宮から示唆を得たいと望んでいたはずである。八宮に秘密を打ち明けたいとまで思っていなかったにせよ、「出生に問題のある自分」を受け入れ、導いて欲しいとは望んでいただろう。

物語世界の過去を熟知しているはずのこの「亡霊たちの主」はしかし、薫に「頼もしい都人」を見てしまう。[16] 薫の秘密についても、その道心の由来を不審がり（橋姫 ⑥―二六八～二六九）、先に触れたとおり笛の音に頭中将の血筋を認めたりはするものの、結局、薫が柏木の子であることを悟ることはない。薫と八宮は際どいところですれ違い、八宮邸という舞台で物語が「悲劇」の側に向う可能性は閉ざされた。

〈匂うかをり〉を弁の前で漂わせた翌朝、着替えをすませた薫は、それまで身につけていた狩衣を八宮邸の宿直人に与える。狩衣には〈匂うかをり〉が染みついており、会う人ごとにそれを咎められた宿直人はひたすら当惑する。そのことを物語は滑稽な筆致で描いている。〈匂うかをり〉ゆえに、せっかく与えた狩衣が持て余されるというこの場面（橋姫 ⑥―二八七～二八八）は、薫と八宮家のすれ違いをおそらく象徴している。[17] 物語が「悲劇」の方に揺れる予兆として〈匂うかをり〉は立ち込めたはずなのに、そこから生まれたのは思わぬ笑劇なのだった。

その後、八宮と死別した薫は、八宮の死を待っていたかのように大君に求愛を始める。父の遺言に呪縛され、どこまでも父に忠実であろうする大君は、「父の娘」であると言われて来た。[*18] 貴族社会から孤立した宇治で育った大君は、自分たちのような身分の女性がどのように生きるのか、そのモデルについてまったく無知であっただろう。そんな彼女には、父と死別した後、どのように生を営んで行くべきか見当もつかなかったに違いない。父の生前と変わらない状況を少しでも維持することが、大君に出来る精一杯なのだった。「父の娘」となり、生活の激変をもたらす「結婚」を拒みつづけるしか、彼女に採る道はなかったのである。そうしたありようは、中君一人を寝所に残して物陰に隠れ、薫の侵入を迎えた際の「（薫との結婚を中君は）あらましごとにてだに、つらしと思ひたまへりつるを、まいていかにめづらかにおぼしうとまむと、いと心苦しきにも、すべてはかばかしき後見なくて落ちとまる身どもの悲しきを思ひ続けたまふに、今はとて山に登りたまひし夕べの（八宮の）御さまなど、ただ今のここちして、いみじく恋しく悲しくたまふ」（総角 ⑦―三八～三九）という心中叙述から端的にうかがえる。父に死に遅れたせいで、結婚問題に向き合わされたことが悲しくてならず、それにつけても改めて父を恋しいと感じる。変化をひたすら恐れる大君の精神構造が、はっきり現れたくだりといえるだろう。

　そのようにして「父の娘」である大君を、それだからこそ薫は求めたのである。父とのつながりに固執にして俗世に踏み出せない子供。そんな大君の姿は、秘密を守ることを放棄した「ありえたかもしれない自分自身」なのだった。弁を前にして薫は、大君への思いを「はらからなどのさやうにむつましきほどなるもなくて、いとさうざうしくなむ。世の中の思ふことの、あはれにも、をかしくも、愁はしくも、時につけたるありさまを、心に籠めてのみ過ぐる身なれば、さすがにたつきなくおぼゆるに、うとかるまじく頼みきこゆる」と語っている。（総角 ⑦―一七～一八）。ここで薫が口にしている「はらから」は、このあと明石中宮や女三宮を引き合いに出していることから推して、「女きょうだい」のことだろう。[*19] 薫は、姉か妹のように自分に共感してくれることを、大君に期待していた。大君への愛は、自分と同質な相手を求める近親愛的なものなのだった。そして、大君のどこに共通性を見出していたかは、結婚を拒む彼女に「いかなれば、かくしも世を思ひ離れたまふらむ。聖だちたまへりしあたりにて、常なきものに思ひ知りたまへるにや、とおぼすに、いとどわが心通ひておぼゆれば、さかしだち憎くもおぼえず。」と、かえって愛情を募らせていることからも明らかだろう（総角 ⑦―三七）。父の影響のため俗世に馴染まない点に、「わが心に通」う性質を薫は見ているのだ。

　薫にとって大君は、「罪の子」としてのみずからの鏡像なのである。そのことは、大君のもとに押入って初めてその顔を間近で見たくだりの、次のような叙述からはっきりわかる。

（九）（薫が）心にきくほどなる火影に、（大君の）御髪のこぼれかかりたるをかきやりつつ見たまへば、人の御けはひ、思ふやうにかをりをかしげなり。（総角 ⑦―二一～二二）

傍線部にあるように、大君の「けはひ」が期待どおり〈見えるかをり〉を湛えていることに薫は感動している。薫が大君に求めていたのは、みずからが失った〈見えるかをり〉なのだった。光源氏やかつての夕霧のように、「罪の子」としての自分を受け入れてくれることを薫は八宮に求めた。その八宮の死後、薫は大君に、『「罪の子」としての自分＝みずからの失われた半身』の姿を見出した。大君への恋とは、失われた半身を取り戻すことで心の欠損を補完しようとする欲望だったのだ。[*20]

　しかし、大君を愛することには構造的なジレンマが存在する。薫を受け入れてしまった大君は、変化に身を委ねて俗世に乗り出したことになり、薫の失われた半身であることを止めてしまう。大君への愛は、成就せずに終るか、成就はしたものの幻滅に至るか――いずれにせよ、決して幸福な結末にはたどり着けない愛なのである。[*21]

　私は前稿で、薫の〈匂うかをり〉を中君は認知するが、大君は一度も嗅ぎあてていないことを指摘した。人生を編みかえていく人物である中君は、他者に向って開かれている。[*22]しかし、変わらないことに固執する大君にとって、「他なるもの」は、最終的には恐怖の対象でしかない。求愛する薫から〈匂うかをり〉を感じとることは、薫の愛の動機である「罪の子としての自分」を求める欲望に――無意識的にせよ――気づくことをおそらく意味する。大君には、他者の愛の動機を理解する準備はなかった。「姉や妹のように共感してくれる相手」を求めるなら、薫は中君の方をこそ愛するべきであった。

　以上に述べたことを、物語のシステムの面から捉えなおしてみよう。従来から言われているように中君はヒロイン的な描かれ方をしている。[*23]そして、八宮により愛されていたのは、「父の娘」である大君よりもおそらく中君であった。[*24]薫が「悲劇」の物語を生きるのであれば、すなわち「主人公」として歩むのであれば、その相手にふさわしいのは中君である。大君を選んだ段階で、薫の物語は緩やかに蒸発し始めていた。

　大君の死の直後、臨終の処置をほどこされる彼女の遺体から匂いが立つ。その匂いを薫は「ただありしながらの匂ひに、なつかしう香ばしき」と感じる。（総角　⑦―一一〇）屍体愛の趣きがあるとも評される場面だが、[*25]大君の体臭を薫が認めるのは、この場面が初めてである。みずからの失われた半身を大君に求めていた薫にとって、大君その人には、固有の意志や性質がない方が、自分の好みのイメージを自由に投影できるので都合がよい。[*26]心を持たない屍となった大君は、薫にとって彼女の「完成形」なのだった。臨終の大君が、薫にはことさら魅惑的に感じられたらしいのも当然である。

大君の形代として物語に登場する浮舟が、他者の思惑をさまざまに投影する鏡のような存在であることは、これまで言い旧されてきた。ということは、本稿で見て来たところに従うなら、浮舟は大君の正統な継承者ということになる。「薫の鏡」であった大君は、「万人の鏡」となる浮舟に後を襲われたのである。

4　世界の片隅で愛を叫ぶ

薫の大君に対する姿勢と浮舟に対するそれは、基本的に変わらない。大君に対しては「失われた自己自身」を求め、浮舟には「失われた『失われた自己自身』」の面影を見る。どちらも薫にとっては、生身の人間というより「人形」である。

浮舟物語の薫が、大君物語の薫と違っていたのは、その社会的立場である。宿木巻で薫は、今上帝の女二宮の婿となる。このことは、薫の社会的地位を保証する肩書が、「光源氏の息子」や「冷泉院の猶子」ではなく、「今上帝の婿」になったことを意味する。そして、薫が女二宮の相手に選ばれた一番の理由は、女三宮の息子だからであった。[*27] 女二宮と結婚した薫は、光源氏の子でないことが公になっても、もはや貴族社会から葬り去られる恐れはなくなったのである。

薫が女二宮を得たことと呼応するかのように、出生の秘密の問題も語られなくなっていく。これと平行して、冷泉院の姿も物語から消えてしまう。[*28] 出生の秘密が、すでに物語を動かす「問題」たりえなくなっていることを、これらの事実は示している。このことを物語のシステムの観点から見ると、薫が「悲劇」を生きる可能性は完全に閉ざされたということである。薫の行く手には、「終りなき日常」に埋没する道しか残されていない。

続編世界で薫と並び称される匂宮にも、光源氏が生きたような「物語らしい物語」を動かす力はない。匂宮は、血筋こそ高貴であるものの即位の見込みは薄く、なすべきこともないまま徒に行動を制約される立場にある。[*29] 薫以上に徹底して、「終りなき日常」の中に封じ込められている男なのである。

そのように退屈しきっているからこそ、宇治という日常を離れた地で、「薫の女」を奪う営みに匂宮は異常に熱狂する。しかし、その熱狂の頂点にあってさえ、奪い取った「薫の女」が、せいぜい「よく出来た女房」に過ぎないことを彼は忘れない。[*30] 浮舟の物語は、物語が死に絶えた世界で起こる「些細な出来事」に過ぎないのだ。

橘の小島で匂宮と浮舟が交しあう歌は、世界の片隅で口にされた、社会にとっては取るにたらない愛の叫びである。それが何故、「世界の中心で愛を叫ぶ」かのように描かれているのか——そのことについて、次に論じたい誘惑に駆られるが、すでに紙数は尽きた。別の機会に改めて、この問題には挑戦してみることにしたい。

注

＊1　拙稿「薫の〈かをり〉をめぐって」（『中古文学論攷』第一三号　早稲田大学大学院中古文学研究会、一九九二年一二月）

＊2　＊1の「岩波　古語辞典」に拠る。

＊3　『源氏物語』の引用は、新潮古典集成のテクストによる。ただし、私に表記を改めた箇所がある。

＊4　「岩波　古語辞典」に「源氏物語では多く天皇・皇族のこと・ものについていう。キヨゲが第二流の美をいうのに対する語」とある。このような「きよら」・「きよげ」に対する解釈を踏まえ、三枝秀彰「薫試論」（『中古文学』第三五号

中古文学会、一九八五年五月）は、続編の「きよげ」な薫に「ただ人」としての限界が付与されていると論じている。

＊5 松井健児「小児と筍」（『源氏物語の生活世界』翰林書房、二〇〇〇年）は、幼時の薫の異様な美しさを、彼が光源氏によって罪の子として眼差されていることと結びつけている。

＊6 三田村雅子「濡れる身体の宇治」（『源氏研究』第二号　翰林書房、一九九七年）など。

＊7 しばしば視覚は、単なる知覚の一つであることを超えて、認識の総合的な結論が投影されるものとなる。逆に言うと、他の知覚以上に、思い込みや先入観によって左右されやすい。（中村雄二郎『共通感覚論』岩波現代文庫、二〇〇一年）。薫を光源氏の子と信じ込んでいれば、たとえ柏木との類似を視覚的に感じたとしても、それと意識することは難しいわけである。『源氏物語』続編は、視覚のこうした特質を、実に的確に捉えていると言えるだろう。ちなみに、玉鬘が認めた薫と柏木の類似には、「おほかたこの君は、あやしう故大納言の御ありさまに、いとようおぼえ」とあるので、視覚上の類似が含まれていた可能性を完全には否定できない。しかし、それとはっきりと物語が明示していないことをここでは重要視した。

＊8 拙稿「桐壺帝」・「光源氏」（西沢正史編『源氏物語作中人物事典』東京堂出版、二〇〇七）参照。

＊9 三谷邦明『入門　源氏物語』（ちくま学芸文庫、一九九七年）。

＊10 薫が王朝物語の主人公たる資格を欠いていることは、鈴木泰恵「匂宮」（上原作和編『人物で読む源氏物語』勉誠出版、二〇〇六年）に詳しい。

＊11 夕霧が薫の秘密を忘れているかのように振る舞っていることは、おそらく続編物語の語り手の問題が関わっている。続編物語において、六条院内部の出来事は、匂宮に近習する女房、従者の視点から主に語られている。そのような人物は、夕霧の心中の奥深くを知りえないというわけなのだろう。（実際、夕霧の微妙な心情が語られる箇所は、続編物語にはほとんど存在しない）

なお、この「夕霧が何故、続編物語において薫の秘密を知らないかのように振る舞うか」については、大朝雄二が「……夕霧が薫の素姓にうすうす気づいて疑惑の目を向けているような状況下では、それこそ薫は出家遁世するより他の道はあるまい。柏木に最も近い距離にいた夕霧でさえも気づいていない真相を、薫だけがいち早く自覚しているという悲劇的な孤立性でのみ、薫を主役にする物語が可能になるのだ」とのべている。(「薫像の定立をめぐって」『源氏物語続編の研究』一九九一年、桜楓社)大朝の見解は、薫の秘密が容易に露見しない設定の下でのみ、『悲劇』の物語か、物語そのもの死か」で揺れ動くテクストが生成可能であったことを指摘している。本稿とは視点を異にするが、示唆されるところは非常に多かった。

＊12　薫の実質が声望とつりあっていないと、このようにくり返し語られることは、先述した語り手の問題がおそらく関わっている。匂宮に近習している語り手は当然、匂宮に肩入れするので、ライバルである薫は批判的に語りなされるのである。

＊13　続編物語が「反物語」とも言うべき世界であることは、＊10の鈴木論文の他、高橋亨「〈反悲劇〉としての薫の物語」(『源氏物語の詩学』名古屋大学出版会、二〇〇七年)など、すでにくり返し指摘されている。

＊14　代表的なものとしては、鈴木日出男「物語主人公としての薫」(『源氏物語虚構論』東京大学出版会、二〇〇三年)。

＊15　八宮邸は、一種のタイムカプセルと言える。そこに保存されていた柏木の文反故の「もの」としての存在感は重要である。そもそも薫は、匂宮巻の段階で出生の真相を知っていた。(引用文(八)参照)薫が改めて動揺するのは、出生の秘密を知る者が想定外の場所から現れ、証拠の文反故を突きつけられたからなのである。特に文反故が重要であることは、弁と初めて会った直後には、八宮家に贈答品や手紙を送るなど、平静に活動していたのに対し、文反故を見せられた翌朝には、参内さえ出来なくなっていることからもわかる。この文反故の持つ意味については、拙稿「盗まれた手紙・見出された手紙」(『文学理論の冒険』東海大学出版会、二〇〇八年)を参照されたい。

＊16　原陽子「薫と八宮」(『中古文学論攷』第一三号　早稲田大学大学院中古文学研究会、一九九二年一二月)

＊17　宿直人が薫の狩衣を持てあますこの場面の分析としては、木村朗子「宇治の宿直人」(『源氏研究』第一〇号　翰林書房、二〇〇五年)が興味深い。木村は、衣を着せられることによって、宿直人と薫との間に分身関係が生じ、薫から排除された暴力性、男性性を、宿直人を始めとする八宮家に仕える従者たちが担うことになると論じる。薫から排除され

たものの痕跡として、〈匂うかをり〉を捉える視点を、本稿は木村論文から示唆された。

＊18　三田村雅子「大君物語」（増田繁夫他編『源氏物語研究集成』第二巻　風間書房、一九九九年）

＊19　この点については、拙稿「宇治大君と〈女一宮〉」（『中古文学』第六一号　一九九八年六月、中古文学会）で詳しく述べた。

＊20　失われた半身を求める欲望は、母子が一体化した状態への郷愁と通底する部分がある。この意味で、大君に向けられた薫の愛着を、「母恋」的なものと見ることは可能だろう。薫の大君思慕を「母恋」と結びつける視点の論としては、長谷川政春「大君」（『国文学』学燈社、一九九一年五月）がある。

＊21　フランスの精神分析家であるジャック・ラカンの用語に従うなら、薫は大君を「対象a」として見ていたことになる。「対象a」とは、それ自体として空虚であるために、それに接する人間が自分の心の欠けた部分を投影出来る存在である。実質としては何ものでもないのに、自分の全てを充たしてくれるような幻想を人に与えるのが、「対象a」なのである。J・ラカン『精神分析の四基本概念』（小出浩之他訳　岩波書店、二〇〇〇年）などを参照。

＊22　斉藤昭子「中君物語の〈ふり〉」（『新物語研究④　源氏物語を〈読む〉』　若草書房、一九九六年）に、状況に応じて変容を遂げていく中君の姿が詳しく論じられている。

＊23　藤本勝頼「宇治中君造型」（『国語と国文学』東京大学国文学会、一九八〇年一一月）

＊24　森野正弘「宇治姉妹と箏の琴」（『王朝文学史稿』第一九号　王朝文学史研究会、一九九四年一月）

＊25　神田龍身『源氏物語＝性の迷宮へ』（講談社選書メチエ、二〇〇一年）

＊26　視覚的な意味での「けはひ」は、「立居や動作の感じ」や「（様子から察せられる）人柄」などを表わす。（＊1の「岩波　古語辞典」に拠る）大君の「けはひ」に〈見えるかをり〉を認めた薫は、大君の顔の具体的などこかにではなく、全体の雰囲気にそれを見出したことになる。「全体の雰囲気」に関する印象が、思いなしに大きく左右されることは論をまたない。ましてここでの薫は、灯の仄かな光の中で大君を見ている。大君に〈見えるかをり〉が期待どおり備わっていたという薫の認識が、内なる欲望を投影した結果である可能性は否定出来ない。同様に、薫の「けはひ」に柏木との

類似を感じとった弁についても、そこに思いなしが働いていたことは想定しうるだろう。

＊27 拙稿「匂宮の社会的地位と語りの戦略」(『物語研究』第四号　物語研究会、二〇〇四年三月）参照。

＊28 拙稿「椎本巻末の垣間見場面をめぐって」(『中古文学論攷』第一七号　早稲田大学大学院中古文学研究会、一九九六年一二月）参照。

＊29 ＊27に同じ。

＊30 宇治川を挟んで、八宮邸の対岸にある隠れ家で情事に没頭しているさなか、匂宮は浮舟のことを、「姫宮（＝今上帝の女一宮）にこれをたてまつりたらば、いみじきものにしたまひてむかし、いとやむごとなき際の人多かれど、かばかりのさましたるは難くや」と感じる。（浮舟　⑧―五七）匂宮は、浮舟を貶める気持からではなく、賛嘆の念をもってこのように考えていることに注意したい。

「飽かざりし匂ひ」は薫なのか匂宮なのか

―もうひとつの別の解釈―

吉村研一

1　はじめに

文学作品において、嗅覚の「匂い」は鼻腔で感じる単なる化学的感覚の領域にとどまるものではなく、人の心を動かす情緒的感覚に踏みこむという重要な機能を果たしている。『源氏物語』においても全編を通じて様々な香が漂い、薫りは空間に満ちている。そして登場人物が体験する「匂い」は、そのつど重要な役割を担わされ、心情の趣に繊細な影響を与えるものとして描き出されている。ただし、物語中の女君が、「匂い」によって直接男君を思い慕うといった設定は意外に少なく、次の三例を数えるのみである。

まず、紫上が遠く須磨に流浪した光源氏を偲ぶ場面。

二条院の君（紫上）は、そのままに起き上がり給はず、尽きせぬさまに思しこがるれば、さぶらふ人々もこしらへわびつつ心細う思ひあへり。もてならしたまひし御調度ども、弾きならしたまひし御琴、脱ぎすてたまへる御衣の匂ひなどにつけても、今はと世に亡からむ人のやうにのみ思したれば、

（小学館・新編日本文学全集　須磨ⅱ　一八九　以下同本）

次に、明石君が都へ帰っていく光源氏の形見としての衣の香に心を動かす場面。

御身に馴れたるどもを遣はす。げにいまひとへ忍ばれたまふべきことを添ふる形見なめり。えならぬ御衣の匂ひの移りたるを、いかが人の心にもしめざらむ。

（明石ⅱ　二六九）

そして今回のテーマに取上げた「飽かざりし匂ひ」の場面である。

閨のつま近き紅梅の色も香も変らぬを、春や昔のと、こと花よりもこれに心寄せのあるは、飽かざりし匂ひのしみけるにや、後夜に閼伽奉らせたまふ。下臈の尼のすこし若きがある召し出でて花折らすれば、

かごとがましく散るに、いとど匂ひ来れば、

(浮舟)袖ふれし人こそ見えね花の香のそれかとにほふ春のあけぼの

(手習 vi 三五六)

入水自殺の未遂から一年が過ぎて、また紅梅の咲く春が巡ってきた。浮舟はその紅梅の香に感情が湧き上がり、歌を書きながした。この「飽かざりし匂ひ」、「袖ふれし人の匂ひ」とは同一人物のことを詠んでいるのは間違いないが、さてそれは薫であるのか匂宮であるのか、という問題である。前述した紫上と明石君の場面は、いずれも匂いの主が光源氏であることは明らかであるが、浮舟が詠んだこの手習歌の匂いの主を特定するのは難しい。浮舟本人がこの歌を詠む以前に、薫と匂宮の香を紅梅の香と結びつけて意識したことはなく、本文のある部分と直接照らし合わせての結論が出せないからである。物語は敢えて分かりにくいように表現しているかのようだ。これまでの研究でもいろいろな議論がなされて来たが、いまだに結論が出ていない。本稿はこの問題について考えていきたいと思う。

2 近年の研究

まず、「薫」であると主張するのは山岸徳平氏、高田祐彦氏、藤原克己氏等であるが、それぞれの根拠を掲げてみる。山岸氏は匂宮巻において薫の芳香を説明する部分「御前の花の木も、(薫が)はかなく袖かけたまふ梅の香は、春雨の雫にも濡れ、身にしむる人多く」(匂宮 二七)を取上げて、「飽かざりし匂ひのしみけるにや」は「薫の袖の匂」と見るべきである、と論じている。[*1] また、高田氏は、「薫、匂宮いずれとの逢瀬においても浮舟は薫香を意識したことがなかった」ので、ここは梅の香と人物の関係性から考えるしかなく、「梅の香に喩えられるのは圧倒的に薫が多く、匂宮は梅を単に賛美する人にすぎない」と分析する。[*2] そして、薫

が梅の香に喩えられる場合、

色よりも香こそあはれと思ほゆれ誰が袖ふれし宿の梅ぞも（古今集　春歌上三三）

春の夜の闇はあやなし梅の花色こそ見えね香やはかくるる（古今集　春歌上四一）

古今和歌集所収のこの二首を多く引歌にしていると説明する。この二首と浮舟の手習歌「袖ふれし人こそ見えね……」は、「誰が袖ふれし」と「袖ふれし」が重なり、さらに「色こそ見えね」と「人こそ見えね」が重なり合うことからも、手習歌の「人」は薫と推測できる、と結論している。

また藤原氏は、浮舟の心情面を汲み取ることによって、薫と判断できるという。「出家の直前、わが半生を回顧する浮舟の心内を叙した箇所に、匂宮については『こよなく飽きにたる心地す』と語られていた。それとの照応を考えれば、この『飽かざりし匂ひ』は匂宮のそれではありえまい」と述べ、「一方の薫についての浮舟の心内は『いつかは見むずる、とうち思ふ』と語られていて、この接頭語の『うち』と接尾語の『ふ』は薫への未練愛執の絶ちがたさを暗示していよう。まさにそれを受けて、『飽かざりし匂ひのしみけるにや』と語られているのではないだろうか」と論じている。[*3]

これらに対して、「匂宮」であると主張するのは、吉沢義則氏、後藤祥子氏、金秀姫氏等である。まず吉沢氏は「細流抄では薫にも匂にても也とあるが、匂ひどもとないから勿論一人の事であり、前に匂宮の歌の想出が書かれてあるから、ここは匂宮の事と見るが当然であらう」と述べる。[*4] 匂宮の歌の想出とは「君にぞまどふとのたまひし人」（手習　三五四）のことであり、匂宮が「峰の雪みぎはの氷踏みわけて君にぞまどふ道はまどはず」（浮舟　一五四）と詠んだ歌を浮舟が懐かしく想い出しているというのである。問題部分はこの歌に繋がっていると解釈しているわけである。そして後藤氏も浮舟の前出の手習歌「かきくらす野山の雪をながめてもふりにしことぞ今日も悲しき」（手習　三五五）が、匂宮の「君にぞまどふ」の歌句を契機に詠まれている点と、「紅梅」や「匂」といった語彙との親近性を合わせれば、匂宮の蓋然性が高い、と判断している。[*5] また、金氏も単に「梅」ではなく「紅梅」との密接な関係が認められるのは匂宮の方であること。さらに、前述した高田氏の「薫、匂宮いずれとの逢瀬においても浮舟は薫香を意識したことがなかった」という指摘に対して、浮舟が薫との逢瀬において薫香を直接意識している場面は見られないが、匂宮の薫香についてははっきり認識している場面があること、を論拠にしている。[*6] それは中の君の邸で匂宮に偶然見つけられ、言い寄られたときの「この、ただならずほのめかしたまふらん大将にや、かうばしきけはひなども思ひわたさるるに、いと恥づかしくせん方なし」（東屋　六一）という場面と、三条の隠れ家に移った後、その事件を移り香と共に回想する場面「なごりをかしかりし御移り香も、まだ残りたる心地して、恐ろしかりしも思ひ出でらる」（東屋　八三）であるという。

さてこれまでの論をまとめると、①梅・紅梅と「薫」「匂宮」との関連性。②浮舟の「薫」「匂宮」に対する心情面の解析。③浮舟の「薫」「匂宮」に対する香の意識。という三方向からのアプローチを試みるものであった。

確かに①のように、梅・紅梅と「薫」「匂宮」との関係性を考察することは一つの有効な方法ではあろうが、物語を客観的に分析して、たとえば梅・紅梅は「薫」との関連の方がより強いから、「飽かざりし匂ひ」「それかとにほふ人」は「薫」であると結論できうるものであろうか。浮舟の鼻腔で感じた匂いの感覚を無視していることにはなるまいか。また②のように、浮舟の「薫」「匂宮」に対する心情面の分析をして、「薫」を思う気持の方が強いから「薫」であると言い切ってしまっていいものであろうか。これもやはり浮舟の嗅覚意識を無視していることにはなるまいか。浮舟は、紅梅の香の匂いによって袖ふれし人を想い起こしたのである。勿論袖ふれし人の香は紅梅の香と同質でなくてはならないが、それは客観的に決められることではなく、浮舟本人が同質と感じていたかどうかが重要なのである。以上の理由により、本稿では③の浮舟の薫香意識に着目することにより、新たな考察を進めていきたい。

3　浮舟の「匂宮」に対する香の意識

まず、金氏の指摘する浮舟の匂宮に対する香の意識について、今一度考えてみよう。金氏が指摘するのは次の二場面である。

①浮舟は二条院（中の君の邸）に預けられているときに、偶然匂宮に見つけられ、強引に言い寄られる。その際に、匂宮の芳しい匂いを意識する。

（匂宮）「誰ぞ。名のりこそゆかしけれ」とのたまふに、（浮舟は）むくつけくなりぬ。さるもののつら顔を外ざまにもて隠して、いといたう忍びたまへれば、この、ただならずほのめかしたまふらん大将（薫）にや、かうばしきけはひなども思ひわたさるるに、いと恥づかしくせん方なし。（東屋vi　六一）

浮舟はこの時点でまだ匂宮とも薫とも面識はなかったし、匂宮が用心して顔を隠しているので、男が誰かとはわからなかったが、芳しい匂いから推測して、自分に執心だという薫大将ではないか、と最初思うのである。浮舟はここで確かに「芳しい匂い」を嗅いでいる。そして後に男が匂宮であることが分かり、この芳香と匂宮がリンクし、浮舟の嗅覚に匂宮の香としてインプットされるのである。

②三条の小家に移った浮舟は、風情もない索漠とした暮らしの中で、匂宮との事件を移り香と共に懐かしく

回想する。

宮の上の御ありさま思ひ出づるに、若い心地に恋しかりけり。あやにくだちたまへりし人の御けはひも、さすがに思ひ出でられて、何ごとにかありけむ、いと多くあはれげにのたまひしかな、なごりをかしかりし御移り香も、まだ残りたる心地して、恐ろしかりしも思ひ出でらる」（東屋vi 八三）

「なごりをかしかりし御移り香」が残りたる心地がするのは、浮舟にインプットされた匂宮の香が、単なる嗅覚反応の領域には留まらず、浮舟の心を動かすまでの存在になっていることを物語っているのであろう。いずれにしろ浮舟の匂宮に対する香の意識は完全に確立されていたと考えられるのである。

金氏はこの香の意識が「飽かざりし匂ひ」に結びつくものと判断し、「袖ふれし人」を匂宮とする論拠の一つとしている。そして、浮舟は薫に対しては香の意識を持たないから、少なくとも直接語られている本文は無いから、薫と「飽かざりし匂ひ」を結びつけることは困難であると判断している。が、果たしてそうであろうか。私は、浮舟は薫に対しても強い香の意識を持っていたと確信しているのである。

4　浮舟の「薫」に対する香の意識

確かに宇治十帖を何度読み返しても、浮舟が薫の香を意識して直接何かを語ったり、心内で思ったり、何かの行動をしたり、といった本文は存在しない。しかしながら、行動しないことによって明らかに浮舟が薫に対しての香の意識を吐露している出来事があるのだ。それは前述した二条院での未遂事件から半年ほど経た宇治の山荘で起こる。本題に入る前に、その半年間を簡単に振り返っておく必要があろう。

二条院での事件は浮舟二一歳（推定）の八月に起きた。その後この事件を知った浮舟の母は、浮舟を三条の小家に移す。九月、薫は弁の尼より浮舟の住まいを聞き出し、三条小家ではじめて浮舟に逢い、契りを結ぶ。その翌朝、薫は浮舟を宇治の山荘に移動させ、そこに数日間逗留する。それ以後浮舟は宇治の山荘で薫の女君としての生活を送っている。そして、年が返って正月、浮舟を忘れることのできない匂宮はついに居場所を探り当て、宇治の山荘で浮舟との密通を果たす。浮舟が薫に対しての香の意識を吐露する出来事はここで起きるのである。匂宮が宇治の山荘の中にまんまと入り込む場面から詳しく考察してみよう。

①(匂宮)「ものへ渡りたまふべかなりと仲信が言ひつれば、おどろかれつるままに出でたちて。いとこそわりなかりつれ。まづ開けよ」とのたまふ声、いとようまねび似せたまひて忍びたれば、思ひも寄らずかい放つ。②(匂宮)「道にて、いとわりなく恐ろしきことのありつれば、あやしき姿になりてなむ。灯暗うなせ」とのたまへば、(右近)「あないみじ」とあわてまどひて、灯は取りやりつ。(匂宮)「我人に見すなよ。来たりとて、人おどろかすな」と、いとらうらうじき御心にて、もとよりもほのかに似たる御声を、ただかの御けはひにまねびて入りたまふ。ゆゆしきことのさまとのたまひつる、いかなる御姿ならんといとほしくて、我(右近)も隠ろへて見たてまつる。③(匂宮は)いと細やかになよなよと装束きて、香のかうばしきことも劣らず。近う寄りて御衣ども脱ぎ、馴れ顔にうち臥したまへれば、(右近)「例の御座にこそ」など言へど、ものものたまはず。④御衾まゐりて、寝つる人々起こして、すこし退きてみな寝ぬ。御供の人など、例の、ここには知らぬならひにて、(女房)「あはれなる夜のおはしましざまかな。かかる御ありさまを御覧じ知らぬよ」などさかしらがる人もあれど、(右近)「あなかま、たまへ。夜声は、ささめくしもぞかしがましき」など言ひつつ寝ぬ。⑤女君(浮舟)は、あらぬ人なりけりと思ふに、あさましういみじけれど、声をだにせさせたまはず。いとつつましかりし所にてだに、わりなかりし御

心なれば、ひたぶるにあさまし。はじめよりあらぬ人と知りたらば、いかが言ふかひもあるべきを、夢の心地するに、やうやう、そのをりのつらかりし、年月ごろ思ひわたるさまのたまふに、この宮と知りぬ。

（浮舟vi 一二三～四）

少し長い引用になったが、匂宮の行動と右近、浮舟の対応を順に追ってみたい。

まず①の部分であるが、匂宮は格子を開けさせて中に入るために、薫の声色をまね、そのうえで仲信という薫の家司の名を口に出して、いかにも自分が薫であるかのように装う。右近は匂宮とは思いもよらず、格子を開けた。声色をまねたのは聴覚への偽装であり、嘘をつくというのは知能的偽装を施したことになる。

次に②であるが、やはり嘘をつくという知能的偽装により言い訳をして、顔を見られないように灯火を取りのけさせた。これであたりは薄暗闇となり、視覚に対しても偽装を図ることのできる環境が整った。

そして③、視覚を塞がれた空間の中、「香のかうばしきことも劣らず」なのである。ここでいう「劣らず」という表現を、「薫の香とは異質の匂いだが、芳香であるということでは劣らない」と読むことは不可能であろう。右近の嗅覚は男が薫であることを疑っていないのである。薫と同質の芳香と考えるしかない。さてここで、この香は今このために匂宮が偽装したものであろうか。右近や浮舟に対して、嗅覚への偽装を施すために今成されたものであろうか。そうではないはずだ。この香はもともと匂宮の名前の言われともなった日常的「うつし」の薫香である。「かく、あやしきまで（薫が）人の咎むる香にしみたまへるを、兵部卿宮なん他事よりもいどましく思して、それは、わざとよろづのすぐれたるうつしをしめたまひ、朝夕のことわざに合はせいとなみ」（匂兵部卿 二七）とあったように、匂宮が薫を意識して、薫の芳香に負けたくないと、日常的に身につけていた薫香なのである（二条院での未遂事件のときも同じ薫香であったはずだ）。さて、匂宮は衣服を脱いで浮舟のそばに寄ってうち臥す。香のかうばしきことも劣らないため、暗闇の中で浮舟はこの男を薫と信じて疑わない。

④の部分についてはその内容はともかくとして、時間の経過が示されている。つまり、匂宮が浮舟の近くにうち臥してから、ある程度の時が経っていることが分かる。そして⑤に至って、やっと浮舟は「あらぬ人なりけりと思ふ」のである。ここでは具体的にどのような理由で薫ではないと分かったのか語られてはいないが、「はじめよりあらぬ人と知りたらば、いかが言ふかひもあるべきを」とあるように、ある程度男女の営みが進行してから薫でないことが分かったようである。ただしこの時点ではまだ匂宮であることは分かっていない。この男が半年前の二条院での事件、浮舟との思いを遂げられなかった恨めしさなどを口に出して、それを聞いて、やっと浮舟には匂宮だと分かるのである。

私がここで言いたいことは、浮舟はこの時点において薫の体臭がどのような匂いであったのか、すでに認識していたということである。そしてその認識していた匂いと匂宮の香が同じであったからこそ、浮舟は薫と取り違えたのである。浮舟の「薫」に対する香の意識は直接語られてこそいないが、薫との逢瀬の中ですでに確立されていたことを証明している。

一方これとは逆に、浮舟の匂宮に対する香の意識こそが怪しいものになってくる。二条院での未遂事件の後、浮舟はそのときの移り香と供に匂宮を懐かしく偲んでいることから、匂宮に対する香の意識は確立されていたと思われたのだが、香では匂宮であることが分からなかった。つまり、二条院での移り香が「飽かざりし匂ひ」に繋がるものでないことは明らかである。さらに、この時点で匂宮のことを男として懐かしく想っていたかさえも疑わしい。浮舟の心・感性にも匂宮は刻みこまれていなかったことが分かるからである。

なぜなら匂宮であることが分かったのは、匂宮の香からでも声からでも、仕草からでもなく、話した内容から知的に判断するに至ったのである。つまり、浮舟は感性においては、まだこの時点でははっきりとは匂宮を認識してなかったと言えるのである。

結論を繰り返すと、宇治十帖において浮舟が匂宮の香を意識する本文は、金氏の指摘するように東屋巻に二箇所あるが、このときの意識を根拠に「飽かざりし匂ひ」が匂宮であることを論ずるのは難しいということである。そして本文にこそないが、浮舟には明らかに薫に対する香の意識が存在していたことも分かるのである。今一度整理すると次の二点が言えることになる。

A　浮舟は薫の体臭を認識していたがゆえに男のことを薫と取り違えた。

B　つまり、薫と匂宮は同じ香であった。

5　「飽かざりし匂ひ」は薫か匂宮か

「薫と匂宮は同じ香であった」、少なくとも浮舟の嗅覚においてはその違いを区別できなかった、という事実は重要である。確かに物語をあまりに理詰めで解析しすぎるのはいかがなものかと思うし、前述した取り違い事件における香の分析はいささか深読みにすぎるのではないか、と思われる方がいるかも知れない。しかしながら『源氏物語』がこの宇治十帖を展開するに当たってのドラマトゥルギーを考えていただきたい。宇治十帖最大の事件は匂宮と浮舟との密通であり、これ以後、浮舟は薫と匂宮との間に挟まれて身動きが取れなくなる。追い込まれた浮舟は入水自殺を図り、それが未遂に終り覚醒してからも、若くして出家という道を選択するに至る。そもそも二人の密通を可能成らしめたのは、薫の体臭と匂宮の香が同一であったことに他ならなかった。少なくとも浮舟には二人の匂いを嗅ぎ分けることができなかった。香の同一性が引き起こした取り違いに起因する物語の展開、これこそが宇治十帖の作劇法なのである。『源氏物語』全体において「匂い」は様々な問題を投げかけているが、この宇治十帖においては、それが人間の運命までも変えてしまう決定的な要素として仕掛けられているのである。「匂い」についての細かい解析は重要であり、深読みしすぎるということにはならないと思っている。これだけ嗅覚を重要なファクターとしている物語だから必ずやそこに意味が込められているはずである。

さてここで「飽かざりし匂ひの人」「袖ふれし人」「それかと匂ふ人」は薫か匂宮かという本題に戻るが、縷縷述べてきたように、浮舟の嗅覚においては二人の香の違いを区別できなかったのである。

袖ふれし人こそ見えね花の香のそれかとにほふ春のあけぼの

出家した浮舟が手習いにこの歌を詠んだのは、宇治の山荘での取り違い事件から一年経った春のこと。閨のつま近き紅梅の香が、いとど匂ひ来て詠んだ歌であり、浮舟は嗅覚が刺激され、その刺激から人物を想起したわけである。その嗅覚とは薫と匂宮の違いを識別できなかった嗅覚である。であるとすれば、この歌がどちらか一人のことを想起していると考えるのは理に合わないことなのではないか。浮舟は薫と匂宮の二人のことを想起したと思われるのである。二人とも同じ匂いであり、同じ紅梅の香の薫りがしたのである。同じ匂いと記憶しているものから、どちらであると区別できるものであろうか。頭で思いめぐらした知的判断であればそれは可能であろう。しかしながら、同一の感覚記憶から、どちらか一人を器用にも選び出すといったことが可能なのであろうか。

「いやそうではない、浮舟はその後に新たな匂宮の薫香を確立し直したのだ」という考えもあるかもしれない。正月の山荘での密通事件の後、二月にも匂宮は宇治を訪れ、浮舟は二日間の逢瀬を体験している。その際に匂宮は正月と異なった香を焚き染めていて、浮舟の嗅覚に新たに匂宮の香としてインプットされたのだ。それが「飽かざりし匂ひ」なのだ。という理屈もあるかもしれない。しかしながらそれこそ勝手な推論と言わざるを得ない。勿論そのようなことを連想させる場面もないし、宇治に忍んで来る匂宮が、わざわざ異なった香を匂わせて、宇治の女房達から不審を招くような行動を取るわけもない。むしろ同じ香であったことを裏付ける場面がある。

もろともに（匂宮を）入れたてまつる。道のほどに濡れたまへる香のところせう匂ふも、もてわづらひぬべけれど、かの人の御けはひに似せてなむ、もて紛らはしける。（浮舟Ⅵ　一四九）

右近は宇治の他の女房達に、薫ではなく匂宮が来訪したことを気づかれることを怖れている。匂宮の衣の香があたり一杯に匂うが、いかにも薫のように紛らわせて女房達をごまかすことができた、とある。匂宮は道中濡れて来たので、強烈な匂いを発散させていた。それが薫と異なった香であれば、たちどころに不審に思われてしまったであろう。

さて、浮舟は薫と匂宮の二人のことを想起している。と論じた。それでは前述した吉沢義則氏の「飽かざりし匂ひどももとないから勿論一人のことである」という説[*4]に対してどう反論するのか。それは簡単なことである。この「飽かざりし匂い」は二人の匂いではあるが、二種類の匂いではなく、同一な一種類の匂いだからである。よって「匂いども」とは表現できないのである。それではここからが核心なのであるが、「手習歌の『袖ふれし人』という表現は、『袖ふれし人ども』とないから、明らかに一人のことを示しているのではないか」という指摘に対してはどのように反論できるのか。

6　袖ふれし人の概念

このような指摘に対して、「それは和歌の中の表現だから」とか、冒頭に引用した「古今和歌集の『色よりも香こそあはれとおもほゆれ誰が袖ふれし屋戸の梅ぞも』を引いているから、『ども』をつけることは馴染まない」などと反論するつもりはない。結論から先に言えば、浮舟の感情概念において、薫と匂宮は本質的には同一だったからなのである。二人は一人であり、「袖ふれし人ども」という複数形の概念には成り得ないのである。嗅覚という最も知的ではない感情的な感覚が無意識にそのことをあばき出しているのである。嗅覚は感情中枢に働くものであり、理性による知的判断では捉えられない本質を浮き彫りにすることがあるのではないだろうか。嗅覚についてオランダの神経生理学者の Hendrick Zwaardemaker は次のように述べている。

我々の世界は光と音に満ち、同様ににおいにも囲まれています。しかし、においは規則的な順序で分類された明確な思想を惹起させることはなく、まして文法的に規則正しい記憶を残すこともありません。においは、非常に強い感情を伴った、漠然として曖昧な知覚をもたらします。感情のみが支配し、感情の原因となる知覚には気づきません。*7

また、英国のエッセイストで心理学者の Havelock Ellis は次のように述べる。

視覚は最も知的な感覚である。相当の大胆さをもって視覚に依存する一方、視覚がその身近さ故に我々を傷つける可能性には、あまり恐れを感じない。犬にとってのにおいのように、我々の好奇心を満足させるこの主たる器官に対して、視覚的体験を求めることすらある。一方、我々にとってにおいは、知的

> 好奇心の主要経路ではなくなってしまった。個々人のにおいは、視覚のような知的情報ではなく、我々に対してより親密に、感情的、想像的に訴えかけてくる。*8

Ellis は嗅覚を感情的情報として、視覚などの知的情報とは異なったものとして区別している。私はこれらの言及を踏まえて、浮舟の感情概念において二人が同一であることを説明いたしたい。そのためには浮舟が入水後に覚醒してからの小野での暮らしの中で、薫と匂宮を想起する場面を一つ一つ分析してみることが必要である。そこには知的情報と感情的情報のそれぞれによる人物想起があり、その想起方法の違いによって、異なった対象が浮かび上がってくるのである。浮舟が覚醒後に薫か匂宮を想い起こす場面は全部で7例ある。

①横川に通う道のたよりによせて、中将、ここにおはしたり。前駆うち追ひて、あてやかなる男の入り来るを見出して、忍びやかにておはせし人の御さまけはひぞさやかに思ひ出でらるる。（手習vi　三〇四）

ここで中将というのは、横河の僧都の妹尼の亡き娘の夫のことである。浮舟は僧都に救出されて後、妹尼と小野で生活を送っている。その中将が横川に通うついでに小野に立ち寄るのである。浮舟は中将の気品のある様子を見たことにより、「忍びやかにておはせし人」つまり薫のことを思い出したというのである。この場面は浮舟の視覚という知的情報により、薫が想起されたことになる。

②荻の葉に劣らぬほどほどに訪れわたる、いとむつかしうもあるかな、人の心はあながちなるものなりけりと見知りにしをりをりも、やうやう思い出づるままに、（浮舟）「なほかかる筋のこと、人にも思ひ放たすべきさまにとくなしたまひてよ」とて、経習ひて読みたまふ心の中にも念じたまへり。

（手習vi　三一二）

これは、中将からしきりに便りがあってわずらわしいのにつけて、匂宮の一途さを思い出したのである。

ある出来事を経験して、かっての同じような体験に気がつく。感情からではなく、知的情報からはっきりと匂宮のことを意識しているのだ。

> ③（浮舟）はかなくて世にふる川のうき瀬にはたづねもゆかじ二本の杉
> と手習にまじりたるを、尼君見つけて、（妹尼）「二本は、またもあひきこえんと思ひたまふ人あるべし」と、戯れ言を言ひあてたるに、（浮舟は）胸つぶれて面赤めたまへるも、いと愛敬づきうつくしげなり。
> （手習vi　三二四）

妹尼君が初瀬に参詣する折に、浮舟は同行を求められるが上手に断わる。この手習歌はその初瀬を歌った古今和歌集の旋頭歌「初瀬川古川の辺に二本ある杉年を経てまたも逢ひ見む二本ある杉」を引いている。旋頭歌における二本の杉とは自分と恋人のことを喩えているのであるが、浮舟の詠んだ「尋ねようとは思わない二本の杉」とは薫と匂宮の両者のことを暗示しているのであろう。玉上琢也氏の解釈を掲げる。

> 浮舟自身は「はかなくて」の歌では、もっぱら観音のご利益もないわが身のふしあわせをよんだのであったが、尼君にそういわれてみて、自分の歌が尼君のいうように（また逢いたいと思う恋人がいると）思ひ解することのできるのに気がついた。（中略）もうすっかり忘れ去ったものと思っていたのに、宮様とあのお方にまたあいたいという心が残っていたのであろうか。尼君に思いもかけないことをいわれたので、「胸つぶれて、おもてあかめ」ているのである。自分の意識の奥にあるものを、尼君が指摘したので、狼狽したのだ[*9]。

誰か他の人に見せるわけでない手習歌であるがゆえに、意識の奥にある薫と匂宮のことが図らずも露出してしまったのだ、と指摘しているが、その通りなのではないか。知的な回路で想起しているのではなく、無意識に二人を同時に想起しているのだと思う。

次に揚げる④と⑤の本文は繋がっており、場面としてはひとくくりである。浮舟が過去のことを悔しくも情けなく、知的回路にてあれこれ回想する様子が生き生きと描かれている。

④さる方に思ひさだめたまへりし人につけて、やうやう身のうさをも慰めつべききはめに、あさましうもてそこなひたる身を思ひもてゆけば、宮を、すこしもあはれと思ひきこえけん心ぞいとけしからぬ、ただ、この人の御ゆかりにさすらへぬるぞと思へば、小島の色を例に契りたまひしを、などてをかしと思ひきこえけん、とこよなく飽きにたる心地す。（手習Ⅵ　三三二）

この回想シーンは一千年前の物語とは思えない現実性がある。熱い情念の世界から冷静な知的思念に立ち返ったとき、女が現実的な幸せを求めようとしたとき、どうあるべきか。今まで多くの読者から共感を得て止まなかった考え方、そして夢多き若い読者達からは大いに反発を受けた考え方ではなかったか。女というものは恋に生きるより、母や姉、家族や世間と軋轢を持たない良好な環境の中で、まあまあの安定した豊かな暮らし、物思いのない静かな日々を送るのがやはり幸せではないのか。この物語の哲学を感じる一節である。まあそれはともかくとして、浮舟は眠れぬままに思いめぐらす。匂宮に心を奪われてしまったために、自分は結局すべてを失ってしまった。どうして匂宮との間違いを犯してしまったのだろう。匂宮との関係について「こよなく飽きにたる心地す」と冷静に悔やんでいるのである。

⑤はじめより、薄きながらものどやかにものしたまひし人は、このをりかのをりなど、思ひ出づるぞこよなかりける。かくてこそありけれと聞きつけられたてまつらむ恥づかしさは、人よりまさりぬべし。さすがに、この世には、ありし御さまを、よそながらだに、いつかは見んずるとうち思ふ、なほわろの心

や、かくだに思はじ、など心ひとつをかへさふ。（手習VI 三三二）

一方薫に対しては匂宮とは異なり、「思ひ出づるぞこよなかりける」とありがたく知的に述懐する。そしていつかまたお会いしたいと思いながらもそれは「わろの心や」と打ち消すのである。

次に掲げる⑥は出家後の想い起こしである。浮舟は出家してからは気持にゆとりが出てきたせいか、回想シーンも悶々としたものから、何か落ち着いたものに変化しているようにもみえるが、思いは断ち切れない。

⑥年も返りぬ。春のしるしも見えず、凍りわたれる水の音せぬさへ心細くて、「君にぞまどふ」とのたまひし人は、心憂しと思ひはてにたれど、なほそのをりなどのことは忘れず、

（浮舟）かきくらす野山の雪をながめてもふりにしことぞ今日も悲しき

など、例の、慰めの手習を、行ひの隙にはしたまふ。（手習VI 三五四）

これは視覚という知的情報からもたらされた連想である。浮舟は「凍りわたれる水」「降り積もる山里の雪」を見て、一年前の二月の匂宮との逢瀬を想い起こしたのである。あのときの情景、橘の小島を過ぎて宇治川の対岸に渡り小さな家で過した二日間。匂宮が歌いかけた「峰の雪みぎはの氷踏み分けて君にぞまどふ道はまどはず」の歌。あの雪と氷の情景を連想したのである。

⑦（浮舟）袖ふれし人こそ見えね花の香のそれかとにほふ春のあけぼの（手習VI 三五六）

そして物語において最後に浮舟が想起したのが、この嗅覚からの感情的情報による想起「飽かざりし匂ひ」「袖ふれし人」であった。

これらの浮舟の一連の想い起こしを整理してみると、知的情報、知的回路よる想起は匂宮のことなのか薫のことなのかはっきりと示し出されている。しかしながら、感情的情報によって想起される場合、それがい

ずれの男のことなのかはっきりと読み取れないのである。否我々が読み取れないのではなく、実は浮舟自身も分別できていないのではないか。嗅覚という感情的情報が実は無意識の心の奥底をあばき出しているとすれば、浮舟自身が薫と匂宮の二人の違いを見出せないのである。浮舟の感情において二人は実は同一のもの、同一の実体として認識されているからではないのか。「袖ふれし人」は浮舟にとって薫と匂宮という同じ実体であり、別々の実体である「袖ふれし人ども」には成り得ないのである。

7　薫と匂宮の同一性

浮舟が手習で詠んだ「二本の杉」の歌は古今和歌集の旋頭歌「初瀬川古川の辺に二本ある杉年を経てまたも逢ひ見む二本ある杉」を引いていることは前章で取上げた。この歌は『小学館・新編日本文学全集　古今和歌集』によると以下の解釈が成されている。

初瀬川と布流川が合流するあたりに生えている二本杉。年が経ったらもう一度会おうよ、二本の幹が根元でまとまっている杉の木のように。

「二本の杉」にはいろいろな解釈があり、「根元でまとまっている杉」は諸注釈書の中ではいささか大胆な部類に属するのかもしれないが、私はこの解釈を取りたい。そうであるとすれば、玉上琢也氏の言うように、浮舟の「二本の杉」が自分の意識の奥にある薫と匂宮のことを指しているとすれば、この二人こそ根元でまとまっている杉とは考えられないであろうか。浮舟が知的情報で想い起こす二人は別々の二人であっても、感情的に想い起こすときはまとまっている一本の杉なのではないだろうか。

池田和臣氏は「手習巻物怪攷」[*10]において次に掲げるシーンを捉えて卓越した論を展開する。

この世に亡せなんと思ひたちしを、をこがましうて人に見つけられむよりは鬼も何も食ひて失ひてよと言ひつつつくづくとゐたりしを、いときよげなる男の寄り来て、いざたまへ、おのがもとへ、と言ひて、抱く心地のせしを、宮と聞こえし人のしたまふとおぼえしほどより心地まどひにけるなめり、

（手習Ⅵ　二九六）

浮舟がいよいよ死を決意して家を出て思いつめていたとき、男が現れて助けてくれたことを想い出す場面である。池田氏はこの男は観音ではなく、物怪の化身であるという。浮舟はこの男を「宮と聞こえし人＝匂宮」だと思ったが、それは抱かれた記憶がなしたわざにすぎない、と分析する。物怪が生前は法師であったことから薫の像に塗り上げられているし、物語中で「きよげ」は薫、「きよら」は匂宮として使い分けられていることを踏まえると、浮舟の心象としての物怪も「きよげ」の語によって薫を胚胎する。つまり、薫と匂宮の二者が、物怪の化身としてとらえられている、と判断している。そして以下のように結論づけする。「浮舟のとらえた物怪の表現の二重性は、浮舟にとって匂宮と薫が主題的に同じ存在であることを示す。女の存在にとっては、薫も匂宮も、その魂を中有の闇へと追いやる男でしかない。まめ人薫、色好み匂宮とは、生様の表層の差異でしかなく、その本性においては繋がっている。二人は背中あわせの双児なのである」と。

さらに池田氏は、問題となっているこの「飽かざりし匂ひ」の論議についても、匂宮と薫の両義が与えられているとすべきであると考え、「この両義性によって、ここでも浮舟にとっての二人の意味、本質的同一性が、象徴的に語られているのである」と断言している。

私はこれらの池田説に賛同するものである。浮舟が死を決意して思い詰めていた場面は正気ではない。物怪は知的情報、知的回路によってもたらされたものではない。浮舟のとらえた物怪が薫と匂宮の二重性を帯

びるのは、浮舟の深層心理の中で二人が同一であることを示しており、嗅覚によって感情的に無意識的にもたらされた「飽かざりし匂ひ」が薫と匂宮の二重性を帯びていることと同じ概念を導き出す。物怪と嗅覚、全く異なる情報のように思えるが、いずれも知的回路を通過してこない情報として共通性がある。これらの無意識ともいえる情報こそが、浮舟の心の奥底の真実をあばき出したのである。

また、神田龍身氏は『源氏物語=性の迷宮へ』[*11]において、ルネ・ジラールの「欲望の三角形[*12]」の理論に適合させて、

匂宮の欲望なくして薫の恋はなく、薫が欲望しているとみえたからこそ匂宮もこの恋に賭けたのであり、薫の欲望が匂宮により惹起されたものならば、それに刺激された匂宮の恋も所詮幻想であるに相違なく、女たちの実体を度外視したところで互いが互いの欲望を相乗的に模倣しあっている

と解析する。つまり、欲望の主体である薫および匂宮が、客体である浮舟との恋を成立させるためには、媒体が必要であるというのだ。すなわち薫が主体のときは匂宮が媒体、匂宮が主体のときは薫が媒体というコインの裏表のようなものであるという。さてこの場合に欲望の客体である浮舟の側から二人を別々の主体として弁別することができうるものであろうか。欲望を模倣しあっている主体と媒体は浮舟にとって同一のコインなのであり、それが裏か表かを感情的に言い当てることができるとは思えない。知的情報により知的回路を通して二人を区別することはできても、浮舟の感情的情報においては、二人は同一の実体であったことがここでも裏付けられるのである。

注

＊1『日本古典文学大系・源氏物語五』（岩波書店、一九六三）補注五九八

＊2「浮舟物語と和歌」『国語と国文学　七四六号』（東京大学国語国文学会　一九八六・四月）

＊3「『袖ふれし人』は薫か匂宮か―手習巻の浮舟の歌をめぐって―」『源氏物語と和歌世界』（新典社、二〇〇六）

＊4『対校源氏物語新釈』（平凡社、一九四〇）

＊5「手習いの歌」『講座　源氏物語の世界〈第九集〉』（有斐閣、一九八四）

＊6「浮舟物語における嗅覚表現―『袖ふれし人』をめぐって―」『国語と国文学　九二六号』（東京大学国語国文学会、二〇〇一）

＊7「Zwaardemaker, 1895」『味とにおい　感覚の科学―味覚と嗅覚の22章』より引用した。（フレグランスジャーナル社、二〇〇二）

＊8「Ellis, 1910」同右

＊9『源氏物語評釈　第十二巻』（角川書店、一九六八）

＊10「手習巻物語攷―浮舟物語の主題と構造―」『論集中古文学5　源氏物語の人物と構造』（笠間書院、一九八二）

＊11『源氏物語＝性の迷宮へ』序章二七頁（講談社、二〇〇一）

＊12『欲望の現象学』第一章〈三角形的〉欲望（法政大学出版局、一九七一）

〈薫りの源氏物語〉のための文献ガイド

吉村晶子

『源氏物語』にはさまざまな匂いが登場する。なかでも、梅枝巻の薫物合せは、室町時代に成立する香道との関わりも指摘されるひときわ印象的で雅びやかな場面であるし、薫と匂宮というふたりの貴公子は、その名が示すとおりに芳香を身に纏って「光かくれたまひしのち」の主人公として活躍する。それゆえか、ここで示す文献のうち、日本語で書かれたもののほぼすべてに、『源氏物語』の匂いについての言及があるといってよい。日本の人文科学系分野における匂いの研究は、つねに、『源氏物語』の匂いとともにあったのである。

ところで、そもそも、匂い、あるいは嗅覚とかかわる研究は、視覚や聴覚といったほかの感覚のそれと比べると、著についたばかりといわざるをえない。視覚表象である美術品や、聴覚表象である音楽などが、それだけで独自の研究領域を成していることを鑑みたなら一目瞭然であろう。匂いの研究の立ち遅れは、何も日本に限ったことではなく、また、人文科学系分野のみにいえることでもない。二〇〇四年、嗅覚研究としては初のノーベル賞受賞者（医学生理学）が誕生して話題となったように、匂いや嗅覚のメカニズムも、やっと明らかになってきたという段階にあるのである。もちろん、筆者には、このような理系分野での匂いの研究を紹介することはできないが、このように、匂いという存在が我われにとっていかに不可思議なものであるかということを念頭に置きつつ、『源氏物語』の匂いを考察するのに役立つであろう、匂いや嗅覚を論じた文献をなるべく広く紹介してゆきたいと思う。

［『源氏物語』と匂い］

周知のとおり、**吉海直人『源氏物語　研究ハンドブック』第二巻（翰林書房、一九九九年）**に、すでに「匂い」についての研究文献がまとめられている。ここでは、なるべく重複を避けながら紹介するため、是非ともそちらも参照していただきたいと思う。

1、尾崎左永子『源氏の薫り』、求龍堂、一九八六年（→朝日新聞社、一九九二年。）
『源氏物語』に出てくる匂いの記述を総体的にまとめた本書は、平安時代の貴族文化における匂いを捉える入り口としても参考になる。『源氏物語』における匂いの諸相を知るためにも、まず手に取りたい一冊。
2、宮川葉子「源氏物語『梅枝巻』の薫物について」、『青山語文』一三、青山学院大学日本文学会、一九八三年。
3、尾崎左永子「源氏物語の薫香」、今井卓爾他編『源氏物語講座七　美の世界・雅びの継承』、勉誠社、一九九二年。
4、吉野誠「『梅枝巻』における薫物」、河添房江編『源氏物語の鑑賞と基礎知識三一　梅枝、藤裏葉』、至文堂、二〇〇三年。
梅枝巻の薫物合わせについては、1にも詳しいが、2・3・4にも簡潔にまとめられている。そのほか、梅枝巻をはじめとする『源氏物語』の薫物についての論文には、以下のものがある。
5、桑田忠親「源氏物語と薫物合」、『國學院雑誌』六一（八・九）、一九六〇年九月。
6、石田穣二「くのえ香　明石の上のこと」、『源氏物語論集』、桜楓社、一九七一年。
7、佐藤真樹「光源氏による女性論―衣装・薫物・音楽・花・筆跡の比喩にみる」、『帝京国文学』一、一九九四年。
8、三田村雅子「梅花の美」、『源氏物語――感覚の論理』、有精堂出版、一九九六年。
9、河添房江『性と文化の源氏物語――書く女の誕生』、筑摩書房、一九九八年。
10、田中圭子「『源氏物語』の薫衣香―別れの香りとしての再考」『広島女学院大学大学院言語文化論叢』四　二〇〇一年。
11、竹内生公「源氏物語と香」、『茨城工業高等専門学校研究彙報』三七、二〇〇二年。
12、森野正弘「源氏物語の薫物合せにおける季節と時間」、『山口国文』二六、山口大学文理学部国語国文学会、二〇〇三年。
13、河添房江『源氏物語時空論』、東京大学出版会、二〇〇五年。

14、**河添房江『源氏物語と東アジア文化』、NHK出版、二〇〇七年。**

8は、梅枝巻で紫の上のイメージと結び付けられた、紅梅の色と香によって繰り返される回想が、物語の時間に厚みを与えていると指摘する。**9・13・14**では、歴史学との連携のなかで「唐物」としての薫物を考察し、物語における梅枝巻の薫物合せの意義が論じられる。

また、『源氏物語』梅枝巻の薫物合わせにも登場する、歴史上の人物たちの名前をみることのできる薫物の方を集めた書**『薫集類抄』**については、**『群書類従』十九巻(遊戯部)**に所収されたものがあるが、近年、田中圭子氏によって諸本および類書の翻刻、研究が進められている。

・田中圭子「西園寺文庫所蔵『薫集類抄』翻刻と校異(上)」、『広島女学院大学大学院言語文化論叢』六、二〇〇三年。
・田中圭子「西園寺文庫所蔵『薫集類抄』翻刻と校異(下)」、『広島女学院大学大学院言語文化論叢』七、二〇〇四年。
・田中圭子「恩頼堂文庫所蔵『薫集類抄』裏書勘物の翻刻と校異」、『広島女学院大学大学院言語文化論叢』八、二〇〇五年。
・田中圭子「『薫集類抄』園林文庫旧蔵恩頼堂文庫本の研究」、『文学・語学』一八三、全国大学国語国文学会、二〇〇六年一月。
・田中圭子「資料紹介　菊亭文庫所蔵『薫物故書』翻刻と校異(上)」、『芸能史研究』一七五、二〇〇六年十月。
・田中圭子「資料紹介　菊亭文庫所蔵『薫物故書』翻刻と校異(下)」、『芸能史研究』一七六、二〇〇七年四月。
・田中圭子「国立国会図書館所蔵『薫集類抄』影印と翻刻(上)」、『広島女学院大学大学院言語文化論叢』九、二〇〇六年。
・田中圭子「国立国会図書館所蔵『薫集類抄』影印と翻刻(下)」、『広島女学院大学大学院言語文化論叢』十、二〇〇七年。

これと連動しつつ、同時代に成立した華道や茶道といったほかの室内芸能に比べ、研究が遅れていた香道について、その歴史的展開や香道書の詳細を明らかにした論文が近年いくつか発表されている。

15、**藤田加代『「にほふ」と「かほる」——源氏物語における人物造型の手法とその表現』、風間書房、一九八〇年。**

16、**高橋亨「宇治物語時空論」、『国語と国文学』五一(一二)、一九七四年一二月。**

17、助川幸逸郎「薫の〈かをり〉について―愛欲とのかかわりを中心に」、『中古文学論攷』一三、一九九二年。
18、三田村雅子「方法としての〈香〉―移り香の宇治十帖」、『源氏物語―感覚の論理』、有精堂出版、一九九六年。
19、三田村雅子「濡れる身体の宇治―水の感覚・水の風景」、『源氏研究』二、一九九七年。
20、吉田雅雄「薫の体香」、『文研論集』三七、専修大学大学院学友会、二〇〇一年。
21、黄建香「源氏物語におけるあの世の匂い―薫と大君との交際をめぐって」『昭和女子大学大学院日本文学紀要』十五、二〇〇四年。
22、木村朗子「宇治の宿直人―『源氏物語』宇治十帖の欲望の薫り」、『源氏研究』一〇、二〇〇五年。
23、白雨田「薫の人物造型―身から放つ芳香の機能」、『詞林』三九、二〇〇六年。

15は、「にほふ」「かほる」という語彙を上代文学から検討し、それによって名指される薫と匂宮という人物の造型について考える。17・18は、従来、薫の体香は仏教思想との関わりで論じられてきたのに対し、抑制しきれない彼の情念の発動ととらえる新しい視座を提供した。そのほか、正編とは異なる宇治十帖に特有の匂いの機能を論じた19など、第三部と匂い、薫・匂宮と匂いといった問題を扱った文献は枚挙にいとまがない。

24、諸江辰男「源氏の香り」、日本香料協会『香料』一五七　一九八八年三月。
25、目加田さくを「源氏物語論―嗅覚美形成」、『日本文学研究』三〇、梅光女学院大学日本文学会、一九九五年。
26、福田政義『王朝人の美意識　追風用意―匂いの美学』、近代文藝社、一九九八年。
27、堀淳一「『香り』の感覚と人物形象―『みやび』理解の糸口として」、『国語と教育』二一、大阪教育大学国語教育会、一九九六年。
28、吉田隆治「袖のかをり―『源氏物語』の引歌に見られる移り香」、『九州大谷研究紀要』二五、一九九九年。
29、黄建香「六条御息所の生霊と「芥子の香」」、『昭和女子大学大学院日本文学紀要』一一、二〇〇〇年。

30、金秀姫「空蟬物語の「いとなつかしき人香」考――『古今集』との表現的関連について」、『むらさき』三七、二〇〇〇年。
31、稲本万里子「源氏絵に描かれた薫りの世界」、『VENUS』第一二号、国際香りと文化の会、二〇〇〇年。
32、吉海直人「『源氏物語』の「移り香」――夕顔巻を起点にして」、『同志社女子大学大学院文学研究科紀要』第一号二〇〇一年。
33、藤本勝義「六条御息所の幻覚の構造――芥子の香のエピソードをめぐって」、『日本文学』五一（三）、五八五、二〇〇二年三月。
34、松井健児「よい匂いのする情景――『源氏物語』の花の庭・樹木の香り」、『文学』五（五）、岩波書店、二〇〇四年九・一〇月。
35、畠山瑞樹「『源氏物語』の移り香――その表現機能について」、『弘前大学国語国文学』二六、二〇〇五年。

24～35は、先述の薫香や宇治十帖以外の、『源氏物語』に登場するさまざまな匂いについて述べた文献のうち、吉海氏による文献目録と重複しないもののみあげた。このうち31は美術史からの取り組みであり、香炉や香壺などによって描かれる源氏絵の匂いの世界を明らかにしている。なお、ここでは取り上げないが、平安文学と匂いの問題は、『源氏物語』以外の文学テクスト、とりわけ和歌について多く発表されており、それらも看過することはできない。

［日本の匂い、平安京の匂い］

36、コロナ・ブックス編集部、松栄堂編『日本の香り』、平凡社、二〇〇五年。
37、畑正高／松栄堂監修『香千載――香が語る日本文化史』、石橋郁子文、宮野正喜写真、光村推古書院、二〇〇一年。

38、淡交ムック『香道入門』、淡交社、一九九三年。
39、香道文化研究会『香と香道』、雄山閣、一九九三年。
40、北小路功光『香道への招待』、宝文館出版、一九九二年。
41、神保博行『香道ものがたり』、めいけい出版、一九九三年。
42、神保博行『香道の歴史事典』、柏書房、二〇〇三年。
43、畑正高『香三才――香と日本人のものがたり』、東京書籍、二〇〇四年。
44、三条西公正『香道――歴史と文学』、淡交社、一九八五。

36・37・38は、日本の香文化をビジュアルイメージとともに掴める三冊。重複する写真も多いが、香の伝来から香道、現代のお香産業にいたるまでをカバーする。平安時代の薫物の原料となる、個々の香料の説明は36に詳しい。また、38は実際に香を購入できる店や、香道を体験できる講座・スクールの案内もあり、嗅がねばわからぬ匂いの世界に足を踏み入れる案内書としても好適である。39からは、いずれも、香道および香文化をわかりやすく紹介したもの。一般に、『源氏物語』梅枝巻の薫物合せを香道の原型とみる向きもあるように、室町時代に成立した香道という芸道のかたちから反照させながら、史料の少ない平安時代の薫物文化を考えてみることも必要な作業であろう。「源氏香」など、香道の席では文学に題を取った組香が行われる。文学と香道のかかわりは、いずれの入門書にも書かれるが、44はよりそれを意識した内容。

45、吉本隆明『匂いを讀む』光芒社、一九九九年。
46、朱捷『においとひびき――日本と中国の美意識をたずねて』、白水社、二〇〇一年。
47、山縣熙「第三感覚――匂いの美学のために」、『思想』八二四、岩波書店、一九九三年二月。
48、山縣熙「『匂いの美学』再論」、『文学』五（五）、二〇〇四年九・一〇月。

49、高橋庸一郎『匂いの文化史的研究——日本と中国の文学にみる』、和泉書院、二〇〇二年。

45は、上代から現代文学にいたる匂いの記述を読み解いてゆく。46は、嗅覚と視覚の両方を含んだ美的表現である日本語の「におい」という語が、国字である「匂」という字が音を示す「匀」を元としていることから、漢語でいう「ひびき」に相当する、余韻、余情のようなものをあらわすと指摘した。そうした漢字の成り立ちから考えても、古代の人々が、きわめて共感覚的な感性を持っていたのだという示唆は非常に興味深い。そもそも匂いという語を嗅覚表現に限定できないのは周知のとおりだが、かといって、視覚か聴覚かといった択一的な見解が答えになるとはいえない。このような五感と言語との問題については、哲学者の山縣氏の論文（47・48）などがある。49は、麝香や沈香を中心に、日中の古代の匂い文化を文献から検証する。

50、山田憲太郎『香料——日本のにおい』、淡交社、一九三三年。

51、山田憲太郎『日本香料史』、小川香料、一九四八年（→同朋社、一九七九年）

52、山田憲太郎『香談——西と東』、法政大学出版局、一九七七年（→新装版、二〇〇二年）

53、山田憲太郎『香料の道』、中央公論社、一九七七年。

54、山田憲太郎『香薬東西』、法政大学出版局、一九八〇年。

山田氏には、このほかにもいくつかの香料についての著作があり、広くアジアにおける香料（薬・スパイス）の歴史を明らかにしている。現在、入手しやすいのは51と52の新装版。52は、日本における香の歴史を素材である香料に注目して追っている。また、香料については、調香師や理系分野の研究者向けの香料事典や取り扱い書なども多く出版されている。

また、イマニュエル・ウォーラーステイン氏の世界システム論においても、香料は、金などと同じように世界経済の動きに密接に関わってきたとされている。多くがアジア圏で採取される香料・スパイスは、ヨーロッパの大国がこぞって獲得しようと試みてきたものである。世界的な経済史・海洋史と香料・スパイスの関係も注目される。

55、**皆川雅樹「九〜十世紀の「唐物」と東アジア――香料を中心として」、『人民の歴史学』一六六、二〇〇五年。**

日本においても、香料は大きな経済的価値を担っていた。55は、近年盛んな東アジア史研究と絡んで、「唐物」としての香料を論じた歴史学の文献。ほかに、前掲の河添房江氏による著書（13・14）も、東アジア文化圏において源氏物語を捉えるという試みであるが、そこでも唐物である香が重要な位置を占めるとされる。

56、**保立道久『黄金国家――東アジアと平安日本』、青木書店、二〇〇四年。**

57、**蔵田蔵ほか『日本の美術一六　仏具』、至文堂、一九六七年八月。**

58、**岡崎譲治ほか編『仏具大辞典』、鎌倉新書、一九八二年。**

59、**荒川浩和『日本の美術二七六　香道具』、至文堂、一九八九年五月。**

56も、同様に東アジアとモノの歴史という視点でまとめられたものであるが、タイトルどおり「金」に焦点が当てられる。香料のみならず、香を焚くときに用いる香炉も、しばしば贅沢な金銀製の唐物が用いられた。正倉院にも舶来の香炉が数点残る。さまざまな香炉の種類、材質などについては、57・58・59で知ることができる。

60、**有賀要延『香と仏教』、国書刊行会、一九九〇年。**

61、**関口真大『匂い・香り・禅――東洋人の知恵』、日貿出版社、一九七二年。**

62、**井上正『日本の美術二五三　檀像』、至文堂、一九八七年六月。**

63、**東京国立博物館・読売新聞東京本社文化事業部編『特別展　仏像――一木にこめられた祈り』、二〇〇六年。**

64、**保立道久「匂いと口づけ」、『中世の愛と従属――絵巻の中の肉体』、一九八六年。**

65、**千々和到「仕草と作法――死と往生をめぐって」、朝尾直弘ほか編『日本の社会史第八巻　生活感覚と社会』、岩波書店、一九八七年。**

66、永藤靖「遺体と異香の幻想――『法華験記』の身体観」、『古代仏教説話の方法――霊異記から験記へ』、三弥井書店、二〇〇三年。
67、八岩まどか『匂いの力』青弓社、一九九五年。
68、安田政彦『平安京のニオイ』、吉川弘文館、二〇〇七年。
69、京樂真帆子「平安京の都市文化とにおい」、『人間学研究』七号、二〇〇七年。

60は、経典のなかにみえる匂いや香の記述をまとめたもの。61では、仏教を中心とした東洋の文化のなかの匂いや香について広く紹介する。62は香木である檀をもって造られた仏像を集め、芳香を放つ木材が使われた理由も解説する。東京国立博物館で二〇〇六年に開催された特別展では、「檀像の世界」と題したワンコーナーが設けられ、、多くの檀像が展示された。63はその図録である。64～66は、説話や絵巻のなかで起きる、「異香」と呼ばれる不可思議な匂いの現象について論じる。特に65は、目に見えない異界の存在を知らせるという匂いの果たした役割を明らかにし、現在でも多く参照されている。67は悪臭への言及も多く、平安京という空間に漂っていたであろうさまざまな匂いを取り上げている点で一読の価値がある。歴史学から本格的に匂いの問題に取り組んだ68も、悪臭と芳香とが入り混じる平安京の姿を明らかにし、話題となった。69は、二〇〇七年一月に宇部市源氏物語ミュージアムで開かれた講演会「源氏物語の匂いと薫り」の報告。同号には、アラン・コルバン「異なかおり」も載る。

［隣接分野における匂いの研究］

70、アラン・コルバン『においの歴史――嗅覚と社会的想像力』（新装版）、山田登世子・鹿島茂訳、藤原書店、一九九〇年。
71、池上俊一『身体の中世』、筑摩書房、二〇〇一年。

72、ジャック・ルゴフ『中世の身体』、藤原書店、二〇〇六年。

73、小倉孝誠『身体の文化史』、中央公論新社、二〇〇六年。

アナール学派の歴史学者コルバン氏によって書かれた**70**は、一九八二年に原著が出版されて以降、各国語に翻訳され、歴史学のみならず、文学・人類学・社会学など多くの分野に影響を与えた。十八世紀から十九世紀のフランスにおける匂いの歴史を、丹念な資料調査をもとに、鮮やかに描き出したものとして知られる本書であるが、「感性の歴史学」を目指すコルバン氏にとって、重要なのは副題にあたる「嗅覚と社会的想像力 L'odorat et l'imaginaire social」の部分であろう。ただ匂いという表象の歴史を辿ることにとどまらず、匂いを嗅ぐ人びとの「嗅覚」にも歴史性があることを明らかにしたという画期的な仕事であった。なお、**パトリック・ジュースキント『香水――ある人殺しの物語』(池内紀訳、文藝春秋社、一九八八年)**は、本書に刺激を受けて書かれたといわれる鼻と情念の小説である。二〇〇六年には映画化され、日本でも公開された(邦題『パフューム――ある人殺しの物語』、監督トム・ティクヴァ)。

71～**73**は、西洋を舞台にした身体の歴史を明かしたもので、匂い・嗅覚についての記述を持つ。**72**・**73**はいずれもコルバン同様ヨーロッパを舞台とした社会史・身体史。**73**は、より文化史的な内容となり、一部日本の文学にも言及がある。

74、コンスタンス・クラッセン、デイヴィッド・ハウズ、アンソニー・シノット『アローマ――匂いの文化史』、時田正博訳、筑摩書房、一九九七年。

75、アンソニー・シノット『ボディ・ソシアル――身体と感覚の社会学』、高橋勇夫訳、筑摩書房、一九九七年。

76、コンスタンス・クラッセン『感覚の力――バラの香りにはじまる』、陽美保子訳、工作舎、一九九八年。

77、アリック・ル・ゲレ『匂いの魔力――香りと臭いの文化誌』、今泉敦子訳、工作舎、二〇〇〇年。

78、宮沢正順、シャウマン・ヴェルナー編『香りの比較文化誌』、北樹出版、二〇〇一年。

79、T・エンゲン『匂いの心理学』、吉田正昭訳、西村書店、一九九〇年。
80、ピート・フローン、アントン・ファン・アメロンヘン、ハンス・デ・フリース『におい——秘密の誘惑者』栩木泰訳、中央公論新社、一九九九年。
81、鈴木隆『匂いの身体論——体臭と無臭志向』、小坂書店、一九九八年。

モントリオール在住研究者三名による共著である74は、主に人類学・社会学の立場から、世界におけるさまざまな匂いの社会的役割を論じる。社会学者であるシノット氏には75の、宗教学の博士号を持つクラッセン氏には76の著作もある。77は、文化人類学を専門とする著者によるものだが、特に、第四部の西洋哲学史における嗅覚の評価のまとめは非常に興味深い。78は、大正大学における共同研究の成果で、文学・文化史・宗教などと関わるさまざまな匂いが取り上げられる。魚沼孝久「恋愛香り——『源氏物語』と香」も収載。79は、現在でも多く参照される一冊であり、80は、心理学者と生理学者の共著。いずれも、匂いについて、歴史学や人類学とはまた違った視座を提供してくれる。調香師でもある81の鈴木氏は、このほかにも著書があり、いずれも体臭と身にまとう香との問題に関心を置く。

82、「特集　匂い・香りの身体現象」、『談』六〇、たばこ総合研究センター、一九九八年一二月。
83、「特集　香りで世界をつなぐ」『季刊　国際感覚』九五、国際交流基金、二〇〇二年四月。
84、「特集〈香り〉のすがた」、『文学』五（五）、岩波書店、二〇〇四年九・一〇月。
85、日本香料協会『季刊　香料（香りの本）』
86、国際香りと文化の会『VENUS』

最後に、雑誌の情報をまとめて掲載した。82〜84は、いずれも匂いの特集が組まれた号である。85ではしばしば文学や文化史と関わった匂いについての文章が掲載され、1の尾崎左永子氏による不定期連載「平安時代の薫香」もある。86は、二〇〇〇年の十二号が日本の匂いの特集を組んでおり、31にあげた稲本論文のほか、国際香りと文化の会会長の中村祥二氏と三田村雅子氏による対談や、鳥毛逸平「平安から室町時代のお香について――薫物再現を中心に」といった薫物の試作の記録も載っている。

以上、なるべく筆者の関心に偏らないよう心がけながら、さまざまな分野における匂いについての文献を紹介してきた。むろん、すべてを網羅できているわけではない。このほか、近年いっそう盛んになってきている身体論や感覚論のなかにも匂いや嗅覚に言及のある著書が多く、それらは、今後の平安文学研究にとっても見過ごせないものといえるだろう。

蛇足ながら、最後に本稿が「におい」を「匂い」と表記した意図を示しておきたい。現在、学術論文等における「におい」の表記は、著者各人の判断により、「匂い」「臭い」といった漢字のほか、平仮名、片仮名（旧仮名遣いも含む）も使用されている。たしかに、漢字を使用すると、芳香か悪臭かといった価値判断の介入をイメージさせてしまうため、平仮名や片仮名で表記した方が、より良い選択であるとは思う。しかし、学術情報のデータベース化が進む昨今、もはや検索時の利便性は軽視できないだろう。これらで「におい」と検索をかけると、題目に「〜においての…」と含む膨大な数の論文があがってしまう。（国立国会図書館の雑誌記事索引などでは、平仮名・片仮名を区別されないため、片仮名表記にすることでは問題は解決しない。）このような状況を鑑み、本稿があえて「匂い」という表記を選択したことを、ご理解いただければと思う。

また、本書のタイトルが採用している「薫り」ではなく、「におい」という語を用いたのは、芳香にのみ限定したイメージを比較的持たない語であるからである。芳香だけではなく、悪臭も考慮に入れなければ、『源氏物語』の、あるいは平安時代の匂いの世界に近づくことはできないであろう。

執筆者紹介（あいうえお順）

尾崎左永子（おざき・さえこ）　一九二七年生、歌人・作家。『源氏の恋文』『源氏の薫り』『源氏の明り』（以上求龍堂）、『新訳、源氏物語』（全四冊・小学館）、『香道蘭之園』（校註・解説・淡交社）等。

河添房江（かわぞえ・ふさえ）　一九五三年生、東京学芸大学教授。『源氏物語表現史』（翰林書房）、『性と文化の源氏物語』（筑摩書房）、『源氏物語時空論』（東京大学出版会）、『源氏物語と東アジア世界』（ＮＨＫブックス）、『光源氏が愛した王朝ブランド品』（角川選書）。

金秀姫（キム・スヒ）　一九七〇年生、韓国高麗大学校日本学研究センター研究教授。『感覚論序説』（J&C、韓国）、「浮舟物語における嗅覚表現・「袖ふれし人」をめぐって」（『国語と国文学』、二〇〇一・一）、「古今集の感覚」（『古今和歌集研究集成第二巻』風間書房）等。

京樂真帆子（きょうらく・まほこ）　一九六二年生、滋賀県立大学准教授。『平安京都市社会史の研究』（塙書房）。

助川幸逸郎（すけがわ・こういちろう）　一九六七年生、横浜市立大学非常勤講師。『文学理論の冒険』（単著、東海大学出版会）、『人物で読む源氏物語　浮舟』（共著、勉誠出版）等。

高島靖弘（たかしま・やすひろ）　一九三八年生、国際香りと文化の会事務局長。『香りの百科事典』（編集委員、丸善）、「官能評価法」（『におい物質の特性と分析・評価』フレグラスジャーナル社）。

田中圭子（たなかけいこ）　一九七三年生、広島女学院大学非常勤講師。「平忠盛の薫物と『香之書』」（『文学・語学』第188号）、「国立国会図書館所蔵『薫集類抄』影印と翻刻」上下（広島女学院大学大学院『言語文学論議』第9・10号）等。

三田村雅子（みたむら・まさこ）　一九四八年生、フェリス女学院大学教授。『源氏物語　感覚の論理』（有精堂）、『源氏物語―物語空間を読む』（ちくま新書）、『源氏物語絵巻の謎を読み解く』（共著、角川選書）、『草木のなびき、心の揺らぎ』（フェリス・ブックス）

森　朝男（もり・あさお）　一九四〇年生、フェリス女学院大学名誉教授。『古代和歌と祝祭』（有精堂出版）、『古代文学と時間』（新典社）、『古代和歌の成立』（勉誠社）、『恋と禁忌の古代文芸史』（若草書房）。

安田政彦（やすだ・まさひこ）　一九五八年生、帝塚山学院大学教授。『平安時代皇親の研究』（吉川弘文館）、『平安京のニオイ』（吉川弘文館）等。

吉村研一（よしむら・けんいち）　一九五二年生、学習院大学大学院在学。『日本古典への誘い一〇〇選（Ⅱ）』（部分執筆、東京書籍）、「源氏物語において〈ほほゑむ〉の果たした役割」（学習院大学国語国文学会誌四七号）。

吉村晶子（よしむら・あきこ）　一九七七年生、学習院大学大学院在学。「香炉から往生へ―『栄花物語』道長往生の夢告譚と源信浄土教の身体感覚」（『学習院大学国語国文学会誌五〇）。

源氏物語をいま読み解く❷

薫りの源氏物語

発行日	2008年4月26日 初版第一刷
編　者	三田村雅子 河添　房江
発行人	今井　肇
発行所	翰林書房
	〒101-0051 東京都千代田区神田神保町1-14
	電 話 03-3294-0588
	FAX 03-3294-0278
	http://www.kanrin.co.jp/
	Eメール●kanrin@nifty.com
印刷・製本	アジプロ

落丁・乱丁本はお取替えいたします

ISBN978-4-87737-262-0